KB123777

로크미디어가
유혹하는
재미있는 세상
ROK
MEDIA
로크미디어

엑스트라 책사의
로열로드

엑스트라 책사의 로열로드 4

2022년 10월 14일 초판 1쇄 인쇄
2022년 10월 19일 초판 1쇄 발행

지은이 mensol
발행인 김정수 강준규

기획 이기헌 왕소현 박경무 강민구 조익현
책임편집 이정규
마케팅지원 이원선

발행처 (주)로크미디어
출판등록 2003년 3월 24일
주소 서울시 마포구 성암로 330 DMC첨단산업센터 318호
Tel (02)3273-5135 **편집** (070)7860-2726 **Fax** (02)3273-5134
홈페이지 rokmedia.com **E-mail** rokmedia@empas.com

값 8,000원

ISBN 979-11-354-8166-6 (4권)
ISBN 979-11-354-8160-4 04810 (세트)

엑스트라 책사의 로열로드

mensol 퓨전 판타지 장편소설

Contents

1장

전쟁을 끝내고 돌아온 아카데미.

교사 역이었던 듀난과 일부 사관생들의 사망으로 교실의 분위기는 좋을 수가 없었다.

많은 사관생들이 심리적인 트라우마를 호소하고 있을 정도로 그 전쟁으로 인한 상처가 깊었다.

그런 절망감을 억지로라도 떨쳐 낼 필요가 있었는데, 그걸 위해 행한 것이 바로 파벌 형성이었다.

"잘도 얼굴을 내밀었군. 겁쟁이 자식들!"

"너희들 때문에 젤슨이 죽은 거라고!"

승전 전투에 참여했던 애들이 후방으로 빠져 있던 다른 사관생들을 배척하기 시작한 것이다.

'하여간, 멍청한 짓을 하고 있네.'

심리적인 압박이 있다면 본인이 사관생을 그만두면 될 텐데. 그건 또 싫으니 다른 이를 몰아세워 자존감을 세우고 있다.

나는 그러려니 하며 자리에 앉았으나 곧 무리로 보이는 녀석이 다가왔다.

"야, 일라인. 너도 후방으로 빠졌었다며?"

"……그래서?"

화살은 나에게도 돌아왔다. 대외적으로는 후방으로 빠진 걸로 알려져 있었으니 당연하다면 당연하다.

"그래서라고? 이 비겁한 새끼. 성적이 좋으면 뭐 하냐. 막상 실전에선 동료를 내팽개치고 도망가는 쓰레기인데 말이야!"

"핫, 그래서 뭐. 한 대 때릴 기세다?"

하는 짓이 워낙 꼴 보기 싫었던 탓에 나도 모르게 날 선 반응이 나오고 말았다.

녀석은 어디서 말대꾸냐고 말하는 듯 표정을 구겼다.

"네가 원한다면 다른 모두를 대표해서 그 곱상한 얼굴을 짓뭉개 주지."

"할 수 있으면 해 보든가. 얼굴이 짓뭉개지는 게 누구인지 알려 줄 테니까."

"이 새끼가……."

그러면서도 차마 덤비지는 못하겠는지 주먹만 꽉 쥐고 있는 녀석.

이 일촉즉발의 분위기에 배닝스가 다급히 말리고 들어왔다.

"자, 잠깐! 알스는 아니야! 얘는 첫 전투에서 큰 부상을 입었었다고!"

역시 동기밖에 없다는 건가.

당시 나와 이야기를 나눴었던 배닝스는 내가 부상 따위는 입지 않았단 걸 알고 있었지만, 그럼에도 거짓말로 감싸 주었다.

"알스는 첫 전투에서 퇴로를 열었던 후방 부대에 있었어. 그 부대의 지휘관이었지! 물론 실제로 부대를 지휘한 건 다른 장교였겠지만 어쨌든 얘는 그 부대에서 활약하다 부상을 입었다고! 비겁하단 소리를 들을 이유는 없어!"

이에 나를 위협하던 사관생은 떫은 표정을 지으며 고개를 끄덕였다.

마치 마녀사냥의 표적에서 제외해 주겠다는 제스처다. 파벌 녀석들도 '일라인은 건드리지 마.'라는 듯 숙덕이고 있다.

배닝스는 안도의 한숨을 내쉬었다.

"어휴, 괜찮냐 알스?"

"고마워, 네가 감싸 주지 않았으면 조금 귀찮아질 뻔했네."

"귀찮은 정도가 아니야."

배닝스는 옹기종기 모여 있는 파벌 애들을 곁눈질하고는 속삭였다.

"쟤들, 꽤나 진심이야. 그 전투에 참여하지 않은 애들을 압박해서 그만두게끔 할 생각인가 봐."

"잘들 하는 짓이네."

"너도 찍히지 않게 조심해. 가능하면 중심인물들하고 친해지려고 하는 게 좋을 거야."

중심인물. 케스퍼 밀리아스와 루안 차이스. 그리고 듀난의 뒤를 이어 그림우드 백작가의 당주가 된 도로시였다.

그중에서도 핵심이라 할 수 있는 케스퍼 녀석은 굳은 표정으로 무리의 중심에서 군림하고 있었다.

'쟤도 참 묘하게 운이 없다니까.'

만약 탈영을 하지 않았다면 내가 등장한 시점에 가짜라는 게 들통이 났을 테다.

내가 생각하기엔 그것이야말로 케스퍼가 잡을 수 있는 동아줄이었다.

그 시점에 거짓말쟁이로 몰려 비난을 받을지언정 상황이 상황이니 어떻게든 유야무야 넘길 수 있었을 테니까.

그것이 이젠 진퇴양난의 상황이 되어 버렸다.

이번 일을 계기로 동기들 사이에 녀석을 선망하는 시선이 많아졌고, 사칭으로 인한 영향력도 걷잡을 수 없이 커졌다.

"그런데 웨이드, 그게 사실이야? 베이올라프 드레스덴을 데리고 와서 그……. 죽였다는 게."

한 파벌 녀석의 물음이었다.

이에 케스퍼는 눈살을 찌푸리며 표정만으로 되묻는다.

"아니, 네가 에우로페를 상대로 로멜로 왕자를 보내고 베이올라프 드레스덴을 받아 왔잖아. 웨이드를 사칭하는 게 마음에 들지 않아서 죽이기 위해 받아 온 거라고 들었거든. 사실인가 해서."

"그, 그건……."

녀석이 눈에 띄게 당황해하기 시작했다.

저 소문은 내가 의도적으로 퍼뜨리고 있는 것이었다. 베이올라프가 이전의 신분을 버리고 내 밑에서 일하게 된 이상 저런 식으로 얘기가 흐르는 게 나았으니까.

케스퍼 녀석이 당혹해하는 건 다른 부분이었다.

"사칭한 자를 벌하기 위해서라고……?"

"응? 그게 아니었어?"

"아, 아아. 맞아! 그랬었지."

"휘유, 역시 대단하네. 드레스덴이라면 에우로페에서도 이름난 백작가잖아. 그런 곳의 후계자를 그런 식으로 처단해 버리다니. 널 사칭하는 다른 녀석들도 오줌을 지렸을걸."

여기저기서 케스퍼를 칭송하는 목소리가 터져 나왔다.

케스퍼 녀석은 그저 식은땀만 주르르 흘리고 있다.

'이쯤 되면 다들 알고서 놀리고 있는 것 같기도 하고.'

그런 게 아니라면 케스퍼 녀석이 이젠 정말 빼도 박도 못 하는 상황에 처해 있다는 뜻이었다. 이제 와서 가짜라고 밝혀졌다간 동기들에게 어떤 취급을 받을지 뻔했으니까.

파멸의 그림자가 서서히 케스퍼의 뒤로 다가오고 있었던 것이다.

그렇게 아카데미 복귀 후 보름간은 파벌 형성으로 홍역을 앓았다.

군부에선 이를 오히려 바람직한 상태로 보는 것 같았다. 사관생들이 전쟁의 아픔을 떨쳐 내고 내부 결속을 이뤄 냈으니까.

이러한 파벌이 커질 경우엔 문제가 되겠지만 고작 애들의 파벌인 만큼 가만히 놔두는 듯했다.

그로 인한 불똥은 고스란히 배척된 사관생들에게 튀었다.

귀족이 아닌 녀석들은 공공연하게 얻어맞고 다녔으며, 귀족이라 할지라도 파벌에게 알랑방귀를 뀌지 않으면 평민에게도 무시를 당했다.

이걸 통제해 줄 교사 역의 인물도 확정되지 않았던 탓에 나날이 악화되고 있었다.

'아직도 어린애들이라는 거겠지.'

명분이 있는 게 문제였다. 실제로 후방으로 향한 애들 중대다수가 겁을 먹어 도망간 것이 사실이었기에 파벌 애들이 더욱 기세등등한 것이다.

어찌 보면 자연스러운 현상이다.

'그런데……. 이렇게 되면 난 결국 아싸가 돼 버린 건가?'

파벌에 속해 있지도 않고, 그렇다고 파벌에 괴롭힘당하지도 않는다.

파벌 쪽에선 아부를 해 오지 않는 내가 마음에 들지 않는 모양이었지만 이때마다 배닝스가 '알스는 원래 붙임성이 없는 녀석이다.'라며 무한 실드를 쳐 줬고, 파벌의 핵심 중 하나인 도로시 또한 '알스는 내 생명의 은인이야. 나쁘게 말하지 말아 줘.'라면서 나를 보호해 줬기에 평화로운 상태였다.

말이 평화지, 어느 쪽에도 속하지 않은 탓에 말 상대가 없어 굉장히 심심했다.

'그래, 이게 좋은 거야.'

가뜩이나 레인폴의 내정이 바빠졌기에 아카데미에선 적당히 숨을 돌리는 편이 나았으니까.

오히려 집으로 돌아가는 발걸음이 더욱 무거웠다.

아니나 다를까 돌아온 레인폴의 집무실엔 눈높이까지 쌓인 내정 문건이 기다리고 있었다.

그걸 하루 종일 처리해 놓은 올라프가 지친 기색으로 날 맞이했다.

"다 처리해 뒀다고. 알스, 넌 읽어 보고 결재만 하면 돼."

"그냥 당신이 결재해 주면 안 될까요."

"말이 되는 소리를 해. 난 크로싱의 정식 관리가 아니잖아."

"저도 크로싱의 정식 관리는 아닌데요."

뭐랄까. 나와 올라프가 사전 결재를 하고 최종 결재는 안톤이나 다른 크로싱의 관리가 하는 형식이었다.

비효율의 극치이긴 했지만 어쩔 수 없었다.

시험 삼아 크로싱의 관리들에게 내정을 일임해 봤더니 제대로 일을 처리하지 못해 비스케타 크렌에게 불만을 들었기 때문이다.

그렇다고 유능한 내정 인재를 요청하자니 쥬라스 녀석이 어떤 사람을 심어 놓을까 몰라 꺼림칙했다.

'내정은 어떻게든 우리 힘으로 해결해야 해.'

지금 이것도 훗날 나라를 운영하기 위해 경험을 쌓는 과정이라 생각하고 있었다. 내정 인재가 모일 때까지는 고생을 하는 수밖에.

나는 집무 테이블에 앉아 문건들을 하나하나 검토해 나갔다.

올라프는 어깨를 으쓱이며 말한다.

"대부분은 곧 있을 축제에 관한 내용이야."

"그러고 보니 그런 시기였죠."

어느덧 중견 도시가 된 레인폴은 그 축제의 규모도 커져

있었다.

이런 축제들은 주변 인구를 끌어 들이는 만큼 축제 기간에는 레인폴의 유동 인구가 폭발적으로 늘어날 게 분명했다.

작년까지는 도시 규모가 크지 않아 별다른 문제가 일어나지 않았지만 올해는 다르다.

"그런데 왜 하필 이 시기지?"

올라프가 근본적인 의문을 표했다.

"보통 축제라고 하면 풍작을 기원하는 봄 축제나 추수를 기념하는 가을 축제가 기본적인데 말이야. 한여름에 축제라니. 더워서 제대로 즐길 수나 있겠어?"

"크로싱은 조금 사정이 달라서요."

땅이 척박한 크로싱은 이모작이 불가능했다.

"그래서 초봄에는 토질을 높이는 데에만 집중하고 늦은 봄에나 재배를 시작하거든요. 그 탓에 봄 축제를 열 여력이 없죠. 게다가 가을에는 수확을 해야 하기도 하고, 어업의 주요 어종이 많이 잡히는 시기거든요. 하여 가을에도 축제를 할 여유가 없어요. 그래서 크로싱은 여름에는 가을을 위한 풍어제를, 늦겨울에는 다음 해 농사를 위한 풍작 기원제를 하는 거예요."

"그렇군."

"똑같이 북부에 위치한 에우로페도 비슷할 거라 생각했는데. 아닌가요?"

"그래도 여기보단 나아. ……뭐, 그런 거라면 마침 잘됐네. 너의 책을 홍보할 좋은 기회가 온 셈이니까."

"……예?"

잘못 들은 줄 알았다.

"뭐, 뭘 홍보한다고요?"

"무슨 모른다는 표정을 하고 있어. 책을 내면 사람들이 옳다구나 하고 알아서 사 갈 거라고 생각한 거야? 탄력이 붙을 때까진 네가 발로 뛰어 가면서 팔아야지."

"발로 뛰라니……."

일단 정사 장면을 제거한 버전은 내 명의로 출간하기로 했다. 필명은 백금이란 뜻의 플래티나.

"이 본판만 잘 팔리면 관능 소설 쪽은 알아서 잘될 테니 부디 열심히 해 달라고."

"허……."

생각지도 못한 소설 홍보 작업.

아무래도 이번 축제는 꽤 떠들썩해질 것 같다.

어느 회의장.

그곳은 마치 다른 세계인 것만 같았다.

고지대가 아님에도 공기가 무거웠고, 벌레들도 본능적인

위험을 감지한 것처럼 숨기 바빴다.

나란히 앉아 살인적인 위압감을 내뿜는 서방 민족의 우두머리 셋. 심약한 자라면 그대로 주저앉아 버릴 것 같은 분위기였다.

다만 그들이 맞이하고 있는 손님은 추호도 위축되지 않고 있었다.

"이거, 공사다망하신 분께서 오실 줄은 몰랐습니다."

우두머리 중 청년. 서방에선 기린아라 불리며 칭송받는 이르바나라는 자였다.

"설마 스벤너의 대장군께서 직접 찾아오실 줄은요."

서방을 방문한 제무토와 그 측근. 스벤너와 서방은 동맹 관계에 있었지만 서로 간에 흐르는 공기는 빈말로도 따뜻하지 않았다.

제무토의 부하들은 당장이라도 칼을 뽑을 것처럼 경계 태세를 취하고 있었고, 서방의 부하들도 마찬가지였다.

제무토가 말한다.

"너희들의 계획을 듣고 찾아온 거다. 결론부터 말하지. 그 전쟁은 불가하다."

이 말에 우두머리들의 표정이 꿈틀했다.

우두머리 중 여성. 테토라는 언짢음을 여과 없이 드러낸다.

"불가하다고? 너희들이 뭐라고 우릴 통제하려는 거지? 설마 이번 동맹에서 너희들이 우리의 위에 서 있다고 생각하는 건 아니겠지?"

"……."

"착각하지 말라고. 우린 원래 길을 막고 있는 스벤너를 멸망시키고 대륙에 진출할 생각이었어. 너희들이 온갖 입에 발린 말로 아부를 떨었기에 아량을 베푼 것뿐이지."

이 테토라의 으르렁거림에 우두머리 중 노인, 한네만이란 자가 만류한다.

"진정들 하시게. 제무토 공의 입장도 충분히 이해할 수 있으니까 말이야. 분명 지금은 섣불리 움직이지 않는 편이 외교적으론 좋겠지."

현재 스벤너는 빌랑 국왕 암살의 범인으로 몰리며 외교적으로 최악의 입장에 있었다. 동맹이었던 에우로페는 손을 떼 버렸고, 툰카이도 쉬쉬하고 있다.

중동부의 다른 국가에서도 공공연하게 비난을 하며 스벤너는 외교적인 궁지에 몰려 있었다.

그런 상황에서 전쟁을 또 한 번 해 버리면 공공의 적으로 낙인찍히며 최악의 경우 반스벤너 연합이 결성될 수도 있었다.

"하지만 말이네 제무토 공. 이는 반대로 기회이기도 하다네. 모든 국가가 이번 전쟁으로 큰 소모를 겪게 된 반면 우리의 군대는 그 전력을 온존하고 있지. 지금이야말로 우리 서방이 대륙으로 진출할 기회라는 뜻이야."

"그걸 위해 빌랑에 심어 둔 자가 있었을 터."

"물론 그렇지만 빌랑의 정세가 바뀌지 않았나. 녀석이 우리 뜻대로 일을 진행시킬 수 있다는 보장이 없어졌어."

빌랑은 현재 내전 준비에 들어가며 군사력이 부쩍 높아진 상태다. 그러면서도 서방과 스벤너에 대한 경계심만큼은 최대치로 높이고 있으니 건드리기 어려웠다.

"그러니 지금은 눈을 돌려 다른 것을 쟁취하려고 하네. 동맹으로서 이해해 줬으면 하네만?"

"다른 곳……. 볼 것도 없이 베카비아겠군."

국력이 터무니없이 약해진 베카비아. 지난 키메라 전쟁에선 외교적인 입지를 얻기 위해 무리해서 원군을 보냈었다.

지금 상황에서 서방이 침공을 한다면 베카비아는 버티지 못할 가능성이 높았다.

서방은 베카비아를 멸망시키고 그 자리에 터를 잡아 대륙에 진출할 생각이었다.

객관적으로 보면 확실한 상책. 하지만 제무토는 잠시 뜸을 들인 뒤 말한다.

"너희들의 계책은 읽히고 있을 가능성이 농후하다."

"그 뜻은?"

"이번 빌랑 국왕 암살 사건의 주범. 너희들이 아니라면 아마 크로싱이 벌인 일이겠지. 그 크로싱엔 놈이 있다. 천의무

봉의 쥬라스. 그자는 너희들의 생각을 읽고 있을 가능성이 높다.”

“하하하! 제무토 공이 그 정도로 말할 정도면 분명 뛰어난 인물이긴 하겠지만 마치 손바닥 안에 있다고 하는 것 같아 기분이 나쁘군. 우리들을 너무 얕잡아 보고 계신 건 아니신가?”

“현실적인 이야기다. 놈은 빌랑의 내통책을 사전에 읽고 있었다. 너희들이 공략하려는 베카비아도 마찬가지야. 삼사자 전쟁 이후 크로싱은 불필요하게 베카비아를 방치했지. 멸망시켜 영토를 흡수할 수도 있었는데도. 나는 그것이 너희들을 유인하기 위한 함정이라 생각하고 있다.”

“우리가 베카비아를 침공하게끔 일부러 이 상황을 만든 거란 말인가? 설마. 아무리 대단한 인물이라도 거기까지 큰 그림을 그렸을 리가.”

“그자는 그런 자인 모양이다. 그자에게 붙였었던 첩자들이 입을 모아 말하더군. 불세출의 천재. 규격 외의 괴물이라고. 섣불리 들어갔다간 놈에게 잡아먹힐지도 모른다. 그러니 이번 전쟁은 하지 않는 편이 좋다.”

제무토의 전쟁 철학은 확고했다.

확실하지 않은 전쟁은 하지 않는다. 그가 보기에 이 전쟁은 변수가 너무 많았다.

이 제무토의 일관된 태도에 화가 치밀었는지 지금껏 정중한 태도를 고수하던 이르바나가 고운 얼굴을 악귀처럼 구기며 으르렁거렸다.

"……잡아먹혀? 우리가? 내가!? 거기까지 해라 스벤너 새끼야."

가면을 벗어던진 이르바나의 모습에 스벤너의 인물들은 흠칫한다.

"잡아먹는 건 우리 쪽이야. 우리가 100년간 갈아 온 복수의 칼날은 그렇게 무디지 않다고."

제무토는 그러한 변화에도 아무런 반응을 보이지 않고 침착하게 묻는다.

"네가 출진하는 건가? 이르바나 흐렌."

"아쉽지만 아니야. 마음 같아선 쥬라스고 뭐고 생포해 산 채로 포를 떠 주려 했지만."

대신 말을 받은 것은 한네만이었다.

"내가 출진하기로 했네. 이 나의 실력은 자네도 알고 있지 않은가?"

"……."

제무토는 이 이상 말려 봤자 소용없다 생각했는지 고개를 끄덕인다.

"그렇다면 충고하지. 쥬라스 외에 하나 더 조심해야 할 인물이 있다."

"……?"

"용병 웨이드. 그가 쥬라스의 부장으로 출전할 가능성이 있다. 놈이 나온다면 쥬라스 못지않은 경계를 하는 게 좋을 거야.”

“그자의 정체는?”

“파악하는 중이지만 사칭하는 자들이 너무 많아 혼선이 빚어지고 있다. 크로싱 측에서도 공작을 하고 있는지 선불리 단정을 짓기가 어렵군.”

“흐음, 그대가 그렇게 말할 정도면 용의주도한 인물인 모양이군. 하지만 걱정 마시게. 그 정도의 인물이라면 내 휘하에 수십 명은 있으니까.”

“부디 그 말이 사실이면 좋겠군.”

몸을 돌려 떠나가는 제무토. 스벤너가 묵인한 이상 망설일 것은 없었다.

서방은 즉각 대대적인 군영 개편에 착수.

빠른 속도로 13만에 달하는 병력을 끌어모은다.

2장

땡볕 같은 더위와 함께 시작한 축제.

이번 풍어제는 5일에 걸쳐 진행되었다.

이 기간에는 내륙의 관광객들이 우리 같은 해안 도시로 대거 방문을 하는데, 그로 인해 레인폴의 유동 인구는 평상시의 다섯 배는 높아져 있었다.

크로싱의 관광객은 물론이고 캘리퍼의 관광객들도 레인폴에 몰리면서 문전성시를 이룬 것이다.

나는 책을 홍보하기 전에 공적인 일을 먼저 처리하기로 했다.

'흐음, 어떠한담.'

오늘 아침 쿠라벨 쪽의 관리자인 비스케타로부터 방문 요청이 와 있었다.

내가 장부를 체크하며 금전적인 씀씀이를 집요하게 지적한 탓인지 진절머리를 치며 그렇게 궁금하면 직접 보러 오라 말한 것이다.

'그렇다고 직접 돌아보면 의미가 없을 것 같고.'

부대에 방문한 사단장이 부대의 실상을 파악하기 어려운 것처럼, 공식 일정을 잡으면 보여 주기식 준비를 할 것 같았다.

그러니 잠행을 하기로 했다.

'이럴 때는 변장을 해야 하지만.'

나는 도리어 변장을 풀고 가는 게 변장이었다.

하여 알스로서 쿠라벨 주거지를 둘러보기로 했다.

에오도 평소에 쓰고 다니던 투구를 벗고 라니아로서 동행했다.

그녀의 지금 얼굴을 알고 있는 건 쿠라벨 출신 중에서도 비스케타를 비롯한 극히 일부에 불과했기에 알아보는 사람은 없었다.

"단둘이 외출이라니. 우헤헤……."

에오는 내 단독 호위를 맡게 된 것이 기쁜 건지 헤실헤실 웃고 있다.

"라니아, 웃고 있지만 말고 안내를 해 줘."

"옛! 우선 이쪽으로 오십시오. 여기가 알스 님의 은의로 말미암아 새로이 건축하고 있는 아카데미입니다."
"흠."
레인폴 제2아카데미였다. 규모는 기존의 것보다 훨씬 더 커서, 아마 새로이 건축되는 이 건물이 본교가 될 터였다.
그런 아카데미 터 앞에선 처음 보는 무리가 열띤 목소리로 호객 행위를 하고 있었다.
"저건 뭐야?"
형형색색의 요란한 옷을 입고 있는 남자들.
"그게……. 아마도 이번에 새로이 들어온 서커스단인 것 같습니다."
"올라프가 데려온 자들인가."
서커스단의 명칭은 사계(四季). 유랑 생활을 하여 공연 일정이 들쭉날쭉한 보통의 서커스단과 달리 한곳에 머무르며 사시사철 공연을 한다는 뜻으로 올라프가 붙인 이름이라고 한다.
사계의 단원들은 축제 첫날을 맞아 길거리로 나와 게릴라 공연을 펼치며 홍보를 하고 있었다.
"레인폴의 서커스단 사계입니다! 오늘 밤 7시에 첫 번째 공연이 있으니 모두 보러 와 주십쇼!"
고래고래 소리를 지르며 홍보를 하고 있는 소년. 왜인지 얼굴이 낯익었다.
"쟤는……."

누구인지 구체적으로 기억나지는 않았다.
그렇게 전단지를 나눠 주고 있는 녀석을 보고 있자니 사계의 단원이 녀석을 불렀다.
"야, 애거트! 네 차례야!"
"오우! 알겠다고요!"
애거트는 준비된 곳으로 달려가더니 소매를 걷어붙였다. 그의 앞에 놓여 있는 건 열 겹으로 쌓인 얇은 돌이었다.
옆에 있던 남자가 바람을 잡기 시작했다.
"우리 서커스단의 신입인 애거트의 묘기입니다! 잘 봐 주십시오!"
돌이 얇긴 해도 보통 사람이라면 기껏해야 네 개를 깰까 말까 한다. 심지어 저건 묘기를 위해 강도를 낮춘 게 아니라 실제 공사에 사용되는 돌이었다.
그것을 애거트는 가차 없이 수도로 내리쳤다.
"으랏챠챠!"
타다다다당! 우수수 부서지는 벽돌.
"……!"
"오호."
에오도, 나도 곧장 눈치챘다.
'오러를 사용했잖아. 제법인걸.'
고작 서커스단에 오러를 사용하는 녀석이 있을 줄이야.
에오가 속삭여 왔다.

"알스 님, 저건 무의식으로 사용하고 있는 겁니다."
"무의식으로?"
"예, 힘을 전력으로 끌어올린다는 일념이 몸으로 하여금 자연스럽게 오러를 사용하게 한 것이죠."
"본능인가. 나랑은 정반대의 유형이네."
"후훗, 알스 님은 생각이 너무 많으시니까요."
"칭찬이야?"
"칭찬입니다."
격파 묘기를 선보인 애거트는 익살스럽게 근육맨 자세를 취했으나 한 꼬맹이가 지적한다.
"어! 맨 아래 거는 안 깨졌어!"
"뭐, 뭐!?"
당황한 애거트는 주변 눈치를 보더니 뽀각! 발로 밟아 마지막 돌을 깨부쉈다.
"하, 하하핫! 이제 됐지?"
머쓱하게 웃는 녀석.
"뭐야, 이 사기꾼!"
"사, 사기꾼이라니 이 꼬맹이가!"
그래도 반응은 나쁘지 않았다. 애거트란 녀석은 연신 힘자랑을 해 대며 사람들을 끌어모았다.
"흐음, 어디서 봤더라."
아무리 생각해 봐도 기억이 나질 않았다. 만나긴 했으나 내 기억에 남을 정도로 큰 임팩트를 주진 못했나 보다.
"아무렴 어때."
난 다음 장소로 발걸음을 옮겼다.

쿠라벨 사람들이 살고 있는 주거지역은 꽤 높은 건물들이 많았다.

비스케타는 많은 인구를 수용하기 위해 공동 주택의 형태로 주거 건물을 지어 올렸는데, 그 높이가 평균 3층이었고, 한 건물에 살고 있는 세대 수만 다섯 세대를 넘었다.

현대에서야 30층 아파트도 흔하니 대수로울 게 있냐 싶지만 이곳은 그 정도의 설비가 되어 있지 않다.

이렇게 밀집할 경우 일어나는 가장 큰 문제는 식수와 하수 처리였다.

"으음, 제법인걸?"

비스케타는 그 부분까지 고려를 하고 주거지를 설계했다.

바다 쪽으로 흐르는 강을 인위적으로 갈라 한쪽을 식수와 농업용수로, 다른 한쪽으로 하수를 처리하게 만들었다.

하수를 무작정 바다로 방류하다간 인근 해안이 오염돼 어획량이 줄어든다는 것도 감안을 했는지 방류 지점에 처리 시설을 만들어 처리하지 못하는 오염 물질은 땅에 묻고 처리할 수 있는 건 비료로 만들어 농가에 보급하고 있다.

"그래서 그렇게 돈을 많이 요구한 거였군."

이 정도의 큰 공사라면 돈이 많이 들 수밖에 없다.

'차라리 이게 낫지.'

찔끔찔끔 일을 하느니 화끈하게 끝내 버리는 게 효율적이긴 했다.

물론 그럴 만한 능력이 있는 사람이 해야 한다는 전제가 있지만.

비스케타는 그럴 능력을 가지고 있었다.

'가능하면 내 사람으로 끌어들이고 싶은데…….'

고향으로 돌아간다는 목표가 워낙 확고하여 어떻게 설득할지 갈피가 잡히지 않았다.

그러던 차. 호랑이도 제 말 하면 나타난다고, 비스케타가 모습을 드러냈다.

"에오? 뭐 하고 있니?"

비스케타도 축제를 맞아 시찰을 하고 있었던 모양이다.

그녀는 맨얼굴을 드러내고 있는 에오를 보며 눈을 둥그렇게 떴다.

"성장!?"

에오는 그녀의 갑작스러운 등장에 어쩔 줄을 몰라 했다.

"어, 어흠! 에오라니요. 저는 라니아라고 합니다!"

"그러고 보니 그 모습일 땐 그렇게 하기로 했었지."

비스케타는 에오를 한 번 보더니 내게 시선을 돌렸다.
“근데 그쪽의 애는 누구니?”
왜 다들 내게 애라고 하는 걸까.
‘이미 키도 다 컸는데 말이야.’
그럼에도 어린 나이가 얼굴에 보이는 모양이다.
“그게…….”
대충 지나가다 마주친 사이라고 하면 충분한 상황이었지만 에오가 당황했는지 아무 말이나 둘러댄 게 문제였다.
“제, 제가 아끼는 애예요! 종종 이야기를 나누는 사이입니다!”
“아끼는 애라고? 정말이니?”
비스케타는 진의를 묻는 듯 내게 눈짓했다.
난 어쩔 수 없이 장단에 맞춰 주기로 했다.
“예에……. 라니아 누나에게는 언제나 신세를 지고 있습니다.”
“흐음?”
들키지 않게 잘 말했다고 생각했으나 비스케타는 무언가를 캐치한 것처럼 눈매를 좁혔다.
반면 에오니아는 전율하고 있었다.
“누나……!?”
비스케타는 어깨를 으쓱였다.
“이왕 이렇게 마주친 거 잠시 어울려 주겠니? 둘 다.”

그렇게 비스케타의 뒤를 따른 우리는 쿠라벨의 주거지를 세세하게 둘러볼 수 있었다. 비스케타는 마치 상관을 대하듯 내게 주거지 설계에 대해 브리핑하고 있었다.

그 설명이 꽤나 전문적인지라, 비스케타의 비서는 왜 나 같은 애송이에게 그런 설명을 하고 있는지 영문을 몰라 할 정도다.

'이거 무조건 들킨 거지.'

어차피 조만간 정체를 밝힐 생각이었기에 상관은 없었지만. 정체가 들킨 상황이 묘한 탓인지 조롱을 해 오기 시작했다.

"그건 그렇고. 대륙을 떠들썩하게 만든 그 남자가 이렇게 어린애였다니 깜짝 놀랐네. 하기야 그런 유치한 가면극을 할 정도면 나이가 많을 수 없지."

"……무슨 말씀이신지?"

"훗, 혼잣말이었는데 왜 그러니? 뭔가 찔리는 거라도 있는 거니?"

"혼잣말이라기엔 어린애라고 저를 지칭하지 않으셨습니까."

"본인이 어린애라고 생각하고 있는 거구나. 어이쿠."

"……."

"근데 라니아. 너는 왜 그러고 있어. 아끼는 애라면서 왜 그렇게 이 애랑 거리를 두고 있는 거니?"

화살이 자기에게 돌아오자 에오는 토끼 눈을 뜨며 되묻는다.

"무슨 문제라도 있나요?"

"문제랄 건 없는데……. 그냥. 친한 사이라면 팔짱이라도 껴야 하는 거 아닌가 해서."

"파, 팔짱이요!"

"아니지. 아직 어린애니 살포시 껴안아 주는 것도 좋겠네. 길을 잃어버리지 않게끔."

"……!?"

"못 하는 거니? 역시 친밀한 사이라는 건 거짓말이었구나."

이 아줌마. 무슨 이상한 소리를…….

꼬옥! 등 뒤로 느껴지는 포근함. 에오가 내 등을 껴안은 것이다.

키가 비슷해서인지 그녀의 숨결이 곧장 귀로 느껴졌다.

떨고 있는지 등을 통해 미세한 떨림이 전해져 왔다.

난 목소리를 낮춰 속삭였다.

"……지금 뭐 하고 있는 거야?"

"서, 성장에게 들키지 않게끔요. 게다가 지금 저는 누나니까요! 이렇게 하는 게 자연스럽습니다!"

율리아 누나가 평소에 내게 하던 행동을 벤치마킹한 것 같다.

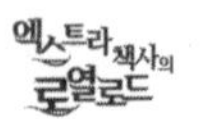

“알겠어. 알겠으니까 이쯤 하면 됐어. 이제 떨어져도 괜찮아.”

“아, 아뇨! 성장은 날카로우신 분이라 끝까지 마음을 놓을 수 없습니다!”

이미 다 들킨 것 같은 상황에서 무슨 의미가 있을까 싶었다.

그렇게 에오는 무려 10분간을 그러고 있었다.

“나는 이만 가 봐야겠네. 라니아, 시간이 나면 차라도 마시자꾸나. 알스, 너도 다음에 보자. 이번에 들어온 서커스단에 대해 하고 싶은 말이 있거든.”

씨익 웃어 보이고는 떠나는 비스케타. 이건 무조건 들킨 게 확실했다.

“어휴. 뭐, 차라리 잘됐네.”

투구를 벗으며 공개하는 것보다 이렇게 자연스럽게 정체를 알리는 편이 더 편했으니까.

“그런데 에오, 언제까지 그러고 있을 거야?”

“예? 아, 예…….”

아쉬운 기색을 드러내며 떨어지는 에오. 한여름이라 그런지 내 등은 땀으로 축축해져 있었다.

그건 그녀도 마찬가지였다. 땀을 얼마나 흘렸는지 앞섶이 다 젖어 속옷 라인이 드러나 있었다. 나는 모른 척하고 있었지만 본인이 눈치를 챘는지 곧 어쩔 줄을 몰라 했다.

난 넌지시 말했다.

"오래 걸으니까 조금 지치네. 나는 여기서 잠깐 쉬고 있을 생각이니까 너도 볼일이 있으면 잠깐 갔다 와."

"예, 옛! 그럼 잠시 자리를 비우겠습니다!"

후다닥 사라지는 에오. 그녀를 대신해서 온 것은 유미르였다.

"도련님, 에오니아가 호위를 대신 해 달라고 해서 왔습니다."

"하하……."

자기가 했던 행동을 다시 생각해 보니 부끄러워져서 오지 못한 모양이다.

"무슨 일이 있었던 건가요?"

"그냥. 그보다 유미르 넌 오늘 다른 일은 없어?"

"마땅히 맡은 일은 없습니다."

"그럼 잘됐네. 나도 마침 시찰이 끝나서 일정이 비었거든. 같이 축제나 돌아보자."

평소 고생하는 유미르를 위해서라도 오늘 하루는 그녀를 에스코트하기로 했다.

일반적으로 5일짜리 축제가 절정에 진입하는 시기는 3일

째부터다.

하여 축제 초반은 여유가 있을 거라 생각했지만 그렇지도 않았다.

레인폴의 특수한 사정 때문이다.

크로싱 국민들의 경우 다른 선택지가 많아 굳이 이곳으로 관광을 오진 않았지만 캘리퍼 쪽은 아니었다.

캘리퍼에 여름 축제가 없다는 점도 크게 한몫했다. 현재 레인폴은 캘리퍼 내에선 유일하게 축제가 벌어지는 도시였으니 관광객들이 몰릴 수밖에.

“나 참, 사람이 이렇게 많을 줄이야.”

유미르를 에스코트하려고 했건만 결국엔 축제 실태 조사를 하게 되었다.

음식이 다 떨어져 가는 노점과 숙소가 없어 실랑이를 벌이는 관광객들. 길거리 위생에 눈살을 찌푸리고 있는 귀족들까지.

“빨리 체크해서 관리들에게 알려야겠네. 미안해 유미르. 축제는 다음에 같이 돌아보자.”

“괜찮습니다, 저는 이 시간만으로 충분한걸요.”

“그럴 수야 없지. 꼭 시간을 낼게.”

그렇게 축제를 돌아보던 차. 아는 얼굴을 마주하게 되었다.

“앗, 알스!”

손을 흔들며 다가오는 가냘픈 남자애. 도로시였다.

"도로시? 여긴 어쩐 일이야?"

"축제 개최를 축하하러 왔지. 친구들의 영지잖아. 너도 그렇고, 베릴과 배닝스도 그렇고."

"하하, 맥스 형도 깜짝 놀라겠네. 그 그림우드 백작이 찾아왔다는 걸 알면."

"나는 아직 애송이일 뿐인걸. 그리고 그런 거라면 나 같은 건 신경 쓸 새도 없을 거야."

"왜?"

"그야 헬리안 공작님도 같이 왔으니까."

그러기 무섭게 도로시의 뒤로 헬리안 공작의 모습이 보이기 시작했다. 그는 최측근 다섯을 대동한 채 축제를 돌아보고 있었다. 그 측근 중에는 내 정체를 알고 있는 린하르트 후작과 아이언하트 장군도 있다.

"윽."

귀찮은 일이 일어날 것 같아 도로시와 함께 자리를 피하려 했지만 헬리안 공작이 먼저 나를 발견했다.

"이거야, 이거야. 알스 군이 아닌가."

"……평안하셨습니까, 공작님."

"훗, 평안하다마다."

헬리안 공작이 내게 말을 거는 걸 보고 측근 중 둘이 의문을 표했다. 아마 저 둘은 내 정체를 모르는 모양이다.

헬리안 공작은 그들에게 나에 대한 설명을 해 준다.
“황금세대라 불리는 사관생들 중에서도 필두를 달리는 아이일세. 장차 우리 군부의 대들보가 될 인재라 이 말이야.”
“필두라면……. 루안 차이스나 케스퍼 밀리아스와 어깨를 견줄 수 있다는 거로군요.”
“아무렴. 난 오히려 그들보다도 잠재력이 높다고 생각하고 있네.”
“오오! 공작님께서 그렇게 말씀하신다면 틀림없겠지요.”
헬리안은 계파의 단합을 위해 레인폴을 방문한 것 같았다.
‘맥스 형은 자지러지겠네.’
대귀족들이 이렇게나 많이 방문하다니. 우리 가문 역사상 이런 일은 없었다.
일은 거기서 끝이 아니었다. 헬리안 공작이 멈춰 섬으로 인해 형성된 인파를 헤치며 한 남자가 나타났다.
“축제에서 길을 막고 있으면 쓰나 레그나트.”
의미심장하게 웃는 남자. 길버트 살레온이었다.
헬리안은 그를 보자 오만상을 찌푸렸다.
“길버트? 자네가 이곳엔 왜…….”
“오면 안 되는 이유라도 있나? 나도 축제를 즐기러 온 걸세.”
사실 오면 안 되는 이유는 있었다. 우리 가문이 헬리안 계파 소속이기 때문이다.

다른 계파 수장이 초대 없이 방문을 하는 건 뜬소문을 만들기 충분하기에 귀족계에선 암묵적으로 금지되어 있다.

"자네가 경우 없는 짓을 많이 하는 건 알았지만 이 정도일 줄은 몰랐군."

"훗, 진정하게. 고작 이런 일로 열을 올려서야 쓰나. 게다가 오늘은 축제 외에도 일라인 남작에게 용무가 있어서 말이야."

"일라인 남작에게? 무슨 용무를 말하는 거지?"

"자네는 알 필요 없네. 그보다……. 아, 일라인. 오랜만이군. 잘 지냈나?"

길버트는 나를 보며 미소 지었다. 어째서인지 나를 향한 눈빛이 더 따뜻해진 것만 같았다.

"괜찮다면 자네가 날 영주의 저택으로 안내해 주지 않겠나? 길을 잘 모르겠어서 말이야."

이에 헬리안 공작이 발끈한다.

"무례하군. 알스 군과는 내가 얘기를 나누고 있었네."

"그렇다면 그쯤 하지 않겠나? 조금 전에 보고 있었는데 계파의 미래라느니 뭐니 보기 역겨웠네. 애들을 상대로 그 무슨 추태인가."

"뭐라고?"

신경전을 벌이는 둘.

에스텔과 에리나도 아니고.

나이 지긋한 아저씨들이 이러고 있는 걸 보자니 기분이 별로 좋지 않았다.

대귀족의 방문에 맥스 형은 펄쩍 뛰었다.

"어, 어서 오십시오!!"

"반갑네, 일라인 남작. 치세가 무척 훌륭하다고 들었어. 아주 고무적인 일이지."

"하하, 황송합니다."

헬리안 공작의 치하에 맥스 형은 어쩔 줄을 몰라 했다.

"대접이 변변찮아 송구합니다. 오신다는 걸 알았으면 준비를 더 했을 텐데요."

맥스 형은 저택에서 가장 좋은 와인을 대접했으나 그마저도 대귀족들의 성에는 차지 않는지 마시는 사람은 없었다.

이에 린하르트 후작이 쓴소리를 했다.

"그보다는 순서의 문제겠지. 아직 해가 중천에 떠 있는 게 보이지 않나? 그런데 와인이라니? 이런 때는 차를 내오는 게 순서란 말이다."

"아, 으……."

린하르트 후작의 고압적인 태도에 맥스 형은 얼어 버렸다. 이에 아이언하트 장군이 만류했다.

"일라인 남작은 작위를 이어받은 지 얼마 되지 않지 않았습니까. 넓은 마음으로 이해해 주십시오, 후작님."

"흥."

날 아니꼽게 여기는 린하르트는 심기가 불편한 듯했으나 딱히 맥스 형에게 악의가 있는 건 아닌지 그 이상 트집을 잡지는 않았다.

지금 이것도 트집이라기보다는 선의의 지적을 해 주려 한 것 같다.

그렇게 맥스 형은 헬리안 계파의 인물들과 담소를 나누기 시작했다.

나라고 하면 응접실 밖으로 나와 도로시를 상대하며 우리 영지의 농업 현황에 대해 조언을 구하고 있었다.

"어때? 할 만큼 했다고 생각은 하는데."

"응……. 노력한 것 같긴 한데. 성과는 그저 그러네."

도로시는 통계를 보더니 효율에 대해 지적해 왔다.

"이 정도 통계면 흉작이 들었거나 땅에 맞지 않는 작물을 길렀기 때문인 경우가 보통인데. 알스 너희 가문이 그랬을 거라고는 생각지 않거든. 무슨 이유였어?"

"토질이 다르다는 걸 간과했어. 원래 살던 리벨에서는 초봄에 기초적인 작물을 한 번 재배하고 늦봄에 본격적으로 한 해 농사를 시작했었는데, 여긴 토질이 좋질 않아 초봄에 했던 농사가 망해 버렸거든."

"응, 들었어. 크로싱은 초봄엔 개간을 하는 데에만 집중한다고."

"첫 발걸음을 잘못 내디디니 전부 꼬이더라고. 늦봄 농사도 별로 성과를 내지 못했어. 어휴, 내가 조금 더 신경을 썼으면 좋았을 텐데."

나도 아카데미고, 전쟁이고 너무 바빴다.

도로시는 잠시 고민하더니 내게 제안했다.

"내 생각에 크로싱 지역은 토질에 알맞은 비료를 개발해야 한다고 봐. 그래야 농업 효율을 다른 국가와 동등하거나 더 높게 맞출 수 있을 거야."

"그렇긴 한데. 그게 잘되지 않나 봐."

파라인 국왕이라고 손을 놓고 있던 게 아니다. 오히려 너무 노력한 탓에 비료 개발에 있어선 크로싱을 따라올 국가가 없었다.

문제는 그렇게 개발한 비료가 크로싱의 토질에 맞지 않고 오히려 남부 국가의 토질에 맞았다는 것이다.

그로 인해 기술을 빼앗겨 다른 국가만 좋은 일을 해 줬다.

"음……. 그럼 알스. 나한테 이곳의 흙을 조금 줄래? 가져가서 한번 실험해 보고 싶은 게 있거든."

"진짜로? 무조건 챙겨 줄게."

도로시가 비료 개발에 성공한다면 이는 역사적인 대사건이 될 수도 있었다.

"아, 그렇다고 너무 기대하지는 말아 줘. 나도 아직은 풋내기에 불과하니까."

"생각을 해 준 것만으로도 고마워. 흙은 네가 갈 때 마차에 챙겨 놓을게."

도로시의 경우엔 천천히 내 인재로 영입해 볼 생각이었다. 농업 내정에 해박한 인물도 필요했으니까.

그렇게 도로시와 농업에 대한 이야기를 하고 있자 기다리기 지쳤는지 다른 응접실에서 대기하고 있던 길버트 살레온이 다가왔다.

"안에선 아직도 이야기를 하고 있는 건가? 나 참, 손님을 얼마나 기다리게 하는 건지."

나는 맥스 형을 대신해 그를 상대했다.

"죄송합니다. 형님께서도 여러 귀족분들을 한꺼번에 응대하는 건 처음인지라……."

"흠. 자네가 그렇게까지 말한다면야 이번 한 번은 너그럽게 넘어가도록 하지."

그는 곧 도로시에게도 시선을 주었다.

"그런데 그림우드 백작. 자네는 저곳에 함께하지 않아도 되는 건가?"

"아하하……. 저는 아직 애송이니까요……."

"애송이라니. 자네도 엄연히 백작위를 가지고 있는 대귀족이 아닌가. 허! 헬리안은 어리다는 이유로 자네 같이 유능한 인재를 배척하는 거군."

"그런 것이……."

"생각해 보면 듀난이 죽은 것도 그의 탓이 크다고 봐야겠지. 좋은 참모를 듀난의 곁에 주었다면 그런 불상사가 일어나지 않았을 터인데 말이야. 쯧쯧, 웨이드가 한발 먼저 듀난의 곁에 있었다면 분명 듀난도 죽지 않았을 게야."

"……."

케스퍼가 웨이드라 믿고 있는 도로시는 길버트의 혀놀림에 흔들릴 수밖에 없다.

지금 길버트의 말은 마치 처음부터 웨이드가 나설 수 있었음에도 헬리안 공작이 의도적으로 막았다는 것처럼 들리니까.

"듀난의 죽음은 내게도 슬픈 일이었네. 알고 있나? 그는 젊었을 적 내 아버지인 알티오르 공작의 부관이었다네."

"……알고 있습니다."

"후우……! 언제 한번 그란셀에 찾아오게나. 남자 대 남자로서 술이라도 대접할 테니."

과연 헬리안 공작으로부터 정치력 하나만큼은 뛰어나다는 평을 받을 만했다.

그는 헬리안 공작이 담화를 끝내고 나오자 언제 그랬냐는 듯 도로시와 거리를 둔 채 딴청을 피웠다.

배웅을 위해 함께 나왔던 맥스 형은 길버트의 얼굴을 보곤 눈을 크게 떴다. 헬리안 공작에게 미리 귀띔은 받은 모양이지만 계속 기다리고 있을 거라 생각지는 못한 것이다.

"어서 오십시오, 길버트 님."

타 계파의 수장이긴 해도 박대를 할 수는 없는 노릇이니 맥스 형은 길버트를 응접실로 안내했다.

헬리안 공작은 그 모습을 못마땅하게 바라보면서도 일단은 할 수 있는 게 없으니 두고 보고 있었다.

그렇게 축제 첫날과 둘째 날은 나도 일을 처리하거나 손님들을 응대하는 데에 시간을 보내야 했다.

셋째 날도 어물쩍 일을 핑계로 넘어가 볼까 했으나 올라프가 아침부터 책을 한 아름 안아 들고 찾아왔다.

"엇챠! 어떻게든 물량을 맞췄다고, 알스."

기어코 초판으로 100권을 만들어 낸 올라프. 그 능력이 무서울 지경이었다.

책 100권이 뭐가 대단하냐 할 수 있지만 이 세계는 제지 기술은 좋은 반면 인쇄 기술은 크게 발달해 있지 않았다.

아직 철판인쇄보단 목판인쇄가 대부분이었고 그마저도 효율이 높지 않아 필사를 통한 책 제작이 많았다.

지금 만들어 온 책도 필체가 좋은 30명의 노예를 고용해 모조리 필사로 만든 것이었다.

'목판인쇄 기술은 결국 버려야 한다고 보면 장기적으론 철

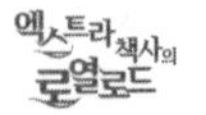

판인쇄 기술을 보급해야겠지.'

철판인쇄의 핵심은 인쇄기 기술에 있다.

현대의 지식으로 말미암아 구텐베르크의 인쇄기에 대해 어렴풋이 알고 있던 나는 그 기술을 실현시켜 줄 기술자를 기다리고 있었다.

바로 일곱 가신 중 하나. 명공 루크를.

"자, 가서 팔아치우고 와. 자리도 만들어 놨으니까."

"생각해 보니 오늘 급한 일이……."

"내가 처리해 놓을게."

"그 일이 뭔 줄 알고요?"

"뭐가 됐든 내가 못 할 일은 아닐 거야. 그러니 가서 책을 팔고 오라고, 작가님."

"어휴, 알겠어요. 알겠다고요."

난 올라프가 준비한 인부들과 함께 책을 가지고 시가지의 광장으로 향했다.

광장에는 문화의 장이 열려 있었다.

수많은 음악가가 악기를 켜고 있었고 예능인들은 그 음악에 맞춰 춤을 추거나 노래를 불렀다. 자신이 그린 그림을 전시하는 화가들이 곳곳에 있다.

그들 대부분이 귀족을 비롯한 유력자들의 발탁을 받고 싶어 하는 자들이었다. 순수하게 자신의 예술을 내보이기 위해 축제를 찾은 자들도 있었지만 돈이 있어야 예술을 한다고,

그들의 목적은 돈이었다.

작가들도 마찬가지다.

나를 포함한 13명 정도 되어 보이는 작가들이 책을 쌓아 두고 자신의 책을 홍보하고 있었다.

저작권에 대한 인식이 없어 무단 복제와 해적판이 성행하는 이 세계에서 어떻게 책을 팔아먹고 사냐 할 수 있는데, 이게 의외로 돈이 되었다.

책을 팔아서 번다기보단 명성을 얻어 돈을 버는 느낌이다.

대표적으론 귀족의 서기관으로 고용이 되는 것인데, 고위 귀족의 서기관이 되기라도 하면 부와 명예가 동시에 따라온다. 평민 서기관이 무난하게 귀족의 영애와 혼약이 가능할 정도.

'다들 절실하네. 이런 곳에서 내 책이 팔리려나.'

저들은 목숨 걸고 하는 것인 반면 나는 취미도, 직업도 아니다.

다른 이들은 고래고래 소리치며 열정적으로 홍보를 하고 있으니 앉아만 있는 내게 관심을 드러내는 사람은 없을 거라 생각했지만.

"그 책의 저자이신가요?"

자리에 앉고 3분 만에 귀족으로 보이는 여성 한 명이 그렇게 말해 왔다.

"아, 예. 알스……. 아니, 플래티나라고 합니다."

"플래티나……. 울림이 있는 좋은 이름이네요."

관심을 가져 준 건 고맙지만 막상 책을 어떻게 팔아야 할지 갈피를 잡기가 힘들었다.

'그냥 책을 사 가라고 말할까? 그도 아니면 책의 내용에 대해 설명을 해야 하는 건가?'

그러나 여성은 책의 내용이 아니라 내 신상을 묻기 시작했다.

"어머나, 이 도시를 다스리는 가문의 자제분이시군요."

"예에……. 그렇습니다만."

"글을 쓰지 않는 평소엔 뭘 하고 지내나요?"

"미안하지만 저에 대한 것보단 책에 대해서 물어봐 주면 고맙겠습니다."

"하지만 책을 이해하는 데에는 저자에 대해 아는 것도 중요한걸요?"

"으음……."

평소라면 단칼에 선을 그었겠지만 책을 팔아야 하는 입장이었기에 혼란스러웠다.

그러니 오늘은 차라리 노선을 바꿔 얼굴에 철판을 깔기로 했다.

"뭘 알고 싶으신가요?"

나는 싱긋 미소 지어 보였다.

타의적인 이유로 이런 유의 대화가 익숙했던 나는 어렵지 않게 이야기를 주도해 나갈 수 있었다.

"어머나, 아직 아카데미생이시군요. 어디 소속인가요?"

"그걸 알고 싶다면 책 한 권만 더 사 주시면 어떨까요?"

"살게요."

그렇게 밀당을 하며 그녀에게 판매한 책은 세 권.

"남은 책은 친구들에게 나눠 줘야겠네요. 내용이 친구들의 마음에도 들었으면 좋겠어요."

"분명 마음에 들 겁니다."

"혹시 다음에 만날 수 있을까요?"

"기회가 닿는다면요."

"후훗, 그럼 다음에 봐요."

만족하며 떠나가는 여성.

"휘유!"

세일즈맨을 해 본 건 이번이 처음인지라 나도 모르게 안도의 한숨이 나왔다.

내 신상이 팔리긴 했지만 정상적인 소설인 만큼 그러려니 하기로 했다.

이 세일즈 전략이 먹혔는지 이후로도 손님이 끊이질 않았다.

손님들 대부분은 여성들. 그중에는 내 지인들도 있었다.

"알스 님이 쓰신 책이라고요?"

"우와! 읽어 보고 싶어요!"

이전에 율리아 누나를 따라 면회를 와 준 어린애들이었다.

애들한텐 돈을 받기도 뭐하니 공짜로 주었다.

'의외로 빨리 팔리는데?'

이거라면 축제가 끝나기 전까지는 완판을 할 수 있을 것 같았다.

"어흠! 한 권만 주십시오."

투구를 쓴 여성이었다. 목소리를 낮게 깔았지만 그 정체는 쉽게 파악이 가능했다.

"뭐 하고 있어 에오. 오늘은 비스케타 씨와 차를 마시러 간다며."

"에, 에오라니 누굴 말하시는지……?"

"뭐, 좋아. 자, 여기 다섯 권."

"다섯 권이나요?"

"남는 건 아는 사람들한테 나눠 줘."

나는 과감하게 물량을 줄여 나가기로 했다. 에오는 소중하게 책을 안아 들고 사라졌다.

'그러고 보니 에오는 내 책을 읽은 적이 없었지.'

자기가 메인 히로인의 모티브가 된 것을 알면 어떤 표정을 지을까.

그렇게 적극적인 세일즈 전략이 통하며 빠르게 물량이 줄

어 나갔으나 곧 문제가 생겼다.

책을 팔고 3시간이 지난 시점에서 내 앞에 무리가 생겨 버린 것이다.

'이걸 어쩌냐.'

압박하듯 말을 걸어오는 여성들.

하나하나 상대할 때는 그나마 컨트롤이 가능했지만 무리가 생기니 내가 어떻게 할 수 없는 지경이 되어 버렸다.

"죄송하지만 책을 구매했으면 이만 돌아가 주시지 않겠습니까? 다음 손님이 기다리고 계시니까요."

"왜요? 아까 다른 사람이랑은 계속 얘기를 했잖아요."

"크……!"

이래서 장사가 어려운 거구나 싶었다. 서비스를 충실하게 하면 충실하게 하는 대로 문제가 생기고 마니까.

"그보다 하던 얘기 계속해요."

"저도 악수해 주세요!"

난 질끈 이를 악물었다.

'이렇게 된 이상 이판사판이다.'

어떻게든 모든 손님들을 똑같이 다 상대한다.

그렇게 억지웃음을 지으며 손님들을 일일이 상대하고 있을 때였다.

"……뭘. 하고 있는 건가요."

마치 고드름이 떨어지는 것 같은 목소리였다.

에스텔은 심연 같은 눈동자로 나를, 그리고 나를 둘러싸고 있는 여성들을 노려보았다.

그녀의 등장에 자리에 있던 사람들 모두 흠칫하고 몸을 떨었다.

"뭡니까 이건. 질서를 지켜 주세요. 꼴사납습니다."

그녀의 일침에 다들 겸연쩍은 표정을 지었다.

에스텔에게 위압이라도 당했는지 엉거주춤 물러나기 시작했다. 하긴, 나도 등골이 오싹할 때가 있는데 일반 사람들이 느끼기엔 더했을 테지.

"아, 아하하. 난 이만 가 봐야겠네."

"책 잘 읽을게요!"

사라지는 인파. 난 절로 감탄이 나왔다.

"우와. 한 방에 다 사라지네. 무슨 초능력이라도 썼어요?"

순수하게 감탄하는 나를 보며 그녀가 나직하게 말한다.

"알스 님. 뭘 하고 있는 건가요. 뭘 하고 있기에 여우들에게 둘러싸여 희희낙락하고 있었던 거죠?"

"자, 잠깐. 뭐라고요? 여우요?"

"여자라고 했어요. 잘못 들으신 거겠죠."

추궁하듯 다가온 에스텔은 테이블에 놓인 책을 알아채고는 표정을 흐렸다.

"……그렇군요. 오늘이었군요. 책을 판매하는 날이."

"예, 축제 기간에 팔면 잘될 것 같아서요."

이해는 했는지 엄했던 표정을 풀었지만 내 세일즈 전략을 용납할 생각은 없는 것 같다.

“알스 님이 책을 직접 판매하는 건 좋지 않은 것 같아요. 여러모로.”

“근데 동업자는 꼭 내가 해야 한다고 하더라고요. 그래야 불티나게 팔릴 거라고.”

“동업자요? 누굴 말하는 건가요?”

“책을 만들어 준 사람이요.”

“무슨 의미로 그런 말을 한 건지는 알겠지만 그렇기에 더 더욱 안 돼요.”

“하지만 달리 방법이 없잖아요? 당신이 전부 사 주기라도 할 건가요?”

이 책 한 권의 가격은 1만 실란.

한화로 치면 10만 원 돈이다. 아무리 제지 기술이 발달했다 하더라도 종이의 가격은 값싸지 않았다. 이것도 인권비는 없다고 치고 책정한 가격으로, 보통 책 한 권의 가격은 2만 실란을 가볍게 넘는다.

“남은 건 50권 정도이니 50만 실란만 주면 돼요.”

그러자 에스텔은 놀라운 행동을 보였다.

그냥 해 본 말이었음에도 실제 자신의 지갑을 열어 본 것이다.

그러나 돈이 부족한지 고개를 흔들었다.

"그렇담 저도 함께할게요."

"예?"

"책을 판매하는 걸 도와드리겠다고요."

"어……."

좋은 방법이었다. 그녀가 함께하면 남자 손님들도 많이 찾아올 것 같았고.

"그럼 그렇게 할까요?"

"예!"

에스텔은 솔로몬의 판결이라도 내린 것처럼 만족스러워하며 자리에 앉았으나 이걸 두고 보고 싶지 않은 사람이 있었던 모양이다.

"50만 실란이라고 했나요? 그렇담 그 책. 전부 다 줘요."

하인으로 하여금 두둑한 금화 주머니를 내밀게 한 여성.

"근데 이 정도로 구매하면 어떤 서비스를 해 주는 거죠?"

에리나가 미소 지으며 내게 말해 왔다.

에리나의 등장에 또 한번 폭풍이 지나갈 거라 생각했지만 의외로 그렇지는 않았다.

에스텔은 표정을 찌푸릴 뿐, 왜인지 그 등장을 알고 있었다는 기색이다.

"당신이 여긴 어쩐 일이에요?"

내가 묻자 에리나가 탁! 부채를 접으며 말한다.

"아버님을 따라 축제를 보러 왔어요. 크로싱의 축제는 처음이라 신선하네요."

"당신 아버지는 어제 돌아갔는데요?"

"그러니까 제가 온 거죠."

대귀족들은 공무가 바쁜 만큼 축제 기간 내내 체류하는 경우가 많지 않으나 그 중요도에 따라 자기를 대신할 대역을 남겨 두고는 한다.

이러한 모션은 축제를 개최하는 가문의 비위를 맞춰 주는 것이었다. 그만큼 중요하게 생각하고 있다는 걸 보여 주는 거다.

그걸 우리 같은 남작가에게 하다니. 진심으로 자기 계파로 끌어들이고 싶은 모양이다.

"나 참. 당신 아버지도 지독하네요."

"그건……."

"뭐, 만약 우리 가문이 당신들 계파에 들어간다면 재미는 있겠네요. 앞으론 남들 눈치 보지 않고 이야기를 나눌 수도 있겠고요."

"우리 계파로 들어올 생각이 있긴 한 건가요?"

"모르죠. 전 가주가 아니거든요."

"어머나, 그렇담 정말 실현 가능성이 있는 거군요."

맥스 형이 어떤 선택을 하든 존중할 생각이었다. 애초에 나는 이미 나만의 세력을 구축해 가문에서 반쯤 나와 있는 상황이기도 했고.

"후훗, 그렇게 된다면 당신 말대로 재밌긴 하겠네요. 아카데미에서 애써 모른 척할 필요도 없어질 테고요."

미소 짓는 에리나. 내가 마주 웃어 주자 꾸욱! 에스텔이 소매를 붙잡아 끌며 항의를 표했다.

"그보다 책을 전부 구매해 가겠다고 했어요?"

"금액은 충분할 거예요. 그럼 책은 가져가겠습니다."

"기다려요. 오늘 이건 홍보 목적도 있어서요. 전부 다 가져가는 건 안 돼요. 열 권 정도만 가져가요."

"홍보 정도는 제가 대신 해 줄게요. 제 주변엔 책을 좋아하는 친구들이 많거든요. 게다가 그 책에는 제 지분도 있잖아요?"

"아."

확실히, 에리나가 책을 뿌려 준다면 더할 나위 없다.

그녀는 하인을 시켜 책을 챙기기 시작했다.

"그런데 알스 님. 아까도 말했지만 제게는 어떤 서비스를 해 주는 거죠?"

"예?"

"책 한 권을 팔려고 아주 열심이시더라고요. 저는 전부 다 샀으니 오늘 하루를 통째로 어울려 줘야 하는 거 아닌가요?"

"윽……. 계속 지켜보고 있었어요?"

여기서 성향 차이가 드러나는 것 같았다.

에리나는 내가 왜 그러고 있는가를 이해하고 지켜보고 있던 반면 에스텔은 일단 돌격한다. 아마 에스텔이 난입하지 않았다면 끝까지 지켜봤을지도 모른다.

그 배려가 고맙기도 해서 시간을 낼까 했으나 줄곧 조마조마해하던 에스텔이 급하게 끼어들었다.

"에리나! 오늘은 저와 선약이 있잖아요!"

"흥, 그런 것치곤 당신도 지금부터 함께 책을 팔겠다느니 뭐라느니 말한 것 같은데요?"

"그, 그건……."

"뭐, 좋아요. 그럼 갈까요."

난 순간 얼이 빠졌다.

"잠깐만요. 두 사람이 약속이라고요?"

면회장에서 신경전을 벌이던 것이 어제 같은데.

에리나는 아무렇지도 않게 대답했다.

"그때 친분을 쌓았거든요. 그럼 오늘은 선약이 있어서 이만. 서비스는 나중에 해 줘요."

떠나는 둘. 친분을 쌓았다기에는 여전히 흐르는 공기가 험악한 것 같았지만 어쨌든. 덕분에 책 홍보는 성공적으로 끝낼 수 있었다.

에리나 덕분에 일찌감치 일을 끝낸 나는 집으로 돌아와 쉬

려고 했으나 내 저택에는 불청객이 찾아와 있었다.

불청객 레벨로 치면 만렙에 가까운 녀석이었다.

“하아……. 축제를 보러 온 거라면 안톤에게 가요.”

나는 무시하고 방으로 돌아가려 했으나 녀석은 기어코 말을 걸어왔다.

“핫, 쌀쌀맞군요.”

“당연하죠. 당신이 아무렇지 않게 내 앞에 얼굴을 들이민 게 더 말이 안 되는 거라고요.”

“과거의 일은 덮어 두고 가기로 하지 않았습니까.”

녀석. 쥬라스는 세팅해 놓은 체스판을 가리키며 말을 이어갔다.

“안타깝게도 축제를 즐기러 온 건 아닙니다. 저도 바빠서 말입니다. 당신과의 이야기가 끝나면 내일 중엔 돌아갈 예정입니다. 잠깐이면 괜찮으니 어울려 주세요.”

“……좋습니다.”

그냥 상대하여 빨리 내쫓는 편이 나아 보였기에 녀석의 맞은편에 앉아 체스말을 쥐었다.

“내게 상담하러 왔다는 건 전에 말했던 천하삼분지계와 관련이 있는 겁니까?”

“정확합니다.”

그렇다면 그의 얘기를 들어야만 했다.

쥬라스는 신중하게 체스말을 움직이며 운을 뗐다.

"알스, 내가 베카비아를 점령하지 않고 놔두고 있던 이유가 뭐라고 생각합니까?"

"내가? 거만하기 짝이 없군요. 당신이 국왕이라도 됩니까?"

"그만한 권력이 있죠. 이런 말을 하긴 뭐하지만 대부님의 자리는 마음만 먹으면 언제든지 뺏을 수 있습니다. 그럴 가치를 느끼지 못해 하지 않을 뿐."

"잘도 그런 말을 하는군요."

"대부님께선 오히려 기뻐하실걸요? '쥬온이 드디어 야망을 품었구나.'라면서요."

정말 그럴 것 같다는 게 무서운 점이었다.

"그래서요? 베카비아를 점령하지 않은 이유가 뭡니까?"

그건 나도 궁금했었다.

삼사자 전쟁을 통해 충분히 베카비아를 멸망시킬 수 있었던 크로싱이 그들을 방치한 이유.

쥬라스는 그 이유를 한마디로 설명했다.

"유인책입니다."

"유인책……?"

대체 뭘 유인한다는 걸까.

'이놈이 굳이 이 상황에서 이야기를 꺼냈다는 건 지금 이 시점에 베카비아를 통해 유인할 상대가 있다는 거야. 하지만…….'

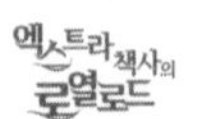

누가 유인에 걸려든단 말인가.

스벤너는 전쟁을 일으킬 수 없는 입장이었고, 빌랑은 내전을 준비하고 있다.

알바드는 베카비아의 동맹국이며, 발라스는 전쟁을 일으키지 않는 국가로 유명하다.

그나마 우리 캘리퍼가 여력이 있었지만 크로싱을 경유해야 하기 때문에 원정 거리가 너무 길고, 대장군 듀난의 공백이 여전했기에 군사를 일으킬 상황이 아니다.

그렇담 남은 세력은 하나.

"설마 서방 민족을 유인하기 위함입니까!"

"정답입니다. 이 시점에서 여력을 갖추고 있는 건 그쪽밖에 없습니다. 지금이야말로 베카비아를 공략해 대륙으로 진출할 적기이기도 하고요."

"당신……."

이 괴물 같은 놈.

'대체 어디까지 설계를 한 거야?'

그런 설계였다면 여러모로 납득이 갔다.

만약 삼사자 전쟁 당시 크로싱이 베카비아를 점령했다면 여러 문제가 발생했을 거다.

가장 큰 문제는 점령 후의 치세다. 점령 국가의 국민들을 모조리 노예로 잡아가는 크로싱의 치세를 달가워할 리가 없기 때문이다.

그러니 크로싱이 베카비아를 멸하고 영토를 점령한다고 해도 향후 3년에서 5년 정도는 제대로 된 통치가 불가능하다.

반면 서방 민족이 먼저 선제공격을 할 경우는 얘기가 달라진다.

서방 민족이 먼저 베카비아를 공격하고 크로싱이 지원을 가는 형태로 참전한다면 구원자라는 이미지를 얻으며 베카비아의 영토를 더 쉽게 합병할 수 있게 된다.

아무리 크로싱의 이미지가 좋지 않아도 야만인이라 낮잡아 불리는 서방 민족보단 낫기 때문이다.

'그렇다면! 아니야, 설마 그럴 리가……!'

난 혼란에 빠져 있었다.

지금의 이야기는 고스란히 게임의 스토리에도 적용될 수 있기 때문이다.

게임에서도 크로싱은 베카비아를 불분명한 이유로 합병하지 않고 있었다.

그게 쥬라스가 서방 민족을 끌어들이기 위한 책략이었다면.

'주인공의 세력은 대체 뭐였던 거지?'

베카비아 지역을 평정하고 국가를 세운 주인공의 세력. 그들이 서방 민족의 세력이라는 뜻이 된다.

실제로 주인공이 베카비아 지역을 평정하려 하자 크로싱

이 본격적으로 마수를 뻗쳐 왔다.

'정말 그렇다면 주인공의 세력은 서방 민족과 아주 밀접한 관련이 있다는 뜻이 돼.'

이 경우 주인공의 측근 중 하나가 삼건장을 데리고 온다 말을 한 것까지도 납득이 간다.

'설마 주인공은 애초에 서방 민족 소속이었다던가……?'

주인공의 과거가 베일에 쌓여 있으니 그 가능성도 충분히 있었다.

'그도 아니면 주인공도 서방 민족의 첩자에게 속고 있었을지도 몰라.'

이 경우엔 탈옥을 한 알스가 주인공도 위험하다며 민병을 모아 도움을 가려 했던 행동이 납득된다.

나는 그 의문을 고민해 보기 전에 쥬라스에게 한 가지를 더 물었다.

"궁금한 게 있습니다만. 서방 민족이란 구체적으로 어떤 세력입니까?"

"당신이 기본적인 조사를 하지 않은 건 아니겠고. 이면에 대해 얘기해 달라는 거겠죠?"

"그렇습니다."

"간단히 말해 그들은 복수자들입니다."

"복수자……?"

"당신도 알겠지만 서방 민족과 우리의 뿌리는 다르지 않습니다. 다른 점은 그저 그들이 패배자였다는 것뿐."

과거 펜실론이 대륙을 통일할 때 있었던 일이다.

"펜실론 제국은 통일 과정에서 여러 세력을 서방의 험지로 추방해 버렸습니다. 역사서에도 종종 등장하는 에레보니아 왕국, 댈턴, 튈랑 등등. 펜실론은 처리하기 까다로운 정적이나 호족들을 그런 식으로 처리를 했죠."

"그 숫자가 많았던 모양이군요."

"어마어마합니다. 다만 그들이 정착하게 된 서방은 정글이 우거진 험지라서 말이죠. 안정적인 농업이 힘든 지역입니다. 그들 대부분은 정착하지 못하거나 자기들끼리 벌인 내전으로 인해 멸망했어요. 그것이 펜실론 제국 초창기 시절의 이야기입니다."

그들은 오랜 기간 진통을 겪으며 결국엔 통합을 이뤄 냈다.

펜실론 제국이 저물어 가던 시점에 그들은 전성기를 맞이한 것이다.

"세 개의 무리로 나뉘어 균형을 맞춘 서방은 자신들을 내쫓은 펜실론에 대한 복수. 그리고 대륙 진출에 대한 야망을 꿈꾸며 조용히 세력을 키워 나갔습니다."

"그렇다면 펜실론 멸망 시점에선 왜 나서지 않은 겁니까? 복수와 대륙 진출이 목적이라면 그때가 적기였을 텐데요."

"그 시점에 서방이 공격한다면 펜실론 입장에선 좋은 구실을 얻게 돼요. 외적의 침입을 막아 낸다는 명목으로 국민들의 불만을 무마시킬 수 있으니까요. 게다가 서방이 아무리 힘을 얻었다고 한들, 그 당시 펜실론은 통일 제국이었습니다. 국력에서 압도적인 차이가 있었죠. 그렇기에 서방은 펜실론이 자멸하여 갈갈이 찢어지는 걸 지켜보기로 했습니다. 그런 그들에게 오산이 있었다면 펜실론 멸망 이후 빠르게 결성된 스벤너 왕국이 앞을 가로막았다는 거겠죠."

"스벤너 정도는 무너뜨릴 수 있었던 게 아닙니까?"

"스벤너의 건국왕인 벨트론은 펜실론 제국 시절부터 교활한 정치가로서 이름이 높은 자였습니다. 그러면서도 서방 민족에 대해선 강경한 입장이었어요. 그런 자가 국왕이 됐으니 어떻게 됐을 것 같습니까?"

"신속하게 다른 국가와 외교 채널을 만들어 서방의 침공에 대비했다는 겁니까?"

"맞습니다. 스벤너가 그런 식으로 움직이자 서방도 난감해졌죠. 자그마치 20년을 아무것도 하지 못했을 정도로."

문제는 건국왕 벨트론이 사망하고 노선이 바뀌었다는 것이다.

비슷한 시기에 빌랑 원정에 실패한 스벤너는 서방을 동맹으로 끌어들이기로 작정을 한다.

"그 첩보를 입수한 저는 계속해서 서방을 주시했습니다. 한편으론 그들이 숨지 않고 전면에 나오게끔 베카비아를 미끼로 두었죠."

"대체적으로 이해는 했습니다. 그래서 제게 상담하고 싶다는 건 뭐죠?"

"당신도 동업자이니까요. 어떻게 하고 싶은지 묻기 위해 왔습니다. 이대로 베카비아 지역을 서방에게 주어 세력을 공론화시키고 같은 무대에 세우는가. 그도 아니면 계획대로 베카비아를 침공한 놈들을 물리치는가."

"그걸 묻는다는 건 무언가 움직임이 있었던 거군요."

"그렇습니다."

쥬라스가 입꼬리를 올리며 말했다.

"서방은 지금 빠르게 군사를 모으고 있어요."

"……!"

"당신의 결정을 기다릴 시간이 많지는 않습니다. 어서 결론을 내 줬으면 좋겠군요."

"알겠습니다."

이건 작은 일이 아니었다. 쥬라스가 굳이 상담을 하러 온 것이 납득이 갈 정도로.

"그건 그렇고……."

쥬라스는 어이가 없다며 고개를 절레절레 흔든다.

"그렇게 신경을 딴 곳으로 돌렸는데도 이 정도의 강함이라니. 놀랍군요."

체스판은 이미 대국이 기울어 있었다. 내 나이트가 녀석의 킹을 포위하며 게임 종료.

쥬라스는 승부욕이 자극받았는지 재전을 요청했지만, 나는 이기고 내빼기를 시전하기로 했다.

한편 알스와 쥬라스가 전쟁 이야기를 나누고 있는 사이.

에리나와 에스텔은 다과를 두고 연애담을 나누고 있었다.

"일단 이거 받아요."

에리나는 자신이 구매한 책 50여 권 중 20권 정도를 에스텔에게 건네주었다.

"당신도 필요하죠? 친구들에게 나눠 줘요."

"예에……. 고맙게 받겠습니다. 돈은 나중에 줄게요."

"괜찮아요. 그런 부담을 주려고 한 건 아니니까. 그보다 먼저 책을 읽어 볼까요? 알스 님이 쓴 책인데. 당신도 읽어 보고 싶잖아요?"

"알스 님이 쓴 책……? 뭔가 알고 있다는 태도네요."

"그야 알스 님이 책을 판매하고 있었잖아요."

"그것뿐만은 아닌 것 같은데요. 책을 판매하는 건 그저 누군가에게 부탁받은 것일 수 있잖아요."

"그것도 그러네요. 사실을 말하자면 알스 님이 책을 집필할 때 도움을 줬거든요. 그래서 내용을 알고 있답니다."

"……그렇군요."

에스텔은 의미심장하게 미소 짓더니 말한다.

"그런 거라면 이 책을 다른 사람에게 나눠 줄 때 그 사람들과 함께 읽을게요. 어차피 독서회를 할 거라면 그게 더 좋을 테니까요."

"그거 괜찮은 생각이네요! 저도 그렇게 해야겠어요."

"책에 대한 것보단 지금은 하려던 얘기를 하죠."

"좋아요. 그럼 바로 본론으로 들어갈게요."

에리나는 표정을 굳히며 물었다.

"누구 같아요?"

단편적인 물음이었지만 에스텔은 용케 알아듣는다.

"구체적으로 짚이는 사람은 없어요. 알스 님의 곁엔 워낙 여우들이 많이 꼬이는지라."

"지금 여우라고 했어요?"

"맞아요. 여우라고 했어요. 왜요."

"그건 제게도 해당하는 말일까요?"

"당신은…… 논외로 쳐드리죠. 저보다도 알스 님과 알고 지낸 기간이 긴 것 같으니……."

"후훗. 기특하네요."

에리나는 내심 에스텔이 마음에 들었다. 또래 중엔 자신에게 이렇게 기를 세우는 사람이 없어 신선했기 때문이다.

"그런 에리나, 당신은 어떻죠? 알스 님의 첫 번째 상대로 짚이는 사람이 있는 건가요?"

"처음엔 베릴을 생각했어요. 가문도 밀접하고, 알고 지낸 기간도 길고."

"베릴……. 역시나."

"그런데 아니더라고요. 그녀에게 물어보니 손사래를 치더라고요. 그런 얘기는 들어 본 적도 없고, 설령 그런 얘기가 나와도 거절할 거라고요."

"하긴, 베릴은 루안 어쩌구를 좋아한다는 것 같으니까요."

"무해하죠."

"그래서요? 그것뿐인가요?"

"한 가지 더 짚이는 게 있긴 한데……. 이전에 알스 님께서 지나가는 식으로 말한 게 있거든요. 편지를 주고받는 여성이 있다. 그게 진지하진 않지만 혼담에 관련된 거라고."

"편지를 주고받는 여자……? 혼담……? 누구지. 누구일까. 안젤라, 알리사, 켈리, 엠마, 포르테……. 그럼 그때 쓰고 있던 그 편지는 그 여자에게 보내는 거였던 걸까……."

검은 아우라를 내뿜으며 중얼거리는 에스텔. 에리나는 당황해 진정시킨다.

"그렇게 하나하나 무서운 반응 좀 하지 마요!"

"……어머나. 나도 참."

차를 홀짝이며 마음을 진정시킨 에스텔은 에리나가 말한 상대가 핵심이라 지목했다.

"일단 그 상대가 누구인지 알아내는 게 가장 중요하겠네요.”

“그렇죠. 그때까진 서로 협력하기로 하는 거…… 맞죠?”

에리나는 겉으론 여유로운 태도를 보이고 있었지만 속으론 조급한 상태였다.

알스에게 정혼자가 있다는 사실을 알고 나서부터였다.

그게 사실이라면 공식적으로 자신은 알스와 맺어질 수 없어진다.

공작가의 영애인 그녀가 두 번째 부인으로 들어가는 건 가문의 체면상 하늘이 뒤집어져도 있을 수 없는 일이니까.

그렇게 동맹 체결을 성공적으로 끝낸 둘은 서로를 알아 가기 위한 이야기를 나누기 시작했다.

그중 에스텔과 알스의 첫 만남을 듣게 된 에리나는 눈을 휘둥그렇게 떴다.

“알스 님께서 그런 일을 했다고요?”

“예, 지독한 병을 앓고 있음에도 선뜻 다가와 줬어요.”

“이상하네요. 그런 신사적인 행동을 할 사람은 아닌데…….”

에리나는 쉬이 이해하지 못했다. 평소 알스를 보면 에스텔이 딱하다 하더라도 굳이 관련되려 하지 않았을 테니까.

“뭔가요 그게. 그럴 사람이 아니라뇨. 그렇담 뭔가 목적이라도 가지고 제게 접근했다는 건가요?”

“기분 나쁘게 들렸다면 미안해요. 그렇군요……. 대충 알

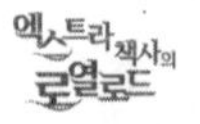

것 같아요.”

에리나는 웨이드와 관련이 있을 거라 미루어 짐작했다. 이 기색에 에스텔이 눈살을 찌푸렸다.

“다 알고 있다는 듯이……! 당신. 무언가 알스 님의 비밀을 알고 있다고 했죠. 그건 대체 뭐죠?”

“미안해요. 그것만큼은 제 입으로 말할 수 없어요.”

“윽……! 말해 줘요!”

“후훗.”

그 비밀이 무엇인지 알고 싶어 발을 동동 구르는 에스텔.

에리나는 그런 그녀를 흐뭇하게 바라보고 있었다.

3장

막바지에 접어든 축제.

약속한 대로 유미르를 에스코트하기로 한 나는 서커스장을 찾았다.

서커스는 추후 군인들의 위문 공연으로도 활용을 할 생각이었기에 일종의 시찰을 나온 셈이었다.

서커스를 직접 보는 것은 처음이었던 만큼 은근히 기대감을 가지고 관객석에 앉았으나 생각만큼 재밌는 쇼는 아니었다.

'이건 그냥 차력쇼라고 봐야 하지 않을까.'

내가 생각하는 서커스가 마술이 가미된 판타지 쇼라면 지금 이건 신비로움은 없고 그저 묘기 자랑에 불과한 공연이었다.

'그럴 수밖에 없겠지.'

이 세계는 과거 마법이 존재하다 불분명한 이유로 실전된 만큼 마술에 대해서도 민감했다.

마술을 선보였다간 자칫 마법사라 오해를 받기 때문이다.

그냥 오해만 받으면 상관없지만 국가에서 그러한 사람들을 잡아다 심문을 한다는 게 문제였다.

마법을 개발하는 데 관심이 있는 국가들이 많았기에 마법사가 나타났다는 소식이 들리면 곧장 수배령이 내려지곤 했다.

그러다 그게 마법이 아닌 단순 속임수였다는 게 밝혀지면 엄한 형벌이 내려지니 마술이 발전할 수가 없다.

'이렇게 할 거면 차라리 서커스가 아니라 스포츠를 발전시켜 보는 것도 나쁘지 않을지도.'

나는 심드렁하여 보고 있었으나 곁에 앉아 있던 유미르는 달랐다. 꼬리까지 바짝 세워 가며 손에 땀을 쥐고 서커스를 보고 있다.

난 슬쩍 속삭였다.

"저런 게 신기해? 유미르 너라면 더 대단한 걸 해낼 수 있을 것 같은데."

예를 들어 표적에 단도를 투척하는 묘기다.

유미르라면 표적을 사람 머리 위에 올려도 안심할 수 있을 만큼의 실력자였으니 더한 묘기를 선보일 수 있을 테다.

"그렇긴 하지만 평범한 저들이 어떻게 저 수준까지 올라올 수 있었는지, 어떤 노력을 했는지가 보이니까요. 그 노력이 헛되지 않길 바라는 마음이 저도 모르게 들어요."

"그렇게 생각할 수도 있는 건가."

"무엇보다 전 이런 공연은 처음이거든요."

하긴, 현대에서 여러 공연을 봤던 나와는 달리 이쪽 세계에선 이마저도 놀라운 공연일 테다.

"그럼 잘 왔네."

유미르가 즐거워해 준다면 서커스장을 찾아온 보람이 있었다.

그래도 역시 내 기준으로 재밌는 건 아니어서 멍하니 다른 생각을 하게 되었다.

쥬라스가 꺼냈던 그 이야기.

'서방 민족의 대륙 진출인가…….'

이것으로 말미암아 대륙의 정세는 또 한번 급변할 터였다.

심지어는 그 중대 기로의 손잡이를 내가 쥐고 있었다.

서방 민족이 베카비아를 점령하게 놔둠으로써 국가로 인정하고 동등한 무대에 세우느냐. 그도 아니면 당초의 계획대로 그들을 물리치고 베카비아의 영토를 얻느냐.

전자의 경우엔 그들을 외교 무대에 끌어들일 수 있다. 공식 외교 채널이 생기면 서방도 함부로 경거망동할 수 없어진다.

반면 후자는 쥬라스가 계획하던 천하삼분지계가 힘을 받게 된다.

'나는…….'

그런 고민을 하고 있던 때였다.

"안녕하십니까! 저희는 애거트 용병단이라고 합니다! 지금은 잠시 이곳에 신세를 지고 있습니다요!"

이전에 봤던 애거트란 녀석이 열 명의 장정들을 이끌고 공연을 시작한 것이다.

나이가 어림에도 제법 리더십이 있는지 녀석을 따르는 무리 중엔 노년에 가까운 사람도 여럿 있었다.

애거트는 그들과 함께 우스꽝스러운 차력쇼를 선보였다.

개그 요소가 가미된 덕인지 묘기의 수준이 높지 않아도 반응은 좋았다. 나도 단순 묘기보단 애거트의 무대가 마음에 들었다.

"헤헷! 다음에도 기회가 있다면 찾아뵙겠습니다요! 감사합니다!"

요란하게 등장해 요란하게 떠나는 녀석.

'에너지 넘치는 녀석일세.'

그 에너지를 받았기 때문일까.

나는 고민을 끝내고 결단을 내릴 수 있었다.

'좋아. 서방 민족을 물리쳐 내겠어.'

내가 고민하고 있던 부분은 과연 서방 민족이 아군이 될 수 있냐는 점이었다.

'그 부분은 회의적일 수밖에 없지.'

지금 내 상황도 그렇고. 게임의 스토리만 봐도 그렇다. 지금까지 밝혀낸 바에 의하면 알스는 서방 민족과 스벤너 세력에 의해 배신자로 몰렸을 가능성이 높다.

게임에서 알스가 선역이었건 악역이었건, 알스와 서방 민족은 적대관계에 있다는 거다.

게다가 서방 민족이 대륙에 진출하는 시기는 지금이 아니다.

그들이 베카비아 지역을 어물쩍 삼킨 뒤 야욕을 펼치게 두고 싶지는 않았다. 그랬다간 내가 알고 있던 메인 스토리가 사라질 테니까.

아무리 스토리를 생각하지 않기로 했다지만 막을 수 있는 건 막기로 했다.

나는 쥬라스가 레인폴을 떠나기 전에 만날 약속을 잡았다.

서방을 쫓아내자는 내 의견에 쥬라스는 그럴 줄 알았다며 고개를 끄덕였다.

"만족스러운 대답이군요. 아주 좋습니다."

"보아하니 당신도 그쪽으로 생각이 기울어 있던 모양이네요. 만약 내가 반대 의견을 냈다면 어쩔 생각이었습니까?"

"일단 설득을 했겠죠."
"그래도 안 된다면?"
"당신의 뜻을 존중할 생각이었습니다. ……이번 한 번은."
"뼈가 있는 말인데요?"
"뼈를 담아 말했으니까요."
"나 참. 하여튼 이번 일에 대해선 당신이 계획한 대로 하도록 하죠. 그래서, 제게 맡기고 싶은 일은 뭡니까?"
"없습니다."
"……예?"
쥬라스는 피식 웃으며 말을 이어 간다.
"의견을 물은 것일 뿐, 당신이 우리 측에서 전쟁에 참여할 필요는 없습니다."
"흐음."
하기야 크로싱은 내 존재가 그렇게까지 절실하지 않다.
군부 인재가 부족한 캘리퍼에 비해 크로싱은 인재가 풍부하다. 게다가 이번에는 쥬라스 녀석 본인이 직접 총대장을 맡는 것 같으니 내 자리가 없는 것도 당연했다.
자리야 만들면 만들 수도 있지만 쥬라스는 굳이 그럴 필요까지는 없다고 말한 것이다.
"나야 그래 주면 고맙지만 당신의 그 태도를 보니 뭔가 석연치 않네요."
뭐랄까. 이놈이 무슨 짓을 하고 있는지 빠르게 알고 싶다고 할까. 그러기 위해선 가까이 있을 필요가 있었다.

쥬라스도 내 생각을 읽었는지 한 가지 제안을 건넸다.

"훗, 정 섭섭하다면 안톤을 빌려주지 않겠습니까? 그만한 부관이 없어서 말입니다."

"안톤을요?"

마침 안톤도 이 이야기를 곁에서 듣고 있었다.

'스승의 출산일이 머지않았지.'

전쟁이 길어지면 자칫 출산일에 맞출 수 없을지도 몰랐다. 하여 거부를 하려고 했으나 안톤이 먼저 말해 왔다.

"이번 전쟁의 승전이 알스 님에게 도움이 된다고 하면 전 쥬라스 님의 부관으로 참전을 해도 상관없습니다."

"무슨 소리예요, 안톤. 그러다간 출산을 지켜보지 못할 수도 있다고요."

"그것보단 당신에게 도움이 되는 게 우선입니다. 일리야도 그렇게 생각하겠지요."

그의 말대로 일리야 스승은 가라고 할 테다. 내가 막을 명분은 없었다.

쥬라스는 쓰게 웃는다.

"뭡니까, 안톤. 이미 완전히 이적을 한 듯한 말투군요. 당신은 아직 공식적으론 크로싱 소속이라고요?"

"허울일 뿐. 제 마음은 이미 알스 님에게 있습니다."

"꽤나 기특해졌군요. 아무한테나 시비를 걸며 으르렁거리던 때가 엊그제 같은데 말입니다. 어릴 적의 당신을 생각하면 괄목할 정도예요.”

“그 이야기는 하지 않기로 했잖습니까.”

“뭘요. 지금 돌이켜 보면 서로 좋은 추억 아닙니까.”

“윽……!”

“어쨌건 안톤, 바로 준비하십시오. 1시간 뒤에 바로 카르텐으로 향할 겁니다.”

“옛.”

어물쩍 결정돼 버린 안톤의 참전.

쥬라스 녀석은 곧장 안톤을 데리고 떠나갔다.

그렇게 이번 전쟁은 쥬라스 녀석이 알아서 하는 방향으로 결정이 되었다. 스승은 예상대로 안톤의 참전을 이해해 주고 응원을 보냈다고 한다.

‘쥬라스 녀석도 안톤에게 너무 큰 중임을 맡기진 않겠지.’

만약 안톤이 전사한다면 나와의 관계도 삐걱거리게 된다. 녀석으로서도 그건 바라지 않을 테다.

나는 얌전히 아카데미에 다니며 안톤이 보내온 정보만을 받으면 되는 입장이었지만 뭔가 마음에 걸렸다.

이대로 그냥 넘어가진 않을 것 같은 불길한 예감이.

그런 예감을 보여 주듯, 아카데미에서도 이변이 있었다.
"모두 주목해라."
사관생들을 향해 엄한 목소리를 내는 대머리의 남자.
그 완고해 보이는 인상에 사관생들은 침을 꼴깍 삼켰다.
인상뿐만이 아니었다. 그는 그런 대쪽 같은 성향으로 유명했다.
제2장군 델바도바 르귄. 듀난이 죽은 지금 군부 최고의 위치에 있는 자였다.
"흥, 황금세대니 뭐니. 죄다 코흘리개뿐이로군."
신랄한 평가를 내리는 델바도바.
그는 현 군부 최고 지위에 있었으나 그만한 영향력을 가지고 있진 못했다. 소속이 왕가 직속군이었던 탓이다.
왕가 직속이라는 신분으로 인해 어느 계파에도 소속되어 있지 못했기에 중용을 받기 어려운 입장이었다.
그런 그가 국왕의 명령하에 황금세대라 불리는 사관생들의 교관을 맡게 되었다.
"미리 말하지만 난 너희들에게 큰 기대를 하고 있지 않다. 누군가는 너희들이 현직 장교들보다 뛰어날 거라 얘기하곤 하지만 웃기지 말라 그래라. 혹시나 그런 쓸데없는 특권 의식을 갖고 있다면 당장 버리도록. 그런 마음가짐은 너희들의 성장에 전혀 도움이 되지 않는다."
이에 자그마한 반발이 있었다. 그도 그럴 게 지금 이곳엔 웨이드가 있었으니까.

물론 나 말고.

“하지만 장군님! 우리는 키메라 전쟁을 겪으며 성장했습니다! 게다가 이곳엔 듀난 장군님의 복수를 완수하고 전쟁을 승리로 이끈 웨이드도 있습니다! 조금 전 그 말씀은 재고해 주십시오!”

파벌의 필두 중 하나인 데니안 게글리쉬의 말이었다.

“듀난의 복수를 해? 이곳에 웨이드가 있어? 하하하하하!”

폭소를 터뜨리는 델바도바. 그는 급격히 정색하며 말한다.

“지나가는 개가 웃겠다, 이 멍청한 놈들아. 정말 저놈이 웨이드라면 이렇게 아무렇지도 않게 아카데미를 다닐 수 있다고 생각하냐? 알바드, 툰카이, 베카비아, 마돈의 잔당들까지. 놈의 목숨을 노리는 세력이 한 무더기다! 온갖 흉수와 첩자들이 이 주변에 진을 쳤겠지!”

델바도바의 말대로 나를 노리는 세력은 부지기수였다.

나를 포섭하려는 자. 혹은 제거하려는 자. 특히 후자가 압도적으로 많았기에 크로싱과 헬리안 공작의 도움을 받아 정체를 숨기고 있던 것이다.

지금 내 가신들이라면 충분히 암살의 위협에선 벗어날 수 있겠지만 귀찮은 일이 굉장히 많이 발생할 테다.

델바도바의 말처럼 편히 아카데미에 다닐 수 없게 되겠지.

“어린 마음에 영웅놀이에 심취한 것은 알겠지만 케스퍼 밀리아스. 네가 진짜 영웅이 되고 싶다면 당장이라도 그 거짓 부렁을 그만하도록."

"윽……!"

모두의 시선이 케스퍼에게 쏠렸다.

식은땀을 흘리고 있던 케스퍼는 벌떡 일어나 소리쳤다.

"무슨 말씀입니까, 장군님. 제가 웨이드라는 건 여러 대귀족은 물론이고 국왕 폐하께서도 알고 있는 사실입니다! 자, 장군님께선 국왕 폐하를 의심한다는 겁니까!"

"……멍청한 놈. 뭐, 좋다. 앉아라. 수업을 시작하겠다."

케스퍼는 부르르 떨며 자리에 앉았다. 다른 사관생들은 그러면 그렇지라며 안도하고 있다.

저들도 알고 있던 것이다. 케스퍼가 가짜라는 게 밝혀지면 자기들이 만들었던 파벌에도 균열이 생길 거라고.

자기들이 가지고 있는 권력이 없어질 거라고.

이미 케스퍼가 진짜로 웨이드인지 아닌지는 중요하지 않을지도 모른다.

'어쩜 이렇게 유치하고 추악한 걸까.'

저기에 들어가 입에 발린 말을 한다고 생각하니 그냥 지금처럼 아싸 짓이나 하고 있는 게 백번 나아 보였다.

델바도바의 수업 방식은 듀난과는 달랐다.

왕가 직속이라는 것의 차이였다.

엘리트 장교로서 어릴 때부터 군부에서만 활약했던 듀난과 달리 델바도바는 왕족을 모시기 위한 교양이 필요했기에 다양한 교육을 심도 있게 받았다고 한다.

사관생들 사이에선 그것 때문에 머리에 열이 올라 대머리가 됐다는 등의 농담이 나오고 있을 정도다.

델바도바는 사관생들도 그런 경험을 하길 원했다.

"너희들은 지난 전쟁을 통해 무엇보다 값진 경험을 쌓았을 거다. 그건 부정하지 않아. 지금 와서 책상을 두고 군사학 수업을 하는 건 의미가 없어졌지. 이제 너희들에게 필요한 건 군을 지휘하는 방법이나 병법에 대한 지식이 아니라 그것들을 상황에 따라 효율적으로 적용하게 할 수 있는 사고 능력이다."

그는 그러더니 과거의 예시를 들었다.

"장교에게 필요한 건 비단 전쟁 수행 능력만이 아니다. 과거 펜실론의 개국 공신이자 전설적인 장군인 란시아 갈레론은 악기에 능했다고 하고, 에레보니아 왕국의 수호신이라 불린 토도람은 밤의 황제라 불릴 정도로 댄스에 능했다고 하지. 그런 능력들이 때로는 전쟁을 넓게 보게끔 만들어 준다. 란시아는 궁지에 몰린 적에게 구슬픈 음악을 들려주는 작전을 통해 항복을 유도해 내기도 했고, 토도람은 적국의 파티장에서 훌륭한 댄스를 선보이며 외교적 호감을 사 동맹을 이끌어 내기도 했지."

그가 역설했다.

"너희들은 병기가 아니다. 자기 자신이 어떤 사람인지. 그리고 너희들이 죽이게 될 사람이 어떤 사람들인지 알 필요가 있다. 그런 인의가 없다면 너희들이 행하는 전쟁은 그저 살육에 불과해질 테지. 그러니 넓게 바라봐라. 더 많은 것을 경험해라."

서론을 끝낸 그는 오후에 참가하게 될 교양 수업에 대해 설명을 하였다.

교양 수업은 문학, 음악, 댄스, 미술, 체스. 이 다섯 가지로 좁혀졌다.

"각자 원하는 분야를 선택하도록. 아, 그리고 한 가지 더. 이번 교양 수업은 일반과 학생들과 함께 받게 될 거다."

일반과 학생과의 합동 수업이란 말에 사관생들은 고개를 갸웃했다. 지금껏 일반과 학생들과의 접점은 거의 없었으니까.

'제법인걸.'

난 그의 의도를 알 것만 같았다.

그 말대로 사관생들에게 다양한 경험을 시켜 주려는 것도 있겠지만 무엇보다 파벌에 속하지 않은 학생들을 보호하기 위함이었다.

이런 식으로 일반과 학생들과 교류를 시키면 파벌에 속하지 않은 학생들도 숨을 돌릴 수 있기 때문이다.

파벌 애들이 가장 인기가 좋은 댄스와 체스 쪽으로 몰리자 비파벌 애들은 그들을 피해 다른 수업으로 향했다.

나도 마찬가지였다.

'어디로 할까나.'

체스와 댄스를 제외하고 나니 미술과 문학, 음악밖에 남지 않게 됐다.

"야, 알스. 넌 뭐로 할 거야?"

배닝스가 물었다.

"글쎄, 그러는 넌 뭐로 할 건데?"

"난 댄스로 가려고. 파벌 애들이랑 조금이라도 더 어울려야지."

"너도 고생한다. 난 문학으로 할까 봐."

얌전히 책을 읽으면 금방 시간을 보낼 수 있을 것 같다.

그러나 그게 얼마나 안일한 생각이었는가는 금방 알게 되었다.

문학 수업에 참가하는 학생의 숫자는 대략 20여 명.

나는 수업의 성비를 보자 무언가 잘못되었음을 느꼈다.

"하하……."

나와 함께 문학 수업을 받게 된 도로시도 쓰게 웃었다.

"남자는 알스 너랑 나밖에 없는 것 같네."

"그러게."

나와 도로시에게 시선이 쏟아지는 것이 느껴졌다. 어느 의미로, 잡아먹을 듯한 시선이었다.

그래도 앉아서 책만 읽으면 괜찮지 않을까 싶었으나 여긴 그런 곳이 아니었다.

이 문학 수업의 커리큘럼은 정해진 구조가 있었다.

먼저 독서 감상회를 열어 책을 읽은 뒤에 각자의 의견을 주고받고 교사의 해설을 듣는다.

그리고 그다음 수업부터는 그걸 바탕으로 직접 비슷한 글을 써 보는 것이다.

오늘은 그 독서 감상회를 하는 날이었는데, 보통은 교사가 책을 선별해 오곤 했지만 오늘은 특별 게스트가 있는 모양이다.

"실례하겠습니다."

책을 한 아름 안고 나타난 에리나였다.

"에리나 님?"

"어째서 이곳에……. 미술 수업을 들으시는 것 아니었나요?"

영애들의 물음에 에리나는 씨익 웃는다.

"오늘은 선생님의 허락을 받아 특별히 함께하게 되었습니다."

선생은 '공작가 영애의 요청을 어떻게 거절하겠어?'라는 표정으로 어깨를 으쓱인다.

"그런 호의에 보답하기 위해서라도 오늘은 제가 책을 가져왔는데. 괜찮을까요?"

"물론이에요!"

"에리나 님의 추천이라면 꼭 읽어 보고 싶어요!"

안 좋은 예감.

그 설마가 맞았다.

에리나는 그때 대량 구매해 간 내 책을 내밀었다.

자기가 직접 홍보를 해 준다는 게 이런 뜻이었던 모양이다.

"그녀들의 사정……? 에리나 님? 이건 어떤 소설인가요?"

에리나가 추천을 해 준 것인 만큼 다들 강한 호기심을 보였다. 에리나는 본인이 쓰기라도 한 것처럼 가슴을 펴며 말한다.

"얼마 전에 막 출간한 작품이랍니다. 흥미로운 내용인 것 같아 여러분과 의견을 나눠 보기 위해 가져온 거랍니다."

"그렇군요. 그럼 바로 읽어 봐도 될까요?"

"물론이에요. 아, 그 전에. 한 가지 눈여겨볼 점이 있어요. 작중에 등장하는 이리나 팔레온이라는 인물에 대한 감상을 들려주셨으면 해요."

"에리나 님은 이미 읽어 보신 거군요."

"아, 아뇨……. 그런 건 아니지만. 먼저 읽어 본 사람에게 그런 얘기를 들었어요. 아주 섬세하고 아름다운 캐릭터라고요."

섬세하고 아름다운 캐릭터라니.

'설마 아직 안 읽어 본 건가?'

이미 이리나 팔레온이라는 캐릭터는 에스텔의 편집에 의해 반쯤 악녀로 변모해 버린 상태였다. 그 사실을 모르는 에리나는 나와 합작했던 이전 내용이 책으로 발간됐다고 착각한 모양이다.

"그럼 여러분. 정숙하게."

그 뒤로는 숨 막히는 침묵 속에서 독서가 시작되었다. 대부분 귀족가의 영애들이었기에 예절 면에선 흠잡을 곳이 없었다.

도로시도 진지한 표정으로 내 소설을 읽고 있다.

이렇게 많은 사람이 내 걸 읽는다고 하니 낯간지러워진다. 도움을 줬던 에리나도 마찬가지인지 책은 읽는 둥 마는 둥 다른 사람들을 관찰하기 바빴다.

그러길 1시간이 지났을 때쯤.

누군가가 외친다.

"뭔가요! 이 악녀는!"

"지독해요!"

"어쩜 이런 여자가 있는 거죠?"

일제히 터져 나오는 성토. 독서를 시작한 타이밍이 비슷해서인지 다들 같은 부분을 읽고 있는 것 같다.

그것은 바로 궁정 파티 장면으로, 이리나가 에르텔을 함정에 빠뜨려 미아로 만들어 버리고 에르텔을 대신해 주인공과 댄스를 추는 장면이다.

"이, 이게 뭐야……."

에리나는 당황한 기색이 역력했다.

마침내 독서가 끝나자 이리나에 대한 토론이 이어진다.

"이리나가 훼방을 놓지 않았다면 주인공은 분명 에르텔과 이어졌을 거예요. 이리나, 이 악독한 여자!"

"주인공의 심정도 이해가 가요. 에르텔의 행복을 위해 다시 전쟁터로 나간다니……."

"그렇담 결국 마지막으로 이어진 건 주인공과 여기사인 걸까요?"

"그건 아직 모르죠. 소위 말하는 열린 결말이라는 것 같네요."

"어머나, 제가 가장 싫어하는 거예요!"

"저도 마찬가지랍니다. 어쩌면 후속 작품이 있는 걸지도 몰라요."

악평도 많았지만 대체로 호평이었다.

'반응이 좋아서 다행이야.'

본의 아니게 여성향 소설이 돼 버리고 말았지만 오히려 그 덕에 반응이 좋은 것 같기도 했다.

일단 이 작품이 어느 정도 뜬 뒤에는 정사 장면을 추가해

해적판을 발매하면 된다.

사실 올라프의 영입이 성공한 시점에서 해적판이 흥행하냐 안 하냐는 별로 상관없었다. 애초에 나는 이런 것보단 서커스와 무희단이 더 효과적이라 생각하고 있기도 했고.

이제는 굳이 내가 소설을 쓰지 않아도 된다.

나는 해방된 기분을 느끼며 만족스럽게 책을 덮었으나 에리나가 눈을 부라리며 소리친다.

"알스 님! 이게 뭔가요! 왜 이리나가 이런……!"

그녀는 곧 모든 걸 알았다는 듯 헛웃음을 짓는다.

"……그랬구나. 그래서 그때 내가 책을 읽지 못하게 막은 거구나……. 후후……. 후후훗! 한 방 먹었네. 제법이야, 에스텔……!"

씩씩거리는 에리나에게 다른 이들이 당황한다.

"에, 에리나 님? 갑자기 이분에게 왜 화를……?"

"아……!"

그제야 에리나는 아차 한 모양이지만 방금 그 행동을 주워 담기 위해선 해명을 해야 했다.

에리나는 눈빛으로 슬쩍 동의를 구하고는 말한다.

"어, 어흠! 그게 이 그녀들의 사정을 집필한 게 이곳에 계신 이분이기 때문이에요."

"정말인가요!? 그렇담 플래티나 님이 바로……!"

"예, 알스 일라인 님이에요."

그러자 사람들이 나를 바라보는 눈빛이 묘하게 바뀌었다.

에리나는 그러거나 말거나 강하게 재촉해 왔다.

“일라인 님. 당장 펜을 들어요.”

“펜은 갑자기 왜…….”

“후속작을 써야죠!”

“뜬금없이요!?”

“본래 이 수업은 책을 읽고 비슷한 글을 써 보는 게 목적이에요. 그러니 이상할 거 없어요.”

이글이글 타오르는 눈빛을 보니 거부할 말이 나오질 않았다.

그렇게 나는 생각지도 않은 후속작 집필에 들어가야만 했다.

알스를 닦달하며 후속작 집필에 들어간 에리나.

체스 수업을 끝내고 에리나를 찾아 돌아다니고 있던 케스퍼는 그 모습을 보고 이를 악물었다.

“저놈이……!!”

그렇게 경고를 했음에도 감히 자신의 에리나에게 다가가다니.

사실은 그도 알고는 있었다. 알스가 다가가는 게 아니라 에리나가 다가가고 있다는 것을. 이번 교양 수업에서도 굳이 에리나가 자신의 전공인 미술 수업을 빼먹고 문학 수업에 들어간 것만 봐도 알 수 있다.

다만 그건 그저 과거 어릴 적의 일로 콩깍지가 씌었을 뿐, 대수롭지 않다 생각했다. 서로의 가문을 보면 에리나와 알스가 이어질 가능성은 애초에 없었으니까.

결국엔 자신과 같은 대귀족의 가문과 이어져야만 한다 생각했다.

'이건 뭔가 조치가 필요하겠어.'

그는 곧 파벌 중 하나인 데니안 게글리쉬를 호출했다.

데니안은 과거 승전 파티에서 알스에게 으름장을 놓았던 녀석으로, 살레온 계파의 핵심 중 하나인 게글리쉬 후작의 차남이었다.

케스퍼는 사정을 설명하며 알스를 쫓아낼 것을 요구했으나 데니안은 곤혹스러워했다.

"그런 거라면 미안해."

"왜 그러지?"

"길버트 님께서 일라인 저 녀석은 괜찮다고 하셨거든."

"뭐!? 그게 무슨 소리야!"

"자세한 건 나도 잘 몰라."

"크윽!"

케스퍼는 순간 꼭지가 돌아 눈앞이 새하얗게 변했다.

그는 곧장 길버트를 찾아가 따졌다.

길버트는 눈살을 찌푸리며 답한다.

“뭘 그런 걸 가지고 그러냐. 그럼 에리나는 어떤 남자와도 친분을 쌓으면 안 된다 그거냐?”

“당연합니다! 그녀의 저의 정혼자이니까요!”

“헛소리하지 마라. 에리나의 정혼자는 아직 정해지지 않았다.”

“저를 선택한다고 하지 않으셨습니까!”

이 안하무인격 태도에 길버트는 혀를 찼다.

‘모자란 놈.’

본인이 직접 에리나의 마음을 돌릴 생각은 하지도 않고 그저 주변에 매달리기만 한다.

‘이래서 떠받들어진 천재는 높이 올라가지 못한다는 건가.’

지금껏 남이 만들어 준 길만 걸어온 탓에 모든 일에 대한 접근 방법 자체가 잘못돼 있었다.

‘아니면 애초에 천재가 아니었을지도 모르지.’

길버트는 그런 내심을 숨기며 말했다.

“케스퍼. 원하는 걸 거머쥐기 위해선 너 자신을 증명할 필요가 있다. 가짜 웨이드가 아닌 너 자신을. 그도 아니면 넌 들킬지도 모르는 가짜 웨이드 신분으로 에리나와 맺어지려고 했던 게냐?”

"그건 길버트 님께서 알아서 해 주신다고……."

"나도 힘을 쓰고 있지만 언제 한계가 올지 모른다."

사실 길버트는 케스퍼의 신분을 감추기 위해 아무것도 하고 있는 게 없었다. 오히려 들키길 바라는 입장이었다.

그것이 헬리안 공작이 알스를 숨기기 위해 펼친 역공작으로 인해 들킬 기미가 보이질 않았다. 오히려 케스퍼의 웨이드 설이 왕국 내에선 더욱 탄력을 받고 있었다.

"그러니 너도 실적을 쌓을 필요가 있다는 거다."

"실적……."

"그런 의미에선 마침 잘됐다고 할 수 있겠지. 이번 일에는 너도, 그리고 그 일라인도 참여하게 될 테니까."

"이번 일이라고 하시면……?"

"곧 알게 될 거다."

의미심장하게 웃는 길버트. 케스퍼는 왜인지 모를 불안에 떨었다.

4장

키메라 전쟁을 겪으며 소강상태에 접어든 대륙의 정세.

사람들은 최소한 올해에는 또 다른 전쟁이 일어나지 않을 거라 예측하고 있었다.

뷜랑이 홧김에 스벤너를 들이받지 않는 이상은 딱히 전쟁이 일어날 만한 명분이 없었다.

설령 전쟁이 일어난다 해도 소규모 국지전 정도가 될 거라 생각했다.

하지만 그 예상을 완전히 뒤엎는 일이 발생하고 만다.

서방 민족이 스벤너와 툰카이를 경유해 베카비아를 향해 진군하기 시작한 것이다.

그 규모는 13만. 여기에 콩고물을 얻어먹고 싶었던 툰카이가 임시로 서방과 동맹을 맺고 6만의 군대로 함께 베카비아를 침공하려 했다.

총병력 19만. 망국 일로를 걷던 베카비아로서는 버티기 힘든 대군이었다.

이 화제는 우리 아카데미에서도 뜨거운 감자로 부상해 있었다.

"이민족들이 베카비아를 침공하려고 한대!"

"야만인들이 대륙으로 들어오다니……."

키메라 전쟁 종전 한 달여 만에 다시 일어난 대전쟁에 사관생들은 겁을 먹은 듯 보였으나 자기들 일이 아닌 만큼 곧 웃음기를 찾았다.

그들은 장난식으로 케스퍼에게 말한다.

"베카비아는 벌벌 떨고 있겠네. 이거, 케스퍼. 너에게 의뢰가 오는 거 아니야?"

"하하하! 그러면 정말 우습겠네. 어때, 케스퍼. 야만인들에게 한 수 가르쳐 주고 오는 건. 혹시 모르지. 네가 베카비아를 구원한다면 그 천재공주를 첩으로 줘 버릴지도."

이러한 아부에 케스퍼 녀석은 왜인지 내게 시선을 주며 기고만장하게 웃었다.

"훗, 제의가 온다면야 생각해 볼 수도 있지."

"오오! 이 말을 베카비아의 외교관이 들어야 하는데!"

"솔직히 말하면 아쉬워. 서방의 야만인들이 베카비아가

아니라 우리 캘리퍼를 침공했다면 내가 군의 총대장이 될 수도 있었을 텐데 말이야."

"하긴! 아직 듀난 장군님의 공백이 채워지지 않았으니. 키메라 전쟁을 승리로 이끈 네가 총대장이 되는 건 당연한 수순이지!"

얘들은 무슨 미친 소리를 하고 있는 걸까.

'서방이 우리를 침공해 왔으면 좋겠다고?'

사칭을 하는 건 그렇다 쳐도 이건 선을 넘는 발언이었다.

'이것도 파벌의 영향인가…….'

파벌의 모두가 아부를 떨며 받들어 주니 케스퍼는 정말 자기가 웨이드라도 되는 것처럼 행동했다.

이쯤 되면 메소드 연기에 들어간 게 아닐까 싶었다.

'그도 아니면 자기에게 불똥이 튈 리 없다 안심하고 막 내뱉고 있던가.'

이번 전쟁은 우리 캘리퍼의 입장에서 불구경에 불과했다. 베카비아는 사실상 적대국인 만큼 이민족들이 승리해 베카비아가 멸망한다고 해도 하등 상관없었다.

그러나 국가 간의 외교라는 건 하루아침에 달라지는 것.

이미 캘리퍼 내부에선 묘한 기류가 흐르고 있었다.

계기가 된 것은 동맹국 알바드를 향한 베카비아의 지원 요청이었다.

베카비아는 병력 지원을 요청했으나 알바드 측에서 난색을 표한다.

그도 그럴 게 중부에 위치한 알바드는 병력을 배치할 전선이 너무 많았다.

동부로는 역사적 앙숙 크로싱과 이제 막 정전 협정이 끝난 캘리퍼.

남부로는 내전이라는 명목으로 미친 듯이 군비를 증강한 뷜랑. 그리고 서부로는 스벤너. 북서부로는 툰카이와 에우로페가 있다.

빈틈을 보일 수 없는 상황이었기에 알바드로서도 지원을 갈 수가 없었던 것.

이에 베카비아는 크게 실망하며 알바드를 비난하고 새로운 동맹을 찾기 시작했다.

이때 다가간 것이 크로싱이었다.

크로싱은 영토의 1/3을 받는 것을 조건으로 서방을 물리쳐 주겠다는 제안을 한다.

무지막지한 조건이었으나 베카비아는 순순히 승낙을 했다. 그도 그럴 게 영토의 경우 크로싱이 마음만 먹으면 합병할 수 있는 상태였으니까.

영토는 애초에 삼사자 전쟁 때 빼앗겼어야 했던 거라 자기 합리화를 하며 베카비아는 제안을 수락. 크로싱은 쥬라스를 총대장으로 하여 10만의 군대가 조직되었다.

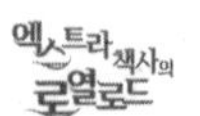

그리고 이는 캘리퍼에도 영향을 끼쳤다.

애초에 캘러피와 베카비아의 적대 관계는 크로싱을 매개로 두고 있었기 때문이다. 그러니 베카비아가 크로싱과 화해를 하자 캘리퍼와의 관계도 저절로 개선된 것.

베카비아는 이왕 이렇게 된 거 확실하게 하기 위해 캘리퍼까지 끌어들이려 했다.

베카비아의 외교관은 복수라는 키워드를 들먹이며 캘리퍼의 국왕을 설득했다.

대장군 듀난을 죽인 툰카이를 향한 복수를 하자고. 이에 더불어 막대한 보상까지 제안하자 국왕은 이윽고 2만의 지원군을 약속하게 된다.

그리고 여기서 누구도 생각지 못한 상황이 벌어지고 만다. 그렇다기보단 국왕이 그리고 있던 큰 그림이 일찌감치 모습을 드러낸 것이었다.

왕가 직속 장군 델바도바가 사관생들의 교육 역이 된 이유이자 이번 베카비아 지원을 승낙한 이유.

듀난의 죽음 이후 군부 인재를 갈망하던 국왕이 대발탁을 하여 황금세대라 불리고 있는 사관생들에게 본격적인 군의 지휘를 맡기기로 한 것이다.

그 소식이 교실에 전해지자 순간적으로 정적이 흘렀다.

장교도 제법 놀라고 있는지 마른침을 삼키며 얘기한다.

"국왕 폐하의 명에 따라 너희들 중 일부가 보병대장으로 승진하게 되었다. 각자가 지휘해야 하는 군의 숫자는 2천 명이다. 먼저 알스 일라인!"

왜 내 이름을 먼저 부르냐 하면 나는 이미 승진해 있었기 때문이다.

"너는 직급을 그대로 유지한 채 2천의 병사를 이끈다. 병사는 사병으로 구성해도 좋고, 왕가 직속군으로 편성해도 좋다. 어떻게 할 거냐."

"……사병으로 하겠습니다."

"좋아. 다음 케스퍼 밀리아스!"

호명을 받은 케스퍼는 사색이 되어 어쩔 줄을 몰라 했다. 기고만장해할 땐 언제고, 정말로 자기에게 화살이 돌아오자 겁을 먹어 버린 것이다.

"너도 2천 명의 병력을 이끌 거다. 사병으로 할 거냐?"

"으……. 예, 옛!"

그 외에도 살레온 계파에서 루안 차이스, 데니안 게글리쉬. 헬리안 계파에서 조슈아 헤럴드, 도로시 그림우드가 지휘관으로 뽑혔다.

각 계파에서 세 명씩을 선별한 것이다.

"저, 저희들은 어떻게 합니까?"

호명을 받지 않은 사관생들이다.

장교는 고개를 끄덕이며 말한다.

"따라가고 싶은 사관생의 휘하로 가도록. 선택은 자율에

맡기겠다."

이에 대부분의 사관생들이 케스퍼에게 시선을 주었다. 파벌은 물론이고 파벌이 아닌 애들도 이번에야말로 파벌의 눈에 들겠다며 케스퍼의 부대에 들어갈 것을 희망한 것이다.

그렇게 대부분의 사관생들이 케스퍼 혹은 헬리안 계파의 조슈아 헤럴드에게 붙은 가운데. 나와 도로시는 외딴섬이 되어 있었다.

나는 아싸이니 그런 것이고, 도로시는 가문은 좋아도 전쟁 능력에 대한 의구심 탓에 따라붙은 사관생이 없었다.

"어, 어떡하지?"

도로시는 어쩔 줄을 몰라 했다. 자기가 병사를 제대로 지휘할 수 없다는 걸 알고 있기 때문이다.

"대체 왜 내가 지휘관으로 발탁된 거야……."

울먹이는 도로시.

딱한 입장이었다. 헬리안 계파에 마땅한 인물이 없어, 듀난의 아들이라는 이유로 발탁된 것이니까.

친구 좋은 게 뭐라고. 도움을 주기로 했다.

"너무 걱정하진 마. 여차할 때는 내가 도와줄 테니까. 외딴섬끼리 서로 돕고 살아야지."

"정말이야 알스? 정말 그래 줄 수 있어!?"

"그래. 너도 비료 개발로 도움을 줬잖아."

"아직 비료를 개발한 건 아니지만……. 고마워! 너만 믿고 있을게."

묘한 형태로 참전하게 된 이번 전쟁.

배후 세력인 서방 민족과 정면으로 맞붙게 된다는 생각을 하니 진득한 불안감이 가슴을 쿡쿡 찔렀지만 한편으론 호기심도 느껴졌다.

간접적이지만 전쟁에 참여하게 된 나는 사병을 모집하기 전에 측근을 모았다.

"그렇게 됐으니 함께 갈 사람을 뽑아 볼까 해요. 군의 성격을 보면 전투가 벌어지지 않을 가능성이 높으니 이번에도 남아서 내정을 담당해 줄 사람이 필요합니다."

그렇게 말하긴 했지만 지난번 키메라 전쟁 때도 결국엔 대군을 지휘하게 됐던 만큼 다들 긴장감을 가지고 있었다.

서로를 응시하며 기색을 살피는 가신들.

'오늘따라 에오가 조용하네?'

평소였다면 제일 먼저 함께 가겠다고 할 텐데 말이다.

그 에오라고 하면 힐끔거리며 내 눈치를 보고 있었다.

"요즘 들어 자꾸 그러네. 무슨 일인데 그래?"

"그게…… 아무것도 아닙니다!"

"너답지 않잖아. 무슨 일인데. 말해 봐."

"괘, 괜찮습니다. 이런 자리에서 하기는 어울리지 않는 이야기인지라……."
"그렇게 말하면 나 오늘 잠 못 자. 상관없으니까 말해 줘."
"그렇다면……."
조심스럽게 입을 여는 에오. 그 내용은 정말이지 시답잖은 것이었다.
"그, 알스 님이 집필하신 소설 그녀들의 사정 말입니다만. 마지막에 주인공과 여기사는 맺어지게 된 걸까요?"
"……응?"
"아뇨! 그게. 다른 여자들을 저버리고 여기사와 함께 떠나지 않았습니까. 결국엔 그들이 맺어진 게 맞나 해서요."
설마 소설 얘기였을 줄이야.
다른 가신들도 어이없어하고 있다.
"글쎄, 생각하기 나름 아닐까? 네가 그렇게 생각한다면 그런 거야."
그게 열린 결말의 묘미이자 더러운 점이니까. 다만 에오는 순수하게 자신이 생각한 결말이 정사라고 받아들였다.
"그렇군요! 여기사와 맺어진 거군요! 헤헤."
한결 기분이 좋아졌는지 미소 지은 그녀는 고개를 갸웃하며 묻는다.
"근데 무슨 얘기를 하고 있었던 거죠?"
"안 듣고 있었구나……. 이번 전쟁에 나와 함께 갈 사람에 대해 얘기하고 있었어."

"그런……! 전 알스 님과 함께 가겠습니다!"

"그렇게 말할 거라 생각했어."

나는 에오니아, 루트거, 가스파르. 이 셋을 데려갈 생각이었다.

가스파르는 첩보원으로서의 역량이 뛰어나 무난히 데려가기 좋았고, 루트거는 알바드 출신으로서 베카비아 지역의 지리에 빠삭하다.

"올라프, 당신은 하던 대로 내정을 돌봐 주세요. 유미르, 너는 일리야 스승의 곁을 지켜 줘."

그렇게 인선을 정하려 했을 때였다.

"……잠깐 기다려 주겠니."

줄곧 침묵하던 스승이었다.

"내게 한 가지 제안하고 싶은 것이 있다."

"뭐든 말씀하세요."

"모두가 납득하기 어려울 수도 있지만……. 이번엔 알스, 너 혼자 가 보는 건 어떠니."

스승은 고통스러운 듯한 표정으로 말을 이어 갔다.

"네 성장을 위해 이번엔 그렇게 해 보는 게 어떨까 싶어."

"제 성장을 위해서요?"

"너도 느끼고 있지 않니. 무예의 성장이 멈춰 버렸다는 걸."

"……!"

정곡을 찌르는 말이었다.

나는 유미르, 에오, 가끔씩은 안톤과 매일같이 대련을 하며 무예를 단련하고 있었지만 어느 시점에선 매너리즘에 빠지고 말았다.

단련 방법도 영향이 있었다. 일단 위의 셋은 나와 대련을 할 땐 손 속을 너무 봐준다. 혹여라도 상처를 입힐까 우려하는 것이다. 하여 나도 그들과의 대련에선 위기감을 느끼지 못했다.

그나마 스승과의 대련은 보람이 있었지만 임신 이후에는 그마저도 하지 못했다.

"나는 네가 더 성장하리라 믿는다. 너는 아직 자신의 잠재력을 모두 개화시키지 못했어."

정확했다.

게임에서 알스의 능력치를 보면 답이 나온다.

게임에서 알스의 무력 수치는 기본 88이었다. 여기서 히든 강화 퀘스트를 클리어하면 주 무기를 창으로 바꿔 92의 무력치를 가지게 된다.

반면 지금의 나는 창만 사용했을 때 잘 쳐줘야 80 정도. 체스터류를 사용한다고 해도 85 정도다.

창을 사용했을 때만 놓고 보면 큰 차이가 있다.

물론 게임 시점의 알스는 지금으로부터 3년 정도 후이기에 시간의 여유는 있지만.

"그게 무슨 소리냐 일리야! 그러다가 알스 님이 다치기라도 하면! 목숨을…… 잃기라도 하면 어떻게 할 거냐!"

"저도 반대입니다."

에오와 유미르가 즉각 반대 의사를 표했다.

가스파르와 올라프, 루트거도 정도는 다를지언정 반대의 입장을 나타냈다.

"꼬맹이는 무장이 아니잖아. 책사로서 그 역할을 수행하기만 해도 충분한데 굳이 목숨을 내놓는 짓을 할 필요는 없다고 보는데."

"나도 동의해."

"음. 그가 다치기라도 하면 딸이 어떤 반응을 보일지 상상만 해도 무섭군."

반대 의견이 절대다수. 아마 이 자리에 안톤이 있었다면 그 또한 반대를 했을 테다.

그럼에도 스승은 의견을 꺾지 않았다.

"당장을 보면 그렇겠지. 하지만 너는 앞으로도 대단히 위험한 수라장을 걸어야 하는 입장이야. 훗날 비슷한 위기가 왔을 때 그 상황을 미처 대비하지 못한 것으로 인해 목숨을 잃는다면? 난 스승으로서 미리 가르치지 않은 안일함을 저주할 거다. 그건 내가 널 죽인 거나 마찬가지이니까."

"스승……."

"새장 안의 새는 멀리 날지 못하는 법이란다. 부디 내 뜻을 이해해 다오."

다른 이들이 내 목숨을 걱정하는 것처럼 스승도 똑같았다. 나중이 되어 무대가 커지면 홀로서기를 하는 것이 더 어려워지는 만큼 지금이라도 경험을 해 보라는 것이다.

"안 됩니다!"

유미르가 드물게도 격앙하여 외쳤다.

"도련님은 우리가 지키면 됩니다. 언제까지고요! 굳이 위험에 노출시킬 필요는 없어요!"

에오도 거들었다.

"그래! 만약 정말로 알스 님이 다치기라도 하면 어떻게 책임질 거냐!"

스승은 그 말에 고개를 끄덕였다.

"만약 알스가 다친다면 똑같이 대가를 받겠다."

"또, 똑같이라니?"

"알스가 팔을 잃는다면 똑같이 내 팔을 잘라라. 혹여 죽는다면…… 네가 내 목을 쳐라. 에오니아."

"읏……!"

스승의 각오에 압도됐는지 말문을 잃는 에오.

가스파르와 올라프, 루트거는 스승에게 설득이 됐는지 결정을 내리라며 나를 보고 있다.

'스승의 말도 일리는 있어.'

당장 직전 전쟁에 비슷한 경험을 했다.

삼건장 렉시트와의 대결. 그때 나는 무기력했다. 유미르와 에오니아까지 함께했음에도 내 실력이 부족함으로 인해 놈을 끝장내지 못하고 도리어 죽을 위기에 처했다.

운 좋게 안톤이 달려와 살 수 있었지만 다음에도 운이 좋으리란 법은 없다.

운에 맡기지 않기 위해선 내 실력을 키우는 수밖에 없다.

나는 장고 끝에 고개를 끄덕였다.

"좋아요. 이번 전쟁은 혼자 가 보도록 하겠습니다."

"도련님!"

유미르는 여전히 납득하지 못하겠다며 극구 만류했으나 나는 결심을 굳힌 상태였다.

홀로 전장에 나가기로 한 나는 병력 편성부터 시작해야 했다.

당초엔 우리 영지의 사병들을 데려가려 했으나 그들은 이미 이전 영지인 리벨의 복구 작업을 수행하고 있었다.

애초에 2천에 달하는 사병이 없기도 해서 레인폴의 병사들을 빌려 와야 했는데, 문제는 그들이 크로싱의 병사들이란 점이었다.

캘리퍼 출신으로 병력을 이끌어야 하는 내가 크로싱의 사병을 데려갈 수는 없는 노릇이었다.

이 곤란한 상황에서 올라프가 도움을 주었다.

"자, 알스. 편성은 끝냈어. 데리고 가기만 하면 돼."

"이건……."

어느새 준비돼 있는 2천의 군대.

"언제 준비한 거예요?"

"네가 그 얘기를 꺼낸 다음이야. 비스케타 씨의 도움을 받아 재빨리 편성했지. 쿠라벨 출신 병사들 중에 희망자를 선별해 용병으로 재편성한 거야. 물론 적정한 임금도 지불하기로 했지."

"일부는 쿠라벨 출신 병사들이 아닌 것 같은데. 저들은 누구죠."

"정확히 봤어. 내가 이래 봬도 부하가 제법 많은 편이거든. 특히 용병 부하들이 많지."

"용병이요?"

"내가 칩거하는 도중에 어떻게 서커스단을 모았을 것 같아?"

그러면서 그가 소개한 자가 있었다.

"용병단 사계의 단장을 맡고 있는 딜라스라고 합니다. 모쪼록 잘 부탁드립니다."

우락부락한 중년의 남자가 공손하게 고개를 숙여 보였다.

"사계라면……."

서커스단을 말함이었다.

올라프가 내 의문에 답해 주었다.

"사계는 본래 용병단 겸 유랑단이었거든. 그 가능성을 보고 3년 전부터 내가 전속으로 고용하게 됐지. 이자는 용병단 쪽의 단장이야. 믿을 만한 친구이니 대부분의 귀찮은 일은 이 친구에게 맡기면 돼."

올라프 나름대로 배려를 해 준 모양이다.

이번 전쟁에서 가장 큰 문제는 지휘였다.

너무 어리다는 이유로 병사들과 장교들이 잘 따르지 않을 수 있기 때문이다. 그렇기에 우리 영지의 사병 위주로 조직을 하려 했던 것이다.

"하여간, 일리야 스승의 말을 듣지 못했어요?"

"이 정도는 괜찮잖아. 게다가 네가 죽으면 나도 곤란해진다고. 내가 뭣 때문에 에우로페를 등지고 네게 투신한 건데."

딜라스는 A급 용병으로, 그 무예의 능력은 크게 높지 않았다. 게임으로 치면 기껏해야 무력 수치 70 수준. 올라프의 말마따나 귀찮은 일을 처리해 줄 장교 하나가 붙은 정도다.

"고맙습니다. 그럼 레인폴의 일은 맡겨 둘게요. 여차할 때는 비스케타나 루트거에게 도움을 청하면 될 겁니다."

"그래. 너야말로 제발 죽지 말라고."

"노력해 보죠."

홀로 치르게 된 전쟁. 내심을 말하자면 별로 불안하지는

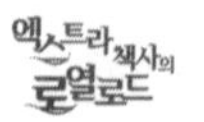

않았다.

나는 목청을 가다듬고 소리쳤다.

"알스 보병대 출진하겠습니다!"

그렇게 우리는 병력의 집결지인 알펜서드로 향했다.

이번 캘리퍼의 지원군은 규모도 그렇고, 사관생에게 기회를 준 것만 봐도 알 수 있듯 보여 주기식 성향이 강했다.

병력의 집결지를 수도 알펜서드로 정한 것도 그랬다.

일반적으로라면 베카비아와 인접한 북서부 도시를 집결지로 하는 게 맞았지만 국왕은 굳이 수도인 알펜서드를 집결지로 정했다.

이는 출정식을 명목으로 파티를 개최하기 위해서였다.

하여 병력을 알펜서드에 주둔시킨 나는 곧장 꽃단장에 들어가야 했다.

"휘유! 네가 꾸미기까지 하니까 장난이 아닌걸."

함께 단장하던 배닝스가 휘파람을 불었다.

"조심해. 자칫하다간 애프터 요청으로 애를 먹을지도 모른다."

"오늘은 그런 성격의 파티가 아니잖아."

"하긴, 명목상은 출정식이니까."

"게다가 나는 들러리에 불과하기도 하고."

지휘관으로 뽑힌 여섯 명의 사관생.

나는 다른 다섯 명에 비해 압도적으로 가문의 힘이 약했다. 아무리 레인폴이 성장했다고 한들 대귀족에 비할 바는 아니다.

일반적이라면 전혀 주목을 받지 못한다.

과거에 있던 파티에서도 외모 때문에 영애들과 이야기를 나눈 적은 있어도 유력자가 나를 찾아온다거나 하는 일은 없었다.

이번에도 구석에 짱박혀 시간을 때울 속셈이었으나 이전과는 상황이 크게 달라져 있었다.

가문의 힘이 약하건 뭐건, 황금세대 여섯 명 중 한 명으로 뽑혔으니까.

헬리안 공작이 티가 나지 않게끔 내 테이블로 와 격려를 해 주었고, 이번 원정에서 보좌관을 맡은 아이언하트 장군. 그리고 내 정체를 아는 린하르트 후작까지 다녀갔다.

급기야는 그 남자까지 찾아왔다.

"반갑네. 일라인. 레인폴의 축제가 잘 끝났다고 하던데. 나로서도 기쁘군."

길버트 살레온이었다. 그가 자신의 부인 그리고 에리나까지 대동한 채 내가 앉아 있는 자리까지 찾아온 것이다.

나는 곧바로 일어나 그에게 허리를 숙였다.

“다시 뵙게 되어 영광입니다, 길버트 님.”

“훗, 그렇게 어려워할 필요 없네. 그보다 이번에 6인의 지휘관 중 하나로 선택을 받았다지?”

“분에 맞지 않게도 그렇게 됐습니다.”

“분에 맞지 않다니. 자네 말고 누가 그 중요한 역할을 맡는다는 말인가.”

나는 알게 모르게 명성을 쌓고 있었다. 최대한 얌전히 지낸 것임에도 어느새 군부 탑 10 안에 들어가는 유망주로 평가받고 있었다.

‘아카데미 성적을 조절하지 않은 것 때문인가.’

굳이 그렇게까지 하고 싶지는 않았기도 했고, 무엇보다 그런 저레벨의 문제들을 틀리는 건 자존심이 상했다.

길버트는 인사만 건네고 가는 것이 아니라 계속해서 화제를 꺼냈다. 그로 인해 파티장의 시선이 점점 내 쪽으로 집중되고 있었다.

먼발치의 헬리안 공작을 보니 똥이라도 씹은 것 같은 표정을 짓고 있었고, 케스퍼 녀석은 험악하게 얼굴을 구기고 있다.

“국가의 미래를 짊어질 젊은이와 대화하는 건 역시 즐겁군.”

만족하며 웃는 길버트. 그는 곧 과장스러운 동작을 취하며 말한다.

"어이쿠, 이거 너무 내 생각만 한 건가. 이런 늙은이와 얘기를 하는 것보단 또래와 얘기를 하는 게 더 즐겁겠지. 그럼 파티를 즐기게나."

그러면서 그는 에리나를 남겨 둔 뒤 떠나갔다.

단둘이 합석을 하게 된 에리나는 곤란하다는 듯 말한다.

"미안해요. 아버님께서 요즘 생각이 많아지신 듯해서……."

"무슨 생각이요?"

"그게……. 이런 말을 하긴 뭐하지만……. 아무래도 저와 당신의 혼담을 진지하게 생각하고 계신 것 같아요. 오늘도 분위기가 무르익으면 함께 댄스를 추라고…… 하셨어요. 이런 자리에서 함께 댄스를 추라는 건…… 그게, 그런 뜻이니까."

"헉."

그건 아무리 나라도 생각하지 못했다. 공작가 쪽이 먼저 혼담을 제안한다고? 그것도 남작가의 사남에게?

난 낮게 속삭였다.

"내 정체를 알려 준 거죠?"

"아니에요! 절대 그렇지 않아요!"

"그러지 않고서야……."

"아무래도 아버님께선 당신이 장차 군부의 장군이 될 거라 생각하시나 봐요. 이번 전쟁에서도 전공을 올린다면 곧바로

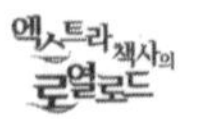

혼담이 갈지도 몰라요."

"어휴, 제가 거절할 거는 알고 있죠?"

"윽……!"

에리나와 맺어지는 건 둘째 치고, 가문끼리 엮이면 여러 골치 아픈 일이 발생한다. 내 결혼 문제로 우리 가문이 욕을 보는 건 싫었다.

다만 거절한다고 해도 문제가 발생한다.

공작가 쪽에서 선심을 써 먼저 보낸 혼담을 남작가가 거절하면 자존심에 대단한 스크래치가 나기 때문이다.

"그러니 되도록 그 화제는 나오지 않게 해 줘요."

"흥, 알고 있어요."

에리나는 입술을 삐죽 내민 채 애꿎은 부채만 쥐락펴락하고 있었다.

그 모습을 보자 나도 모르게 미소가 지어졌다.

"그래도 댄스 허가가 났다면……. 한 곡 출까요?"

"예!? 당신, 파티에서 그런 일은 하지 않잖아요."

"오늘은 왜인지 그럴 기분이 드네요. 그래도 무도회장에서 하긴 그렇고, 아까 정원에 봐 둔 곳이 있거든요. 인적은 없는데 경치가 좋은 곳이 있더라고요. 위치를 알려 줄 테니 무도회가 시작되면 몰래 그쪽으로 와요."

"읏……. 가, 갈게요."

그렇게 몰래 빠져나온 뒤 파티장 쪽에서 은은하게 들려오는 음악에 맞춰 에리나를 리드했다.
"몸이 뻣뻣하게 굳었는데요?"
"그걸 굳이 입으로 말해야겠어요?"
붉어진 얼굴을 새침하게 숨긴 에리나는 곧 기어가는 목소리로 속삭인다.
"오늘은 묘하게 적극적이네요. 무슨 심경의 변화라도 있었나요?"
"지난번에 책을 대량으로 구매해 준 서비스라고 생각해요."
"앗! 그런 거라면 이거론 부족한데요. 전 그때 용돈의 대부분을 써 버렸거든요."
"그러니까 괜한 허세 부리지 말지 그랬어요."
잠시 침묵이 흘렀다. 음악도 끝나 가려 하는지 템포가 느려졌다.
그때 에리나는 무언가를 결심한 듯 내게 말한다.
"저, 에스텔과는 잘해 낼 수 있을 것 같아요. 귀여운 면이 있더라고요. 동생 삼고 싶다고 할까. 그러니까 걱정하지 말아요."
뭘 걱정하지 말라는 건지 묻는 건 바보 같은 짓이겠지.
"제가 알기로 에스텔은 우리보다 한 살 더 많은데 말이죠……."
"정말요? 근데 왜 당신과 같은 아카데미에 있었던 거죠?"

"병 때문에 조금 꼬인 게 있거든요. 근데 이 얘기를 꺼내면 눈이 매서워지더라고요."

"앗, 그거 무섭죠."

한 곡이 끝나자 나는 슬쩍 그녀의 허리를 놔주었다. 에리나는 아쉬운 듯 파티장 쪽을 힐끗 쳐다보더니 주섬주섬 무언가를 꺼냈다.

"받아요."

"뭔데요 이건?"

자그마한 조각이었다.

"무사귀환을 바라면서 만들어 봤어요. 에스텔도 뭔가 주지 않던가요?"

"예, 단도를 한 자루 주더라고요."

소위 말하는 서바이벌 나이프를 줬다. 여기서도 둘의 성향 차이가 드러나는 것 같았다.

에리나는 생환을 기도한다면 에스텔은 정말로 생환에 도움이 되는 물건을 준다.

'에스텔이 그걸 꺼냈을 땐 간 떨어지는 줄 알았지.'

갑자기 칼을 꺼내기에 처음엔 율리아 누나의 우려가 현실이 되는가 싶었다.

"어쨌든 고마워요. 군장에 달아 둘게요."

"예, 부디 무사히 돌아와요."

다시금 음악이 들리기 시작했다. 우린 그 흐름을 타 은근

슬쩍 파티장으로 돌아왔다.

⊕

본격적인 출정식은 다음 날 아침에 시작됐다.

나를 비롯한 6인의 사관생들이 먼 발치에 무릎을 꿇었고, 우리를 대표해 총대장을 맡은 델바도바 장군이 국왕의 앞으로 향했다.

"오랜만의 출진이라고 너무 열 내지 말게 델바도바. 적을 만난다면 목숨을 보전하는 것부터 생각해. 이건 엄밀히 말해 우리의 전쟁이 아니라 베카비아의 전쟁이니까."

"무슨 말씀이십니까. 적을 만난다면 응당 분쇄를 해야지요."

"훗, 자네답지만 그렇기에 걱정이 되는군. 자네가 죽는다면 이 노인네의 말상대는 누가 해 준단 말인가."

"걱정하지 마십시오. 어떤 방향이 됐든 폐하께서 기뻐하실 수 있는 결과를 가져오겠습니다."

"음, 믿고 있겠네."

국왕이 보검을 하사하자 델바도바는 검을 뽑아 들고 외쳤다.

"전군 진군! 베카비아로 향한다!"

준비된 2만의 군대는 시민들의 축복을 받으며 도시를 빠져나와 베카비아 방면으로 향했다.

여섯 명의 사관생이 각각 2천씩 지휘하며 1만 2천. 나머지 8천은 델바도바와 그 직속 장교들이 지휘하게 되었다.

목표한 전선까지의 거리는 대략 280km 정도. 행군의 예상 소요 시간은 6일이었다.

그 행군 경로에는 산지를 비롯한 험지도 많았기에 말은 대부분 짐말로 이용됐고, 나 같은 지휘관조차 병사들과 함께 걸어가야만 했다.

"허억! 허억!"

행군 5일 차가 되자 도로시가 하얗게 질린 얼굴로 숨을 몰아쉬었다. 완전군장을 멘 채 장거리 행군을 하는 건 처음이었던 만큼 과부하가 온 것이다.

"도로시, 괜찮아?"

"괘, 괜찮아. 난 신경 쓰지 말고 갈 길 가."

"그럴 수는 없지. 군장 이리 줘. 내가 대신 들어 줄 테니까."

"안 돼! 난 지휘관이니까……. 모범을 보여야 해……."

강박관념으로 인해 무리를 하고 있는 모양이다.

도로시를 보좌하는 그림우드가의 늙은 장교는 안절부절못하며 애원하듯 나를 보고 있었다. 자기 말은 듣지 않으니 내가 설득을 해 달라는 것이다.

"하여간. 쓰러지는 게 더 민폐야. 이봐요!"

나는 내 쪽 장교들을 향해 말했다.

"힘이 넘치는 친구 있으면 하나만 데려와 줄래요?"

그러자 딜라스가 누군가에게 손짓했다.

그 손짓에 달려온 것은 조금 익숙한 얼굴이었다.

"딜라스 아저씨! 불렀어요?"

"그래 애거트. 대장님의 호출이다."

"오오, 드디어 저를 중용해 주는 겁니까! 하긴! 일개 병사로 있으라니 그런 일은 있을 수 없죠!"

콧김을 내뿜으며 달려온 소년은 내 얼굴을 보더니 눈살을 찌푸렸다.

"앙? 뭐야 넌. 계집애같이 생긴 게."

오만상을 찌푸리며 내게 위협을 보내는 애거트. 딜라스가 다급히 외친다.

"이놈! 그분이 우리 부대의 대장님이시다! 말조심해라!"

"엥? 이 기생오라비 같은 놈이요?"

"빨리 머리를 숙여라 욘석아."

딜라스가 억지로 놈의 뒤통수를 잡고 고개를 숙이게끔 만들었다.

"시킬 게 있다면 이놈에게 맡기십시오. 힘과 기개만큼은 좋은 녀석입니다."

"하핫, 재밌는 친구네요."

부대 곳곳에 서커스단 사계의 인물들이 포진해 있는 모양이다.

'그러고 보니 본인은 애거트 용병단이라고 했지.'

보아하니 돈을 벌기 위해 어떤 일이라도 하는 것 같았다.

'이런 어린 녀석이 그런 일까지 하는 걸 보면…….'

크로싱의 노예가 분명했다.

"애거트라고 했지? 풀 네임은?"

"없어! 아얏! 머리 때리지 말라고 딜라스 이 망할 아저씨! 쳇! 풀 네임은 없어요!"

"그럼 애거트. 네가 여기 이 짐 좀 들어 줘."

도로시가 차고 있는 군장을 풀어 애거트에게 내밀었다. 군장의 무게는 대략 20kg 정도.

녀석은 그걸 한 손으로 가뿐히 받아 들고는 흥미롭다며 중얼거린다.

"이 정도 무게면 틈틈이 훈련하는 데 좋겠는데."

애거트가 군장의 무게를 이용해 웨이트트레이닝을 시작하자 도로시는 어이없다며 탄식했다.

"흠, 확실히 힘은 남아도는 것 같네."

"당연하지! 이 정도는 기별도 안 간다고! ……요!"

"아무튼 좋아. 넌 당분간 그걸 메고 도로시 곁을 따라라."

도로시가 면목 없다며 애거트에게 고마움을 표하자 애거트가 답한다.

"이 정도는 상관없어. 근데 너 약골이구나? 전쟁엔 왜 나온 거야?"

쿵! 여지없이 내려치는 딜라스의 주먹.

"그분도 부대의 대장이시다. 말을 함부로 하지 마라."

"아이 씨! 알겠어요. 그런데 이 부대 정말로 괜찮은 거예요? 대장이란 것들이 하나같이 약골밖에 없잖아요."

"말조심하라고 했다."

"예이, 예이."

도로시로 인해 뒤처져 있던 우리는 속도를 붙여 앞으로 따라붙었다.

다 따라붙은 시점엔 행군 5일 차의 밤이 저물었다.

병사들이 천막을 치고 야영을 준비하던 중. 부대 장교가 찾아왔다.

"알스 일라인. 내일을 앞두고 총 군부 회의가 있을 거다. 최고 막사로 와라."

총대장 델바도바 장군의 소집령.

나는 딜라스에게 야영 준비를 맡기고 최고 막사로 향했다.

막사에 포진한 장교의 숫자는 10명 정도였다.

'장교의 숫자가 적은걸.'

우리 사관생들의 부대를 통솔하는 상급 장교가 없었기 때문이다.

그 이유에 대해 델바도바의 부관으로 참전한 아이언하트 장군이 설명했다.

"우리 군부는 이번 전쟁에서 너희들에게 현장 판단을 맡기기로 했다. 총 지휘는 델바도바 장군님께서 하겠으나 그 지휘가 부재이거나 빠른 판단이 요구되는 상황에선 너희들이 자의적으로 움직여도 좋다는 뜻이다."

"자의적으로……!"

"부담을 가지지 말라고 하진 않겠다. 너희들에게 거는 기대가 크기 때문에 이런 결정을 내린 건 사실이니까. 하지만 나는 너희들이 잘 해낼 것이라 믿는다. 너희들은 그만한 실력을 가지고 있어. 이번 기회를 발판으로 껍질을 깨고 더 위로 올라가기를 바란다."

사관생들은 겨우 마음을 다잡았다. 격려 덕분이라기보단 전황에 따른 안도감이었다.

아이언하트는 만족스럽게 고개를 끄덕이곤 전황도를 펼쳐 보였다.

"이번 전쟁에서 우리가 맡을 지역은 이곳 칼론 산지다. 적군이 칼론 산지를 넘어 우측을 친다면 크로싱이 베카비아 방면으로 구축해 놓은 보급로를 끊을 수 있기 때문이지."

"칼론 산지……."

내가 가장 처음 루트거를 만나기 위해 갔던 곳이었다.

이곳은 베카비아와 알바드의 접경지로, 산지를 타고 우측으로 내려가면 곧장 크로싱의 영역으로 들어갈 수 있다.

"하여 우리는 일차적으로 칼론 산지를 수비하는 역할을 맡게 되었다."

말이 수비이지 칼론 산지는 주요 전선에서 떨어진 곳에 위치한 만큼 실제 전투가 벌어질 가능성은 거의 없었다.

이번 원군이 보여 주기식이라는 게 이런 이유에서였다. 그렇기에 풋내기 사관생들에게 병력 지휘를 맡긴 것이기도 하고.

"자, 이것이 칼론 산지의 기초 지형도다. 모두 숙지해 놓도록."

과거 루트거를 찾으러 갈 때 대충 길을 봐 놓긴 했으나 전부 알고 있는 건 아니었다.

나는 지형도를 보며 요충지를 체크했다.

'산이 제법 험준한걸.'

괜히 루트거가 에스텔을 이곳에 감춘 것이 아니다. 산을 높이 올라갈수록 지형이 복잡해져 자칫하면 길을 잃고 만다.

반면 지형을 숙지하고만 있다면 그걸 이용해 기민한 움직임을 취할 수 있다.

총대장 델바도바가 고개를 끄덕이며 말한다.

"아직 적이 이곳으로 진군했다는 첩보는 없으나 이곳은 전쟁터다. 언제 어떤 일이 벌어질지 모르지. 모든 경우의수를 대비해 만반의 준비를 해야만 한다. 그걸 위해 병과 편성을 확인하도록 하겠다. 먼저 제2궁병대 도로시 그림우드!"

"옛!"

"이번 방위전에선 네 부대의 역할이 무엇보다 중요하다. 교전에 들어간다면 지형의 특성상 너 스스로의 판단으로 전황을 이어 가야 할 경우가 많을 거다."

"그게……!"

절망하는 도로시. 그림우드가의 가신이었던 아이언하트는 그 사정을 짐작하는지 내게 시선을 돌렸다.

"알스 일라인. 너희 제6보병대가 제2궁병대를 따라다니며 보호하도록."

"명심하겠습니다."

델바도바 장군은 전술과 포진까지 설명한 뒤에야 작전 회의를 끝냈다.

사관생들은 지친 표정으로 최고 막사를 나왔다.

그들은 케케묵은 한숨을 내쉬었다.

"호우! 1급 회의에 참여한 건 처음이야!"

"역시 분위기가 장난 아닌걸."

앓는 소리를 내는 데니안 게글리쉬와 조슈아 헤럴드.

"설마 전투가 벌어지진 않겠지?"

"당연하지. 서방도 그렇고, 툰카이도 그렇고. 굳이 여기까지 올 이유가 없어. 그렇지? 케스퍼. 응? 케스퍼?"

케스퍼 녀석은 델바도바 장군이 껄끄러운지 줄곧 표정이 안 좋았다.

그는 있어 보이는 말을 하려는지 잠시 고민하더니 입을 뗀다.

“안일하게 생각하지 마. 이곳은 전쟁터다. 언제 목숨을 잃을지 모른다고.”

“그, 그래. 그랬었지.”

이에 루안 차이스가 어깨를 으쓱이며 말한다.

“올 거면 오라고 그러지 뭐. 결국 이기는 건 우리가 될 테니까.”

그렇게 말하곤 자기 부대로 돌아가는 루안. 다른 이들도 각자가 가진 설렘과 불안감을 추스르며 부대로 복귀했다.

나도 다리에 힘이 풀린 도로시를 부축해 부대로 돌아왔다.

마침 야영 준비가 끝났는지 병사들이 취침 준비에 들어가고 있었다.

‘이때 에오가 있었다면 야식을 준비해 줬을 텐데.’

유미르라면 정성스레 다리를 마사지해 줬을 테다.

‘스승은 그런 것들 하나하나를 스스로 극복하라는 거겠지. 어휴, 잠이나 자자.’

그렇게 내 막사로 향하려 했을 때였다.

“웨이드 님.”

캘리퍼의 군복을 입고 있는 남자였다. 그 얼굴은 나도 알고 있었다.

이전 키메라 전쟁에서 쥬라스가 보내 준 크로싱의 장교 중 하나였다.

"……쥬라스가 보냈습니까."

"정확히는 안톤 님께서 보냈습니다. 당신에게도 전장에 대한 정보가 필요할 거라 말씀하셨습니다."

"좋습니다. 저도 궁금하긴 했어요. 그쪽 전장은 어떻게 되어 가고 있는 겁니까?"

인적이 드문 곳으로 이동한 나는 안톤이 보낸 정보를 종합했다.

쥬라스의 10만 군대는 보름 전에 자리를 잡고 일주일 전에 본격적인 개전에 들어갔다고 한다.

"총사령께선 군대를 각 3만, 4만, 3만으로 나누어 요지에 군을 주둔시키고 적이 빼앗은 요충지를 탈환하는 작전에 들어갔습니다. 이에 대응해 서방 민족도 군을 세 갈래로 나누어 대처를 했습니다."

큼지막한 전장은 다섯 곳.

툰카이의 6만 군대와 베카비아의 8만 군대가 맞붙은 전장이 두 곳. 크로싱의 10만과 서방 민족의 10만이 맞붙은 세 곳이다.

"10만? 서방은 분명 13만의 병력을 구축했다고 했었죠. 나머지 3만은요?"

"알 수가 없습니다. 상대가 워낙 대군인지라 우리로서도 정확한 집계는 어렵습니다. 병력의 일부가 후방 보급로를 지키고 있을 수도 있고, 그도 아니면 그저 우리가 잘못 집계했을 수도 있습니다."

"유격군이 편성됐을 가능성은요?"

"알 수 없습니다만 아직까지 첩보에 걸린 유격군은 없습니다."

"흐음. 쥬라스는 어떻게 승리를 거둘 생각인 겁니까?"

"그 부분은……."

"알겠어요. 그놈의 일이니 뭐든 꾸미고 있겠죠. 그래서, 이걸로 끝입니까?"

"한 가지 더. 적장의 정체에 대해서입니다."

"드디어 판명이 났군요. 누구입니까?"

서방 민족의 총사령관.

"한네만 노이어스라고 합니다."

"한네만……!?"

"짚이는 바가 있으십니까."

있다마다.

한네만이라면 게임에서 빌랑 연합에 뜬금없이 나타난 정치가였으니까.

내가 아는 부분은 거기까지였다. 그 이후의 내용은 업데이트되지 않았었으니까.

'서방의 배신자가 한네만을 빌랑에 침투시켰던 건가. 빌랑에 침투해 있는 배신자가 가진 힘이 은근히 강한 모양인걸.'

이제는 빌랑 국왕 암살 사건으로 인해 뒤에서 암약하는 것이 어려워져 전면에 나섰다고 보는 편이 맞겠지.

"그자에 대한 정보는요?"

"아직 많이 알려진 바는 없으나 서방에선 그를 이렇게 부른다고 합니다. '천객(千客)'이라고."

"천객?"

장군으로선 묘한 별칭이었다.

베카비아의 서부 도시 빌아크.

이곳을 점령하고 있던 서방 민족은 크로싱의 참전에 대한 대응책을 논의하고 있었다.

그들의 군부 회의장은 빌아크의 영주가 소유하던 거대한 연회장이었다.

딱히 그들에게 허영심이 있다거나 사치를 부린 건 아니었다.

그저 그렇게 하지 않으면 인원을 모두 수용할 수 없기 때문이었다.

군부 회의에 참여한 장교의 숫자만 200여 명. 심지어 그들 대부분이 상급 장교들이었다.

"흠, 다 모였나. 이거 출석을 기다리는 것만 해도 한세월이로군."

말은 그렇게 해도 한네만의 얼굴은 가신의 숫자에 대한 만족감으로 물들어 있었다.

"자, 그럼 다 같이 크로싱 놈들을 무찌를 방법을 상의해 보실까."

천객 한네만.

그는 장군이라기보단 정치가의 면모가 더 강했다. 그의 가문에 신세를 진 식객만 1만 명이 넘는다고 하니 천객만래라는 말은 그를 두고 하는 말이었다.

"크로싱 놈들은 군을 세 갈래로 나눴습니다. 게다가 군의 숫자도 우리가 더 많으니 힘으로 밀고 나간다면 저들도 물러날 수밖에 없을 겁니다."

"흠, 저돌적인 의견은 마음에 들지만 상대인 쥬라스 파밀리온은 비범한 인물이라는 모양이다. 나는 잘 알지 못하나 제무토 공의 말에 의하면 인외의 괴물이라고 하더군. 심지어는 우리가 베카비아를 침공할 것을 예측한 건 물론이고 심지어 유인한 거라고 하던가."

"서, 설마 그럴 리가……."

"나도 믿지 못했으나 실제로 이렇게 크로싱이 참전을 한 걸 보면 사실이라고 봐야겠지. 놈을 얕보지 말도록 해라."

200여 명의 장교들은 서로 머리를 모아 최선의 수를 짜내었다.

사공이 많으면 배가 산으로 간다고. 이런 식으로 의견이 많이 나오면 이도저도 아닌 결론이 나오는 경우가 많았으나 한네만은 달랐다.

정치가에 불과한 그가 군의 대장이 될 수 있었던 이유가 이 통찰력 덕분이었다.

200여 명의 장교들이 마구잡이로 내는 전술과 전략, 책략 중에서 정답만을 캐치하는 능력이 있었던 것이다.

일종의 컨트롤 타워였던 셈.

"폐하, 제게 계책이 있사옵니다."

"폐하라니. 난 아직 왕위에 오르지 않았다, 바렛."

"시간문제이겠지요."

"훗, 좋다. 무슨 계책이지?"

"캘리퍼군을 이용하는 겁니다."

"캘리퍼군을?"

바렛은 보여 주기식 지원을 온 캘리퍼를 역이용해 전황을 가져올 수 있는 책략을 내보였다.

이 책략에 한네만이 입꼬리를 올렸다.

"괜찮아 보이는군. 좋다, 이 일은 네게 맡기겠다 바렛. 부관으로 피셔를 붙여 주지. 승전보를 가져오도록."

"옛!"

본격적으로 움직이기 시작한 전장.

전장의 양상은 한네만과 쥬라스. 그리고 알스와 총군사 바렛의 대결로 압축되고 있었다.

칼론 산지에 진입한 우리는 산지 중심부에 주둔지를 만들었다. 어차피 전투가 일어날 가능성은 희박하기에 우리 사관생들이 느끼기에 이건 일종의 현장학습처럼 보였다.

그러나 개전 18일 차이자 우리 캘리퍼군이 칼론 산지에 주둔한 지 3일 차가 되는 날.

자리를 잡고 오순도순하게 지내고 있던 우리 군영에 돌연 비상이 떨어졌다.

부대의 지휘관인 내게는 다이렉트로 그 정보가 들어왔다.

"첩보 지점에서 적의 무리가 발견됐다! 제6보병대는 당장 전투준비에 들어가라!"

"적의 무리……?"

이해하기 힘든 상황이었다.

구석에 짱박혀 상황을 관망하고 있는 우리 군을 굳이 건드릴 이유는 없었으니까.

"아, 알스! 어떡하지?"

도로시가 사색이 되어 물었다.

"일단 군을 모아 줘. 어차피 우리 부대랑 붙어서 가야 하니까 같이 포진을 하면 될 거야."

"고마워! 그, 그림우드 궁병대! 태세를 갖추겠습니다!"

신속하게 포진을 잡는 병사들.

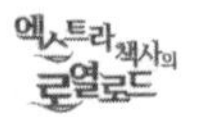

우리는 산지의 초입으로 나가 적의 병력을 맞이했다. 나는 도로시의 궁병대와 함께 그 모습을 보고 있었다.

척! 척! 발을 맞춰 접근해 오고 있는 병사들. 그 군복은 처음 보는 것이었다.

'그렇군. 저게 첩보로 전해진 서방 민족의 군복인가.'

그들은 거침없이 우리가 있는 산지로 진군하고 있었다. 델바도바 장군이 전령을 보내 멈출 것을 요구했으나 그 속도는 죽지 않았다.

오히려 전령에게 활을 쏘아 쫓아냈다.

이에 델바도바 장군은 망설이지 않고 외쳤다.

"전군 전투준비!"

적의 병력은 어림잡아 2만. 우리와 엇비슷했다.

'역시 유격군을 편성한 거였어.'

대치를 시작한 서방과 크로싱은 양측 다 신중을 기하며 커다란 전투는 벌어지지 않았다.

그러니 시선을 돌려 유격 부대를 통한 작전을 실행할 거라는 건 어렵지 않게 짐작할 수 있었다.

나는 도로시를 대신해 소리쳤다.

"모든 궁병 사격 준비!"

화살을 뽑아 드는 궁병들.

"1열부터 5열까지. 쏴라!"

피피피피핑! 비산하는 화살. 적은 방패를 들어 올리며 태세를 취했으나 우리의 지대가 높았던 탓에 화살의 위력이 제법 강했다.

"6열부터 10열까지 쏴라! 나머지는 장전!"

그리고 나는 우리 부대의 딜라스를 호출했다.

"딜라스, 전에 내가 얘기한 대로 크로스보우대를 준비하십시오."

"옛!"

딜라스의 지휘하에 200명의 병사들이 궁병대의 앞에 포진했다.

그중 100명은 엎드리고, 나머지 100명은 무릎을 꿇은 채 크로스보우 장전에 들어갔다.

일반적으로 크로스보우대는 정규군에 잘 편성되지 않는다.

그 화력은 강력해도 비용이나 효율성 문제로 인해 중용받지 못하기 때문이다.

무엇보다 큰 문제는 장전 시간이다.

활의 재장전 시간이 길어야 5초인 반면, 크로스보우의 재장전 시간은 길면 1분이 넘어가기도 했고 아무리 짧아 봐야 15초는 걸린다.

게다가 고장이 많지 않은 활에 비해 잔고장도 심했다.

이런 단점이 두드러지는 것이 기병대와의 전투였다. 사격과 사격의 간격이 있는 탓에 기병들이 접근하는 걸 제대로 견제하지 못했던 것.

보병들과의 전투 또한 그랬다. 연사가 어려워 접근을 허용하는 시간이 더 빠르다.

비용이 비싸 보급이 힘들고, 그런 주제에 지형에 따라 효율이 갈리는 크로스보우.

실제 유럽에선 크로스보우가 악마의 무기라 불릴 정도로 흉악했다 하지만 그건 그 시대의 전투 규모가 크지 않았던 것도 있고, 무엇보다 중갑을 입은 기사들이 많았기 때문이다.

지금처럼 몇만, 몇십만의 대결에서 대대적으로 크로스보우대를 편성하기에는 효율적인 면에서 애로 사항이 있었다.

하여 크로스보우는 보조 무기로 사용하거나 용병들 사이에서나 애용되었다.

그 용병들이 내 부대에 있었다.

"적의 선진을 집중사격하겠다! 크로스보우대 선제 사격! 다음 궁병 1열부터 5열까지 쏴라!"

티티티티팅! 먼저 쏘아져 적의 선진을 노리는 크로스보우의 볼트.

방패에 막히는 화살과 달리 퍽! 볼트는 방패를 관통해 적의 몸에 박혔다.

"으아악!"

고통에 방패를 놓친 병사에게는 뒤이어 날아온 화살이 박혔다.
주춤하는 적의 선진.
"계속해라! 크로스보우대 장전! 궁병 6열부터 10열까지 쏴라!"
"우리도 뒤처지지 않겠다! 제1궁병대! 사격!"
델바도바 직속의 1궁병대까지 지원사격을 하며 적의 움직임이 눈에 띄게 굼떠졌다.
"됐어! 알스! 우리가 막아 냈어!"
흥분하여 소리치는 도로시.
그러나 그 순간 적이 기묘한 움직임을 보이기 시작했다.

크로스보우와 활의 연계를 통해 선진의 전진을 막은 알스의 지휘.
저지대에서 그 모습을 지켜보고 있던 델바도바는 입꼬리를 올렸다.
"부관, 저곳을 지휘하고 있는 건 누구인가."
"예! 제2궁병대와 제6보병대! 사관생인 도로시 그림우드와 알스 일라인입니다!"
"흠, 도로시 녀석이 저런 수준급의 지휘를 할 리는 없으니 알스라는 녀석의 지휘력인가."

알스에 대해선 델바도바도 주목을 하고 있었다.

소리 소문 없이 수석을 따낸 엘리트. 초중등 아카데미 시절에는 가문이 형편없어 주목받지 못했지만 실전에 들어가자 보란 듯이 성과를 보이며 두각을 드러냈다.

"과연, 괜히 황금세대라 불리는 건 아니었군. 좋다, 1궁병대는 2궁병대와 발을 맞춰 사격해라!"

빗발치는 화살.

이때 적군의 기행이 시작됐다.

선진의 발이 멈춰 버리자 군대를 좌우로 나눠 산지로 침투시킨 것이다.

"뭐……?"

이 행동에 델바도바는 미간을 찌푸렸다.

좌우측은 산을 오르기 힘든 험지였다.

그렇기에 병력을 배치해 놓지 않았다.

지금 캘리퍼군이 군을 배치한 지점이 능선이었다면 서방의 군대가 침투한 곳은 계곡이다.

"장군님! 적들이 좌우측의 산지로 진입했습니다! 어찌할까요!"

적들이 산지 내부로 진입한 이상 화살은 더 이상 쓸모가 없었다. 뭔가 견제할 방법을 만들어야 했다.

"끄응……!"

델바도바는 왕가 직속 장군으로서 전투 경험이 많지 않았다.

지휘력은 있지만 상황 판단 능력이 빠른 편은 아니었다.

'저들의 목적은 우리보다 먼저 산지 내부로 들어가 보급로를 끊겠다는 심산이다!'

능선을 올라가야 하는 캘리퍼군과는 달리 상대는 계곡을 통해 빠르게 고지대로 올라갈 수 있다.

서방이 먼저 산을 올라간다면 미리 구축해 놓은 보급로가 끊길 가능성이 높았다.

'이런, 섣불리 앞에서 맞이한 게 실책이 되었나!'

델바도바는 적의 예봉을 꺾겠다는 판단으로 상대를 요격하기 쉬운 산지 초입으로 내려온 것이었다.

초입에서 으름장을 놓는다면 상대가 일단은 물러날 거라 생각했다.

설마 상대가 자신들을 무시한 채 억지로 비집고 들어올 거라고는 예상치 못했다.

지금 이 움직임으로 알 수 있는 서방의 의도는 하나.

억지로 비집고 들어왔기에 그들의 보급이 끊기긴 했으나 마찬가지로 캘리퍼의 보급로를 끊는다면 결국 동등한 상황이 된다는 것이다.

"빠르게 물러나 거점으로 향하겠다!"

산지 내부에 만들어 놨던 거점으로의 퇴각을 결정하는 델바도바.

그때였다.

"장군님! 제6보병대에서의 전언입니다! 지금은 물러나기보단 양옆으로 들어간 적 군세 중 한 곳을 총공격해야 한다고 합니다!"

알스에게서 온 전언.

알스가 웨이드임을 알고 있던 부장 아이언하트는 즉각 말한다.

"장군님, 위험하긴 하지만 좋은 수로 보입니다. 적이 만약 계곡을 올라가고 있는 중이라면 옆을 공격해 큰 타격을 줄 수 있을 겁니다."

"하지만 그사이 우리의 보급로는 완전히 끊길 걸세."

"그거야 얻은 이득으로 말미암아 다시 확보하면 되는 것 아니겠습니까."

"혹여 시간이 지체될 경우엔 어려워질지도 모르지. 괜찮은 제안이긴 하나 지금은 보급로 확보를 우선시하도록 하겠네. 전군, 당장 거점까지 물러난다!"

부랴부랴 퇴각하는 캘리퍼군.

그사이 서방의 군대는 산지 내부의 요충지를 점령하고 매복군을 편성. 물러나고 있는 캘리퍼군의 발을 묶는 사이 보급로를 끊어 버리기에 이른다.

산지 중턱에 위치한 캘리퍼군의 거점.

이번 교전으로 인해 장교들은 혼란에 빠져 있었다.

장교들 중 일부가 경험이 미천한 사관생들인 탓도 있었고, 무엇보다 적의 행동 원리가 이해되지 않았기 때문이다.

도로시도 마찬가지인지 내게 묻는다.

"적군이 먼저 공격을 해 오다니 이게 대체 어떻게 된 일이야. 우리는 그저 주둔하고만 있었을 뿐인데……."

상식적으로 보면 적군의 입장에선 전쟁을 관망하고만 있는 캘리퍼군은 방치하는 게 맞았다.

지금 이건 괜히 벌집을 건드린 셈이다.

"다른 목적이 있는 거지 뭐."

"다른 목적? 알스, 넌 뭔가 짐작 가는 게 있어?"

"글쎄."

솔직히 말하자면 전부 파악했다.

상대가 왜 이렇게 움직였는가. 뭘 노리고 있는가도.

'한네만이라고 했나. 직접 생각해 낸 건지는 모르겠지만 제법인걸.'

서방이 호락호락한 무리가 아니라는 뜻이겠지.

'아마 내 제안대로 놈들의 옆을 타격한다고 해도 마땅한 결과를 얻지는 못했을 거야.'

분명 그것까지도 계산을 해 놨을 테니까.

차라리 델바도바 장군의 선택처럼 거점으로 물러나는 것도 나쁘지 않았다.

상대가 선수를 치게끔 놔두게 된 셈이지만 우리도 대응할 수 있는 힘을 보존했으니까.

진짜 국면은 이제부터.

우리에게 당면한 문제는 끊어진 보급로를 어떻게 재구축하냐는 것이다.

오늘 밤은 넘길 수 있지만 당장 내일 점심부터 군량이 부족해지는 상황.

델바도바 장군은 그 대책 마련을 위해 곧장 군부 회의를 개최했다.

한편 군부 회의가 시작되기 20분 전.

케스퍼를 비롯한 사관생 지휘관 네 명이 한자리에 모여 있었다.

자리에 없는 것은 도로시와 알스뿐이었다. 이들을 모은 조슈아 헤럴드가 의도적으로 둘을 배제한 것이다.

"조슈아, 왜 모이자고 한 거야?"

데니안 게글리쉬가 피곤한 표정으로 묻자 조슈아는 주변을 둘러보고는 속삭이듯 말한다.

"진짜로 전투가 시작됐으니까. 너희들에게 한 가지 얘기해 두고 싶은 게 있어서."

"얘기해 두고 싶은 것?"

"이건 내 아버지가 출정 전에 귀띔을 해 준 건데. 만약 이 전투에서 큰 전공을 세우면 우리라도 장군이 될 수도 있다나 봐."

"뭐!?"

이 말에 다들 안색이 바뀌었다.

"생각해 보라고! 이번 전쟁은 국왕 폐하의 안배가 있었잖아. 우리 같은 사관생에게 2천 명의 지휘를 맡긴 것만 봐도 알 수 있어! 폐하께선 새로운 시대의 인재를 원하고 계신 거야!"

"확실히……. 듀난 장군의 공백을 기존 군부의 인물로 채워 넣지 않은 걸 보면……."

"그렇다니까! 그런데 이 전쟁에서 우리가 전과를 올리기라도 해 봐! 당연히 어마어마한 특진이 기다리고 있겠지!"

"그게 장군까지 간다고?"

"거기까진 잘 모르겠지만 아버지 말로는 이번 전쟁이 성공적으로 끝난다면 제2장군 델바도바가 1장군이자 대장군으로 승격하고, 빈자리에 전공을 올린 인물이 들어갈 거라고 하셨어. 그리고 그게 우리가 될 수도 있다고 말이야."

묘한 침묵이 흘렀다.

"장군……. 장군이 된다면……!"

주먹을 불끈 쥐는 케스퍼.

그는 실적을 쌓으라 했던 길버트의 말이 떠올랐다.

'분명 이걸 염두에 두고 했던 말일 거야!'

여기서 실적을 올려 정말 높은 자리로 간다면 웨이드라는 가짜 신분도 벗어던지고 에리나를 자기 것으로 만들 수 있다.

케스퍼의 동기부여는 상상을 초월했다.

"너희들 전부……. 이제부터 내 밑으로 들어와라."

케스퍼가 위협을 담아 말했다.

"그게 무슨 헛소리야?"

"닥쳐 조슈아. 따르라면 따라! 내가 누군지 잊었나?"

"그, 그런 건 아닌데……."

장군이 되기 위한 큰 전공을 올리려면 더 많은 병력이 필요했다. 2천의 병력으로는 부족했다.

케스퍼는 다른 사관생의 병력을 흡수해 8천의 병력을 지휘할 생각이었다.

"아, 알겠다고. 그런 무서운 표정 짓지 마."

"좋아, 데니안 너도 이의는 없겠지. 루안, 너도다!"

그러나 루안 차이스는 고개를 흔들었다.

"이래라저래라 명령하지 마, 케스퍼."

"뭐?"

"너만 장군이 되고 싶은 게 아니라고 멍청아."

"너 이 자식! 내가 누군지 알고……!"

"웨이드라고? 그래, 좋아. 그러면 날 굴종시켜 봐. 무력을 사용하든 지혜를 사용하든 상관없으니까 어디 해 봐. 뭐하면 에오니아 미라벨이라도 데려와 보든가. 왜, 불가능한가?"

"에, 에오니아는 부상을 입어 저택에서 쉬고 있다."

"핫!"

피식 웃은 루안은 고개를 들이밀어 케스퍼에게 속삭였다.

"난 네가 우리 계파로 들어왔기에 잠자코 있던 것뿐이야 멍청아. 애초에 네가 웨이드라곤 믿지 않았거든."

"크……!"

"앞으론 내가 네 위에 설 거다. 장군이 돼서 말이지."

하극상의 기회가 오자 주저 없이 케스퍼를 저버리는 루안.

떠나가는 루안의 등을 지그시 노려본 케스퍼는 다른 둘이라도 더 닦달하며 6천에 달하는 병력의 지휘권을 얻게 된다.

알스와 도로시만 제외한 사관생들의 작당 모의.

그들은 특급 비밀을 공유할 심산이었으나 의외로 알스와 도로시도 그 사실을 알고 있었다.

도로시가 그냥 사관생이 아니라 백작위를 가지고 있는 현직 대귀족이기 때문이다.

군부 회의장으로 향하던 도로시는 지나가는 말로 알스에게 말한다.

"그러고 보니 린하르트 후작님이 나한테 그러시더라고. 이

번 전투에서 전과를 올리면 장군이 될 수도 있다고 말이야."

"뭐야 그거. 진짜 싫다."

알스는 진절머리를 쳤다.

왜 그런 얘기가 나왔는가를 알 것 같았으니까.

'대놓고 날 표적으로 한 거잖아. 헬리안 공작이 날 장군으로 앉히고 싶어 작정을 했구만.'

의도가 뻔히 보였기에 알스는 진심으로 전공을 쌓고 싶지 않아졌다.

"왜? 알스 넌 장군이 되고 싶지 않아?"

"당연하지. 피곤하기만 한 걸 뭐 하러 해. 도로시 너도 싫잖아."

"응, 애초에 난 그럴 그릇이 못 되니까. 아깝네. 알스 너라면 잘할 것 같은데."

"아니라니까. 애초에 내가 되는 것도 모양이 이상해."

"하긴, 웬만하면 케스퍼가 장군 자리를 차지하겠지. 뭐니 뭐니 해도 웨이드니까."

"하하……."

"혹시 이번 전투에도 에오니아 미라벨이 나타나는 거 아닐까? 저번 키메라 전쟁에선 갑자기 나타나서 벌목 작업을 도와줬잖아. 마지막 전투에서도 활약해 줬고. 이번에도 케스퍼가 데려왔을지도 몰라."

"안 될 거야. 에오니아는 지금 부상으로 쉬고 있거든."

"케스퍼가 그렇게 말했어?"

"아니, 진짜로."

실제로 에오니아는 알스가 홀로 전장에 향한 것에 걱정이 지나쳐 마음의 부상을 입고 전전긍긍하고 있었다.

아무렇게나 둘러댄 케스퍼의 말이 사실이었던 셈이다.

"……?? 그게 무슨 소리야?"

"하핫, 농담이야. 그보다 빨리 가자. 조금 늦은 것 같네."

둘은 사관생들 중엔 가장 늦게 도착했다. 둘이 도착하고 얼마 지나지 않아 델바도바가 모습을 드러냈다.

"부관. 전황을 설명하도록."

"옛!"

델바도바의 부관은 전황을 상세히 설명했다.

현재 캘리퍼군이 위치한 곳은 산지 중심부의 거점. 여기서 5시 방향의 산로로 보급로가 형성돼 있었다.

"적군은 그 보급로를 끊고 부근에 진을 치고 있습니다. 어떻게든 보급로만큼은 주지 않겠다는 의도입니다."

"적의 의도는 명확하군. 자, 다들 어떻게 생각하지?"

이에 조슈아 헤럴드가 손을 번쩍 들었다.

"당장 놈들을 섬멸해야 합니다! 지형에 대한 이해도는 우리가 좋습니다. 필히 전술 싸움에서 우위를 점할 수 있을 겁니다."

"그걸 어떻게 확신하지?"

“예?”

“직전 교전에서 놈들은 보란 듯이 우리 양옆의 계곡을 침투해 산을 올랐다. 게다가 보급로를 끊은 움직임도 더없이 신속했지. 모두 이곳 칼론 산지에 대한 이해도가 없으면 불가능한 행동이야. 그래도 넌 우리가 지형에 대한 이해도에서 앞선다고 확신할 수 있나?”

“그, 그게…….”

“놈들을 섬멸하러 간다는 발상 자체는 좋으나 혹시 모를 적군의 매복에 대한 대처, 그리고 어떤 식으로 전술에서 앞서갈 수 있을지를 상세히 설명해라. 여긴 너희들의 생각을 관대하게 이해해 주는 교실이 아니다. 목숨이 걸린 전장이란 말이다!”

델바도바의 일갈에 조슈아는 기가 죽어 한 발자국 뒤로 물러난다.

“다음, 없나?”

“별동대를 편성하는 건 어떤지요.”

케스퍼의 발언이었다.

“별동대?”

“군을 나누어 활로를 찾는 겁니다.”

“구체적으로 말해 봐라.”

“지금 우리의 문제는 기동력이 낮다는 겁니다. 그리고 이 기동력은 보급이 끊김으로 인해 시간이 지날수록 더 낮아지겠지요. 그러니 아직 여력이 있는 내일 아침 군을 여러 분대로 나눠 높은 기동력을 이용해 보급로 탈환 작전을 수행하는 겁니다."

케스퍼는 구체적인 진군 경로까지 설명하며 별동대의 운용을 주장했다.

델바도바 장군은 한참이나 그 모습을 지켜보더니 고개를 흔들었다.

"안 돼. 각개격파의 위험이 너무 크다."

"그 정도는 감수를 해야 합니다."

"감수하고 가기엔 너무 큰 위험이다. 적군은 필히 매복군을 배치해 놨을 거다. 네가 제안한 대로 군을 이동시키는 과정에서 여러 부대가 매복군에게 덜미를 잡히겠지. 그 시점에서 지휘 체계는 망가지고 만다. 가뜩이나 부대를 나누었으니 더더욱. 그 순간 적은 우리를 각개격파 하려 들 테다. 이게 위험하지 않을 리가. 그도 아니면 뭐냐. 넌 여럿으로 나뉜 부대를 전부 통솔할 방법이라도 있다는 거냐?"

"윽……!"

말문을 잃은 케스퍼.

"생각은 좋다만 더 다듬어 봐라. 다음, 없나?"

이번엔 루안 차이스였다.

"적의 인내심을 바닥내야 합니다."

"인내심을?"

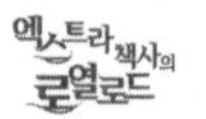

"장군님. 우리의 보급로가 끊긴 것처럼, 적들도 보급로가 끊긴 상황입니다."

"그렇지, 놈들은 보급로를 무시한 채 우리 진영으로 깊숙이 들어왔으니까."

"하면 놈들도 보급을 위한 어떤 움직임을 취할 게 분명합니다. 그것을 저지하며 역으로 저들을 궁지에 몰아야 합니다."

"버티기 대결을 하자는 건가. 하지만 우린 그만한 식량이 없다. 반면 적군은 이런 상황을 의도하고 들어왔기 때문에 병사들의 개인 식량을 두둑이 챙겨 왔을 가능성이 높아. 그건 못해도 3일 분량은 될 거다."

"3일 정도는 버틸 수 있습니다. 지금 남아 있는 식량을 아끼고 아낀다면 말이죠. 다행히 우리가 있는 이곳은 지하수가 풍부해 우물을 여럿 만들 수 있는 곳입니다. 식수가 충분하니 버틸 수 있습니다."

"흠."

"게다가 지금 중요한 건 식량의 유무가 아니라 적이 어떻게 생각하게 만드느냐입니다."

"기만 작전을 사용하자는 건가."

"그렇습니다. 우리에게 비축된 식량이 많은 것처럼 착각하게 만들면 저들도 조급해질 수밖에 없을 겁니다."

그러니 이 자리에서 버틴다. 식량이 많은 것처럼 연기를 해 적을 끌어낸다.

"……나쁘지 않군."

델바도바는 루안의 계책이 마음에 들었다. 최소한 상대에게 들이받는 것보단 나았다.

이 반응에 루안은 안도의 한숨을 쉬었지만 그때였다.

"진짜 무슨 소리들을 하고 있는 건지."

알스가 어이가 없다며 끼어들어 온 것이다.

어이없다는 알스의 핀잔에 군부 회의장의 분위기가 경직됐다.

델바도바는 눈매를 좁힌 채 알스를 노려보았다.

"무슨 의미지? 알스 일라인."

"죄송합니다. 동기들이 이상한 말을 하고 있기에 저도 모르게."

"이상한 말? 조금 전에 차이스가 말한 계획에 문제가 있다는 건가?"

"물론입니다. 애초에 저건 실현 가능성이 없는 계획이니까요."

루안은 표정을 험악하게 굳히며 알스를 노려보았다.

"흠, 그렇담 네 생각을 말해 봐라."

"알겠습니다."

알스는 그다지 눈에 띄고 싶어 하지 않았지만 자신이 침묵함으로 인해 많은 병사가 죽는 걸 그냥 두고 볼 생각도 없었다.

그렇기에 과거 폴딕 산지 전투에서도 의견을 낸 거였고, 키메라 전쟁에서도 듀난과 기 싸움을 벌이는 한이 있더라도 직언을 했던 것이다.

지금도 마찬가지였다.

눈에 띄지 않는 건 둘째 치고 이대로 가다간 잘못된 선택으로 인해 여러 목숨이 죽을 테니 직접 나서기로 한 것이다.

"왜 차이스의 계획이 실현 가능성이 없다는 거지?"

"그 부분을 설명하면 조금 복잡해지니 지금은 그냥 이 상황에서 취할 수 있는 비교적 옳은 방향을 말하겠습니다."

"옳은 방향? 지금 이 상황을 타파할 정답이 있다는 거냐?"

"물론 있지요. 바로 군을 이곳으로 움직이는 겁니다."

그러면서 알스는 전도에 있는 말을 한 지점으로 이동시켰다.

바로 칼론 산지의 남쪽. 알바드 왕국 방면이었다.

"이곳으로 이동하면 모든 문제가 해결됩니다."

"잠깐. 이건 무슨 뜻이지? 알바드 쪽으로 간다고? 설마……."

"예, 그 설마입니다. 알바드 측에 요구해 보급을 새로이 확보하면 문제는 없어집니다. 적들은 캘리퍼 방면으로 향하는 길과 크로싱 방면으로 향하는 길은 막았겠지만, 알바드 방면으로는 군사를 배치해 놓지 않았을 겁니다. 생각하기 어려울뿐더러, 크로싱과 캘리퍼 방면을 틀어막은 상황에서 알바드 방면에까지 병력을 배치할 여유는 없죠. 그러니 먼저 이동해 저 지점을 확보한다면 저들은 아무것도 할 수 없는 상황이 될 겁니다."

"하지만 어떻게 알바드에게서 보급을 확보한다는 거냐."

"어렵지 않겠죠. 외교적인 상황을 생각해 보십시오."

본래 베카비아의 동맹은 알바드였다.

그것이 알바드가 상황이 여의치 않아 도움을 주지 못한 것이다.

"알바드는 이번 일로 인해 외교적인 체면이 많이 상한 상태입니다. 단지 정세가 불안하다는 이유로 동맹을 저버렸으니 말입니다. 그러니 일단 알바드가 서방과 튠카이의 편을 든다는 건 있을 수 없는 일입니다. 그랬다간 외교적인 체면이 상하는 걸로 모자라 국가의 신뢰도가 바닥에 떨어질 테니까요."

"음……."

"그렇다면 알바드가 돕고 싶어 하는 쪽은 어디인가? 바로 우리 동맹입니다. 그래야만 손상된 체면을 회복할 수 있습니다. 그러니 우리가 이 지역으로 내려가 보급을 요청할 경우 알바드는 거절하지 않을 겁니다. 베카비아를 간접적으로 도울 수 있고, 우리 캘리퍼에게도 빚을 지워 놓을 수 있는 이번 기회를 놓치려 하지 않으려 할 거라는 겁니다. 요청을 할 경우 하루 정도면 보급을 해 주겠지요. 그걸로 끝입니다. 우리가 아무런 피해 없이 보급로를 확보한 시점에서 산지 내부로 침입한 적의 군대는 갈 길을 잃게 돼요. 보급으로 우리를 조일 수 없게 됐으니 자기들도 보급을 확보해야 하니까요. 그러나 저들이 칼론 산지로 보급로를 구축하려 할 경우 문제가 생깁니다."

그 보급로의 경로가 너무 길기 때문이다.

"이곳은 전선에서 거리가 떨어진 남단. 적들이 보급로를 형성할 경우 이런 형태로 길게 형성될 겁니다. 이런 보급로는 별동대에 의해 끊길 가능성이 무척 높습니다. 하여 적들은 칼론 산지를 버리고 군을 물리겠지요. 우리는 그때 다시 캘리퍼 방면에서의 보급로를 재구축하면 그만인 겁니다."

침묵이 흘렀다.

너무나 완벽한 대처. 델바도바의 직속 장교들은 이것이야말로 정답이 확실하다며 그냥 납득하고 있었다.

알스의 정체를 알고 있던 아이언하트는 감탄의 한숨을 내쉰다.

지금까지 사관생들의 의견을 반박하고 있던 델바도바도 딱히 반박할 거리가 떠오르지 않았다.

"……훌륭하군. 소름이 돋을 정도야."

알스의 말대로 한다면 아무런 피해도 입지 않고 적들을 물 먹일 수 있다. 그만큼 교묘했다.

"하지만 만에 하나 알바드가 보급을 해 주지 않는다고 하면 문제가 생길 수도 있다. 그래서 너도 비교적 옳은 방향이라고 했던 거겠지."

"그렇긴 합니다만 희박한 가능성입니다. 우리 외교관들이 놀고 있지 않을 테니까요. 결국엔 알바드에서 보급을 해 줄 겁니다."

"음, 그건 나도 그렇게 생각한다. 다만 비교적 옳은 방향보단 더 확실한 방향으로 가고 싶군. 그걸 말해 주겠나?"

"이 방법은 위험부담이 있습니다. 병력의 피해가 동반될 거예요."

"일단 들어 보고 결정하겠다."

"……알겠습니다."

알스는 아예 전면에 나와 지휘봉을 잡고 전도를 가리켰다.

이미 이번 군부 회의는 알스의 원맨쇼가 돼 있었다.

이에 케스퍼와 루안을 비롯한 사관생들의 표정은 굳어 버렸다. 오직 도로시만이 '역시 잘 어울린다니까.'라며 미소 짓고 있었을 뿐.

"이건 조금 전 차이스의 계획이 실현 가능성이 없다는 것에 대해서입니다. 적의 목적은 우리를 어떻게 해 보려는 게 아니라 그저 이 칼론 산지에서 내쫓는 것뿐이니까요. 하여 보급로만 철저히 틀어막고 버틸 겁니다. 그런 생각으로 왔으니 장군님이 말한 것보다 훨씬 더 많은 개인 식량을 준비해 왔겠지요. 버티기 작전을 해 봐야 적들은 흔들리지 않을 겁니다. 그러니 차이스의 계획은 실현 가능성이 없었다는 거죠."

"우리를 내쫓는다? 그건 어떤 의미지?"

"만약 우리가 다른 방법을 찾지 못했다고 해 보겠습니다. 혹은 선불리 보급로를 확보하기 위해 움직였다가 손해를 봤다고 치죠. 그러면 장군님은 어떻게 하실 겁니까?"

"다른 방법을 찾아야겠지. 알바드의 도움을 받는 건 생각하지 못했다고 했을 땐……."

"예, 역으로 캘리퍼도, 크로싱 방면도 아닌 남은 한 곳. 베카비아 방면으로 도움을 받으려 했을 겁니다. 이 경우 우리는 산지를 나가야 합니다."

"아……!"

"다시 말해 놈들의 목적은 우리 캘리퍼군을 주요 전장으로 끌어 들이는 것."

"하지만 어째서지? 우리 군이 전장에 합류하는 건 저쪽에 전혀 이득이 없지 않나."

"그렇지요. 그러니 다른 목적이 있는 겁니다. 가령, 거짓 정보를 흘린다든가."

"거짓 정보?"

알스는 전도의 한 지점을 가리켰다.

그것은 베카비아의 4만 군대가 주둔하고 있는 지역이었

다.

"여기서부턴 추측이지만 적은 우리가 칼론 산지를 나온 시점에 베카비아 쪽으로 이런 거짓 정보를 흘릴 겁니다. 캘리퍼군이 쫓기고 있다고 말입니다. 아마 실제로도 추격을 해 올 테죠."

회의장의 모두가 알스의 말에 빨려 들어가듯 집중하고 있었다.

"그리고 적은 그와 동시에 위에 있던 툰카이군을 쫓기고 있는 우리 쪽으로 투입할 겁니다. 협공을 해 섬멸을 시킬 것처럼 말입니다. 그러면 베카비아는 어떻게 할 것 같습니까?"

"지원군을 보내겠지. 우리를 구원하기 위해……!"

"예, 적은 그 지원군의 규모를 어떻게든 늘리려 할 겁니다. 4만의 주둔 병력 중 최소 3만은 지원으로 가게끔 만들겠죠. 그렇게 주둔지의 병력이 줄어든 순간. 놈들은 주둔지를 무너뜨리고 그 후방에 위치한 베카비아의 주요 도시 아란달을 포위한 뒤 유리한 지점을 선점해 수비를 하려 겁니다."

"그렇군! 아란달은 해당 전선의 보급 중심지! 그곳을 무력화시켜 전황을 잡겠다는 건가!"

"그렇습니다. 그때가 되면 우리 군과 거짓 정보에 속은 베카비아군은 울며 겨자 먹기로 아란달을 구원하기 위해 공격을 가해야겠죠. 본래 공격해야 하는 입장은 상대 쪽이었지만 이렇게 되면 반대로 우리가 자리를 잡고 있는 상대를 공격해야 하는 입장이 됩니다."

"불리한 싸움을 해야 한다는 거군. 그것도 보급이 불안정한 상황에서 말이야."

"예, 하지만 여기서 발상의 전환이 나오는 겁니다."

알스는 상대의 책략을 깨부술 묘수를 내놓았다.

"이런 식으로 움직이면 적은 허를 찔리게 됩니다. 대처하지 않으면 전쟁의 승패가 갈려 버릴 상황이 되기 때문에 모든 것을 포기하고 돌아와야 하겠죠. 그 순간 전황은 크게 기울어질 겁니다."

꿀꺽! 마른침을 삼키는 델바도바. 그는 소스라치게 놀라고 있었다.

'뭐냐 이 녀석은.'

일개 사관생이라고는 생각하기 힘든 혜안이었다.

상대가 보인 행동의 의도를 읽고 모든 것을 파악해 전체적인 판을 짠다. 알스는 이 순간 이미 체크 메이트로의 경로까지 만들어 놓고 있던 것이다.

'황금세대? 아니야. 황금이 될 재목 정도가 아니다. 이 녀석은 이미 잘 정련된 황금이야! 완성돼 있어!'

모든 것을 설명한 알스는 지친 한숨을 쉬며 물러난다.

"이상입니다. 선택은 장군님께 맡기겠습니다."

알바드의 도움을 받아 안전을 기할 것인가. 그도 아니면 위험부담을 안고서라도 상대의 책략을 역이용해 전황을 주도할 것인가.

델바도바의 선택은 후자였다.

"전군에 전해라! 우린 내일을 기해 산을 내려가 베카비아 방면으로 향하겠다!"

결론이 난 군부 회의.

알스는 피곤하다며 도로시와 함께 먼저 진영으로 돌아갔다.

그런 알스의 등을 보며 델바도바의 장교들이 탄성을 질렀다.

"과연 황금세대라 불릴 만하군. 놀라울 정도야!"

"루안과 케스퍼의 계책도 괜찮긴 했지만 이건 정말이지……."

"크게 될 놈인 건 확실하군. 머지않아 우리 상관이 될지도 모르겠어."

"흣, 그렇다면 저 녀석도 팔자가 피겠는데. 남작가의 사남이라고 했었지?"

군부의 중요성이 부쩍 높아진 지금. 아무리 남작가의 사남이라고 해도 군부의 핵심이 된다면 그 몸값이 폭등한다.

알스의 경우 혼담을 나누기 딱 좋은 나이대였기에 정말

장군이라도 된다면 혼담이 폭발적으로 밀려들어 올지도 몰랐다.

"젠장, 젠장……!"

케스퍼는 열등감에 찌들어 연신 욕지거리를 내뱉었다.

그는 에리나와 관련이 되기 전부터도 알게 모르게 알스를 의식했다. 어릴 적 체스 대결을 패배한 그때부터.

그때는 그냥 우연히 패배했다 생각했지만 이후로도 아카데미 성적에서 알스를 넘어 본 적이 없었다.

그나마 알스가 레인폴 아카데미로 가고, 본인도 그란셀 아카데미로 간 이후에는 신경을 끌 수 있었지만 고등 아카데미에서 다시 악몽이 시작됐다.

이제는 지지 않을 거라 생각했던 아카데미 성적이 다시금 밀려 버린 것이다. 아직은 나오지 않았지만 올해 아카데미 성적도 알스가 수석임이 거의 확실했다.

'만약 저놈이 장군이 된다면…….'

길버트가 알스를 아끼는 것이 마음에 걸렸다.

만에 하나의 경우겠지만 길버트가 에리나를 알스에게 보내 버린다면?

"그럴 순 없어……! 하아! 하아……! 기다려라 루안!"

케스퍼는 떠나려는 루안을 붙잡았다.

"……표정 좀 고쳐라. 보기 흉하다고 케스퍼."

"그런 걸 따질 때가 아니야. 놈이 치고 나갔다고!"

"난 별로 일라인에 대해선 억하심정이 없거든."

"혹여나 에리나가 놈에게 가도 상관없다는 거냐!"

"무슨 소리를 하는지 모르겠는데, 에리나 님은 공적으로 모시는 분일 뿐. 별다른 개인적인 감정은 없어. 일라인에 대해선 에리나 님도 좋은 감정을 가지고 있는 것 같으니 가문의 사정이 맞아 혼약을 한다면 축하할 일이 되겠지."

"헛소리를! 놈은 비루한 남작 가문의 사남이다! 공작가의 영애와 맞을 것 같냐!"

"너, 지금 말하는 게 뒤죽박죽이라고. 방금은 에리나 님이 일라인에게 가도 상관없냐는 식으로 말하더니. 이젠 절대 그럴 일은 없을 거라고? 그리고 애초에 그건 네가 생각할 게 아니라 길버트 님이 결정할 문제다."

"큭!"

"다만……. 나도 지금 상황이 완전히 만족스러운 건 아니야."

알스가 제안한 작전은 마땅히 전투가 일어나지 않기 때문이다.

다시 말해 그들이 전공을 쌓을 기회가 사라지고 만다.

"주역을 일라인에게 넘겨주는 건 어쩔 수 없다고 해도 아무것도 못 하고 끝내고 싶지는 않거든. 만약 기회가 있다면 살려 보고 싶다. 너도 같은 입장이라면 협력할 생각은 있어."

"……좋아. 그렇담 그 순간이 오면 내가 신호를 보내지. 넌 호응하면 된다."

"터무니없는 작전이라면 따르지 않을 거다. 그건 알고 있어라."

각자의 목적이 얽혀 가고 있는 전쟁.

이 전쟁의 승부처 중 하나가 될 전투가 막을 열려 하고 있었다.

5장

칼론 산지에 침투해 들어온 서방의 진영.

지휘를 맡고 있던 바렛은 캘리퍼군이 있는 방향을 바라보며 냉소를 흘렸다.

“대륙 놈들은 역시 별거 아니군. 이거, 다른 우두머리들과 내전을 하던 때가 그리워질 정도야. 그렇지 않나? 피셔.”

그의 곁에는 우직한 인상의 거한이 있었다. 거한은 간이 숫돌로 자신의 창 촉을 다듬고 있다.

“흥, 적을 얕보지 마라 바렛. 캘리퍼는 그 렉시트를 죽인 놈들이다.”

“으음…….”

“놈이 죽은 배경엔 필히 방심이 존재하고 있었을 거다. 우리도 적을 얕보다간 크게 델 수 있어."

"하긴. 렉시트 그 녀석은 거만하기 짝이 없는 녀석이었지. 방심하다 죽었다고 하니 그놈에게 어울리는 최후로 보이는군."

"실력은 확실한 놈이었다. 놈을 죽였다던 웨이드……. 그 녀석이 이 전장 어딘가에 있을 수도 있어."

"그 녀석에 관해서라면 한네만 님께서도 말씀하셨지. 그 정도의 인물이라면 우리 진영에 몇이나 있다고 말이야."

"그래. 그중 하나가 너다 바렛. 어떤가. 주군의 기대에 부응할 수 있을 것 같나."

"그야 당연하지. 웨이드건 쥬라스 파밀리온이건 내 상대는 아니야. 이번 전쟁을 통해 증명해 주지."

바렛은 깃털로 만들어진 화려한 부채를 부치며 입꼬리를 올렸다.

"……슬슬 해가 떠오를 시간이군."

그런 그의 앞에 척후병이 나타나 부복했다.

"보고드립니다! 캘리퍼군이 진군을 준비 중! 곧 움직일 것 같습니다!"

"좋아, 어떻게 공격해 올지 지켜보실까."

바렛은 캘리퍼군이 공격을 해 올 거라 생각했다. 보급로가 막힌 저들은 필히 조급함을 안고 있을 터.

그 조급함을 이용해 피해를 입히면 저들은 본격적으로 자

신의 책략에 빠져들게 된다.

그렇기에 바렛은 매복군을 배치하며 수비를 준비하고 있었으나 막상 들어온 보고는 정반대였다.

"급보! 캘리퍼군이 베카비아 방면으로 진행 중! 산지를 빠져나가려 합니다!"

"뭐라고!?"

의외였다. 보급로를 되찾으려는 모션을 단 한 번도 취하지 않고 쿨하게 버리고 가다니.

'결단이 빨라도 너무 빠르다! 설마 내 작전을 눈치채기라도 한 건가?'

그는 잠시 뒤 고개를 흔들었다.

만약 작전을 눈치챘다면 베카비아 방면으로 가는 짓은 하지 않았을 테다. 오히려 무리해서라도 칼론 산지 동쪽에 있는 크로싱 방면으로 움직이려 했을 테다.

물론 캘리퍼군이 그렇게 움직일 경우에 대한 대처는 되어 있다.

"대체 무슨 의도로……."

혼란해하고 있는 바렛. 이에 피셔가 재촉한다.

"뭘 망설이고 있나. 뭐가 됐든 우리 계획대로 된 셈이다. 당장 연락을 취해 작전을 개시해라."

"크……!"

바렛은 불안감을 추스르고 소리쳤다.

"좋다. 랜던 크로우에게 작전 개시의 신호를 보내라! 우리는 캘리퍼군을 쫓아 올라가겠다!"

캘리퍼군을 쫓아가기 시작한 서방의 군대.

이 작전의 핵심은 캘리퍼군이 쫓기는 모양새가 되어야 한다는 점이었다. 그래야만 거짓 정보를 통해 베카비아를 속일 가능성이 높아지니까.

강행군을 펼친 그들은 1시간이 지나고 나서야 캘리퍼군의 뒤꽁무니를 붙잡을 수 있었다.

"빌어먹을, 생각 이상으로 시간이 지체되고 말았군!"

바렛에게 오산이 있었다면 캘리퍼군이 너무 신속하게 도주를 택했다는 점이었다.

그 탓에 꽁무니를 잡는 데에 시간이 많이 소모되고 말았다.

'심지어 병력적인 우위조차 점하지 못했어. 당장 병력의 숫자는 호각. 만약 저들이 작정하고 군을 반전시킨다면 역으로 우리가 잡아먹힐지도 모른다.'

그렇기에 무작정 추격전을 벌일 수도 없었다.

바렛은 침착하게 진형을 갖추고 교전을 치르고 싶었으나 그러다간 캘리퍼군이 더 멀리 도망가고 만다.

'캘리퍼군이 너무 빨리 올라갔다간 작전이 불발될 가능성도 있으니……. 어떻게든 발을 붙잡아야 하는데…….'

보통은 기병을 이용해 발을 붙잡곤 하지만 이번엔 산지에 침투하는 작전이 있었기에 기병을 편성하지 못했다.

그로 인해 마땅한 기동력이 나오질 못했다.

그때 피셔가 나섰다.

"내게 500을 붙여라. 어떻게든 저들을 붙잡아 놓지."

"……지금은 그 방법밖에 없겠군. 그럼 부탁한다, 피셔."

피셔 파르틴.

그는 한네만이 자랑하는 무도가 집단인 오룡(五龍) 중 하나로, 서방에선 창술의 귀재로 불리는 자였다.

그가 500의 정예 보병과 함께 캘리퍼군의 뒤꽁무니를 공격해 들어갔다.

우리 쪽으로 달려드는 500의 특공대.

나는 그 선두에 선 거한에게서 기묘한 울렁임을 느꼈다.

"뭐야, 저놈은."

등골이 오싹해지는 투기.

'막강한 무력을 통해 억지로라도 발을 붙잡을 생각인가.'

우리에게 병력 손해가 없는 상황이었기에 적도 일방적인 추격전을 펼칠 순 없다. 그러니 특공대가 발을 붙잡고, 그사이 본대의 진형을 갖추고 접근하겠다는 것이다.

'생각대로 당해 줄 줄 알고?'

곧장 델바도바 장군에게서 명령이 하달되었다.

"제1궁병대와 2궁병대는 반전해라!"

처처처척! 기다렸다는 듯 몸을 돌려 활을 장전하는 궁병대.

2궁병대의 지휘관인 도로시는 힘껏 숨을 들이쉰 뒤 소리쳤다.

"쏘세요!"

비산하는 화살.

그러나 상대도 상대였다.

화살을 막기 위해 발을 멈추면 추격이 불가능해진다고 판단한 상대는 방패로 급소만 가린 채 계속 전진한다는 미친 선택을 했다.

이는 저들이 어지간한 정예병이 아니면 할 수 없는 선택이었다. 일반 병사들이라면 겁을 먹어 지시를 수행하지 못했을 테니까.

이로 인해 100에 달하는 병사들이 허벅지와 정강이에 화살을 맞고 주저앉았으나 나머지 400의 병력이 속도를 유지한 채 그대로 다가왔다.

"그냥 밀고 들어오는가……! 궁병은 장전이 완료되는 대로 계속 쏴라!"

계속된 화살 세례로 150에 달하는 병사가 또 쓰러져 숫자가 반으로 줄어들었으나 상대는 결국 접근에 성공하고야 말았다.

"으라아아앗!"

콰콰콰콱! 병사들의 머리를 꿰뚫는 큼지막한 창 촉.

선두에 선 거한은 그것으로도 모자라 창을 크게 휘둘렀다. 예리하게 서 있는 창날은 마치 검을 휘두른 것처럼 다섯에 달하는 병사들의 목을 단번에 베어 버렸다.

"괴, 괴물……!"

"살려 줘!"

혼비백산하는 병사들.

안타깝지만 저들을 구할 틈은 없었다.

이 작전을 선택한 이상 리스크는 감수해야 했다.

그 리스크를 감수하기로 독하게 마음먹은 델바도바 장군은 도주를 재촉했다.

"들어온 적은 신경 쓰지 마라! 발을 멈추지 말고 계속 앞으로 나아가라!"

그러나 이 순간.

나도, 델바도바 장군도 예상하지 못한 상황이 펼쳐지고 말았다.

"적을 무찔러라!"

"후열을 구하라!"

"우리가 왔다!"

돌연 거한을 향해 달려드는 세 개의 무리.

케스퍼, 조슈아, 데니안. 사관생 지휘관들이었다.

그들은 각각 500의 병력. 총 1,500의 병력으로 후열을 구하러 갔다.

이는 얼핏 보기엔 괜찮은 선택처럼 보인다. 침투한 적을 순식간에 해치워 버리고 퇴각을 한다면 이론적으론 상책이었다.

상대의 주요 전력으로 보이는 저 거한까지 죽일 수 있으니 성공만 한다면야 최고의 결과가 만들어진다.

문제는 상대가 그 정도로 어수룩하지 않다는 점이었다.

"보기 좋게 걸려들었군……!"

내게는 상대가 그렇게 말하는 것처럼 들렸다.

거한은 자신에게 시선이 쏠리자 기수를 틀었다.

"파고들어 간다! 날 따라와라!"

휘하의 특공대 70명만을 이끌고 종횡무진 진영을 휘젓기 시작한 거한.

이로 인해 후열의 발이 완전히 붙잡혀 버렸다.

당초엔 꼬리 끝을 자르며 퇴각을 하려 했으나 사관생들의 돌발 행동으로 인해 꼬리와 본대와의 연결 고리가 커짐으로써 전체적인 진형이 꼬이고 발목까지 붙잡혀 버린 것이다.

'큰일 났다!'

이미 진형을 갖춘 적의 본대가 다가오고 있었다. 이대로라면 후열은 전멸해 버릴지도 모르는 상황.

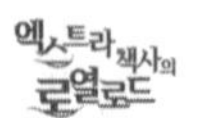

'일방적으로 손해를 볼 수는 없어!'

난 곧장 델바도바 장군에게 전령을 보내 군을 반전시킬 것을 요구했다.

델바도바 장군도 같은 생각이었는지 병사들을 향해 외쳤다.

"선진은 뒤로 돌아라! 전군, 적을 맞받아치겠다!"

일제히 반전하는 병사들. 그렇게 서방의 군대 2만과 우리 캘리퍼군 2만의 전면전이 시작돼 버린 것이다.

난리가 난 후열. 군이 반전함으로 인해 이제는 선진이 된 그곳에서 케스퍼는 입술을 꽉 깨물었다.

"루안……! 이 자식……!"

케스퍼의 신호에 데니안과 조슈아는 호응하여 따라붙었지만 루안의 부대는 아니었다.

그로 인해 포위망이 제대로 형성되지 못하며 피셔가 파고들 틈을 제공해 버렸다.

"전부 놈의 탓이야!"

실상은 설령 루안이 함께 왔다 하더라도 피셔를 막진 못했을 테지만 케스퍼는 적어도 이번 작전의 실패가 오로지 루안의 탓이라 생각했다.

"케스퍼! 이제 어쩌지!?"

사색이 되어 묻는 조슈아에게 케스퍼는 이를 꽉 물었다.

'젠장, 이건 분명 책을 잡힐 거야.'

결국엔 결과론적인 일이다.

만약 작전이 성공해 후열을 구하고 상대의 무장을 사살했다면 전공이 됐겠지만 실패한 이상 문책을 당할 수밖에 없다.

'만회를 해야 한다!'

그런 그가 바라보고 있던 대상은 파고 들어와 무쌍을 펼치고 있는 피셔 파르틴이었다.

'저놈을 잡으면 된다! 저놈을 잡으면 모든 게 무마돼!'

그때였다.

우르르! 피셔가 있는 곳으로 향하는 부대. 루안 차이스의 부대였다.

"루안! 저 야비한 놈이!"

전공을 가로채려는 속셈이 분명했다.

"우리도 간다! 루안에게 뺏길 순 없어!"

피셔에게 쇄도하는 케스퍼와 사관생의 부대. 이 낌새를 눈치챈 피셔는 나직이 중얼거렸다.

"내게 시선이 집중된 건가. 아주 좋군."

진군해 오고 있는 바렛이 이 기회를 놓칠 리 없었다.

피셔는 서둘러 도주 경로를 물색했다. 아무리 그래도 이제는 빠져나와야 하는 시점이었으니까.

그런 그에게 루안 차이스가 달려들었다. 그의 검엔 주황색 오러가 감돌고 있었다.

"그 목, 받아 가겠다!"

"핫, 조무래기가."

대결에 들어가는 둘.

휘휘휙! 대기를 찢을 듯한 신속의 창.

"……!?"

루안은 공격을 거두고 피하는 데에 집중할 수밖에 없었다.

오래 끌고 싶지 않았던 피셔는 즉각 급소로 창을 찔러 넣는다.

"크! 하아앗!"

탕! 온 힘을 다해 창을 쳐 내는 루안. 피셔의 얼굴에 감탄이 서린다.

"힘 하나는 제법이다만, 그것만으로 이 몸을 감당해 낼 수 있을 거라 생각했다면 오산이다!"

넘실거리는 오러. 그의 거대한 창에 황금색의 오러가 실리자 그 모습은 마치 용이 꿈틀거리는 것 같았다.

이를 서방의 호사가들은 이렇게 말했다.

황룡 피셔 파르틴.

오룡 중 가장 지고하며, 강맹한 자라고.

"죽어라!"

루안의 심장을 향해 쏘아지는 창 촉. 무엇이 막아서든 그대로 꿰뚫겠다는 의지가 담긴 이 창을 막아 낸 것은 루안이 아니라 난입해 들어온 케스퍼 무리였다.

"저자를 죽여라!"

"……!"

여기에 주의를 뺏긴 사이 루안은 바닥을 구르며 창을 회피했다.

"여기저기서 날파리들이……!"

케스퍼의 돌발 행동은 의외로 허를 찔렀다.

적의 본대가 접근해 오고 있는 지금 상황에서 이런 식으로 움직이는 건 전체적인 대국을 봤을 땐 악수였으나 피셔를 확실히 죽인다는 관점에선 상수였다.

'이 이상은 위험하겠어.'

그러던 때.

쿵! 바렛이 보낸 별동대가 퇴로를 열기 위해 진입해 들어왔다.

"왔는가……! 좋아, 물러난다!"

피셔는 반색하며 퇴각을 시작했다.

케스퍼와 루안이 그를 쫓으려 했으나 카캉! 피셔의 창격을 한 번씩 받아 내고는 그 기세를 이기지 못해 뒷걸음질을 쳤다.

그렇게 사관생 무리를 쫓아낸 피셔가 캘리퍼군의 진영을

빠져나가기 직전이었다.

피셔는 목이 오싹해짐을 느꼈다.

"……!"

옆에서 날아 들어온 창 촉.

"날파리가 하나 더 있었나……!"

피셔는 창대를 휘둘러 창 촉을 쳐 냈으나 알스는 한 걸음 더 파고 들어와 등에 메고 있던 검을 왼손으로 뽑아 들어 그의 목을 향해 휘둘렀다.

돌연 사각에서 날아 들어오는 검.

"헛!?"

이에는 피셔조차 깜짝 놀랄 수밖에 없었다. 무기를 막아낼 생각조차 하지 못하고 몸을 굴려야 했다.

픽! 목을 스치는 검 끝.

우당탕! 바닥을 구른 피셔는 다급히 손바닥으로 목을 훔쳤다.

손가락 끝에 묻어나오는 핏물. 다행히 깊숙이 베이진 않았다.

"왼손의 검……. 네놈, 체스터류의 무인인가……!"

알스는 문답무용이라는 듯 넘어져 있는 피셔에게 쇄도했다. 피셔는 곧바로 자세를 고쳐 잡으며 응전.

둘은 이십여 합에 이르는 결투를 펼쳤으나 결국 알스가 뒤로 물러나는 수밖에 없었다.

피셔와 대적한 알스는 입이 바싹바싹 마르는 감각을 느꼈다.

'이 녀석. 에오와 비슷하거나 조금 더 강할지도 모르겠어.'

에오니아가 평소엔 칠칠치 못한 모습을 보이고, 일리야나 안톤 같은 인물에 비해 모자라 보여서 그렇지 상당한 강자였다.

피셔는 그 에오니아와 동등한 수준의 무인이었다.

기습을 가해 제압하려던 알스는 상대가 몸을 추스른 걸 보고 미련 없이 거리를 두었다. 괜히 거리를 줬다간 자신이 당할 수도 있기 때문이다.

이 모습에 피셔가 흥미를 보였다.

"제법이로군. 그 거리를 두는 방법, 강자를 많이 상대해 본 것 같군."

"제 주변에 그런 인간들투성이라서 말이죠."

"훗, 그래서? 그냥 물러나겠다는 거냐?"

"설마요."

"……?"

"딜라스! 쏘십시오!"

그 호령이 떨어지자마자. 피피핑! 50여 명의 용병이 피셔를 향해 일제히 크로스보우를 발사했다.

크로스보우의 가장 큰 장점 중 하나였다.

일일이 시위를 당겨야 하는 활과는 달리 크로스보우는 미리 장전을 해 놓고 호령에 맞춰 즉각 발사할 수 있다.

게다가 단거리에선 그 위력이 활의 몇 배에 달한다.

"쳇!"

피셔는 매섭게 날아오는 볼트를 전부 피할 수는 없다고 판단. 옆에 있던 아군을 붙잡아 들어 방패로 삼았다.

"자, 장군님!?"

"미안하다. 대신 죽어 다오."

"으아아아아아!"

퍼퍼퍼퍼퍽! 온몸에 볼트를 맞고 사망하는 병사. 이 병사가 철제 갑옷을 착용하고 있었던 만큼 그 방어 효과는 어지간한 방패보다 뛰어났다.

그럼에도 몇 발의 볼트가 관통하여 피셔의 몸과 다리에 박혔다. 이로 인해 피셔는 전투 능력을 일부분 상실했으나 마침 바렛이 보낸 원군이 지근거리까지 다가와 안전은 확보할 수 있었다.

알스가 냉소하며 말한다.

"잔인하기 짝이 없군요. 지금 당신 뒤에 있는 병사의 표정을 보십시오. 가관이 따로 없어요."

"……필요한 희생이다. 내가 죽을 순 없는 노릇이니까."

알스에 대한 피셔의 경계심은 루안이나 케스퍼를 대하던 것과는 차원이 달랐다.

"네놈……. 이름이 뭐냐."

"핫! 알려 줄 거라 생각하고 물어본 거라면 정말이지 멍청한데요?"

"뭐, 좋다. 오늘은 운이 좋은 줄 알아라. 상황이 이렇지 않았다면 네 목은 지금 당장 몸통과 이별했을 거다."

"당신이야말로 운이 좋은 줄 아십시오. 내게 총지휘권이 있었다면 당신이 살아서 돌아갈 일은 없었을 테니까."

"……?"

알스는 지체 없이 몸을 돌렸다.

"진영으로 돌아가겠습니다!"

피셔는 그 뒷모습을 잠시 응시하더니 부상을 추스르기 위해 군의 최후방으로 물러났다.

진영으로 돌아온 내게 도로시가 호들갑을 떨며 다가왔다.

"알스! 위험하게 어딜 갔다 온 거야!"

"잠깐 좀 볼일이 있었거든. 그보다도 델바도바 장군에게서 연락은 없었어?"

"혼란이 수습되는 대로 퇴각을 한다고 들었는데 이래서야 퇴각이 불가능해!"

"그러게."

이미 상대의 병력이 거세게 밀고 들어오고 있었다.

'퇴각 타이밍은 놓쳤어. 차라리 맞받아치는 게 나아.'

그걸 계산하고 내가 직접 거한을 잡으러 간 것이었다. 그 자를 처리해 놔야 전황이 조금이나마 괜찮아지기 때문이다.

그자를 죽이진 못했지만 당분간은 전투 불능이 된 만큼 받아치는 선택지도 나쁘지 않았다.

델바도바 장군도 퇴각을 했다간 꼬리의 피해가 너무 클 거라 생각했는지 아예 퇴각을 포기하고 교전에 들어갔다.

"적을 물리쳐라! 캘리퍼의 강맹함을 보여 줘라!"

난전이 벌어진 전장. 다른 부대까지 통솔할 수 없는 입장이었던 나는 도로시의 궁병대를 보호하며 자리를 지키기로 했다.

이것만으로도 상대에겐 커다란 압박이었다.

"그림우드 궁병대! 쏘세요!"

도로시는 적의 중진을 향해 거듭하여 화살을 발사했다. 이로 인해 적 중진의 발이 묶이며 선진과 중진 사이에 허리가 끊기는 결과가 만들어졌다.

적 지휘관도 이게 짜증 났는지 도로시의 궁병대를 노리고 2천의 병력을 투입한다.

"적이 몰려옵니다! 일라인 보병대! 받아치겠습니다!"

나는 직접 선진에 서서 적을 요격했다.

'이런 전투는 대체 얼마 만인지……!'

쉼 없이 창을 찌름으로 인해 팔이 무거워졌다. 아래로는 시체가 쌓여 발 디딜 틈이 많지 않았고, 낭자하는 선혈로 인해 시야도 어지러웠다.

내가 기억하기로 이런 난전을 치른 건 가장 처음 나갔던 전장인 폴딕 산지 전투가 처음이자 마지막이었다.

이후에는 에오와 유미르를 비롯한 가신들이 뒷바라지를 해 주며 이렇게 고된 전투를 할 필요는 없었다.

설령 백병전을 치른다 해도 듬직한 동료들이 나를 지켜 주고 있어 위기감이 느껴지지 않았다면 지금은 언제 죽을지 모른다는 생각에 온 신경이 곤두서 있었다.

사선(死線)에 선 감각.

'스승이 내게 가르쳐 주고 싶은 건 이거였을 거야.'

신경이 곤두서자 집중력이 향상됐고, 내 투기의 예리함과 효율도 올라갔다. 심지어는 보이지 않는 곳까지 볼 수 있게 되었다.

"죽어어엇!"

측면에서 달려드는 적 병사의 살기.

나는 본능적으로 휙! 그 방향으로 창을 찔렀다.

보지도 않고 창을 찌른 것이었으나 눈으로 확인하니 창은 정확히 상대 급소에 박혀 있었다.

"하아! 하아……!"

끓어오르는 고양감.

나는 그 고양감을 응축하여 예리하게 다듬었다.

"대장님!"

그러던 중, 딜라스가 내게 소리쳤다.

"일부 병력이 진영을 우회하여 궁병대에게 향했습니다!"

"쯧!"

에오나 유미르가 있었다면 이런 위기도 가볍게 넘길 수 있었을 텐데.

혼자가 되고 권한도 사라지니 오히려 내가 해야 하는 것들이 너무 많아졌다.

"당장 보호할 병력을 보내십시오! 아니…… 내가 가겠습니다!"

나는 딜라스에게 남은 전투를 맡기고 300의 병력과 함께 궁병대가 있는 위치로 향했다.

돌파해 들어간 적의 병력은 200. 그들의 목적은 궁병대에게 붙어 더 이상 활을 쏘지 못하게 하는 것이었다.

다만 궁병대라곤 해도 활만 쏜다는 건 아니다.

검과 나무방패를 보조 무기로 지급받았다.

병력이 너무 많으면 그마저도 지급되지 않는 경우가 있긴 했지만 이번 우리 캘리퍼군은 2만밖에 되지 않았기에 병사들의 무장 상태가 충실했다.

상대가 접근하자 궁병들은 활을 집어넣고 검과 방패를 꺼냈다.

그것만으로도 충분하다. 접근해 온 상대 병력은 고작 200.

반면 궁병이라곤 해도 도로시의 부대는 2천이다.

들이받았다간 그대로 전멸한다.

그런 만큼 상대는 급소를 노리고 들어왔다.

"장교들을 노려라!"

궁병대의 아킬레스건은 장교였다. 지휘할 수 있는 장교가 없는 궁병대는 그 효율이 급감하기 마련.

적도 그걸 알고 장교를 사냥하려 했다.

그 첫 번째 표적은 뭣 모르고 앞 열에 서 있던 도로시였다.

사색이 된 채 떨고 있는 도로시. 검을 들고 있긴 했지만 적 장교가 병기를 휘두르자 팅! 맥없이 검을 놓치고 말았다.

적 장교도 설마 도로시가 대장인지는 몰랐는지 잡병을 처리하듯 무심하게 검을 휘둘렀다.

"아, 아앗……!"

망연자실한 채 자신의 머리 위로 떨어져 내리는 검을 보고 있는 도로시.

"젠장!"

거리가 있던 난 창을 던져 구하려 했으나 퍽! 내가 던진 창은 갑자기 경로에 들어온 적병의 가슴에 박혀 버렸다.

절체절명의 상황.

난 차마 보지 못해 눈을 질끈 감았다.

그러나 그때.

"으라라라라랏!"

휙, 휙휙, 콰득! 일반 병사에게나 지급되는 싸구려 검으로 도로시의 앞을 지키며 적병을 쓸어 내는 녀석.

"헤헷, 이제야 내 차례가 왔구만!"

도로시의 군장을 들어 주기 위해 붙여 놨던 애거트였다.

녀석은 매서운 눈으로 적병을 마주했다.

"덤벼! 전부 덤비라고!"

녀석은 타고난 듯한 몸놀림으로 적을 도륙했다. 녀석이 순간 처리한 적의 숫자만 열 명이 넘었다.

당장의 안전을 확보한 애거트는 도로시에게 손을 내밀었다.

"하여간 우리 대장님들은 약골이라니까. 내가 지켜 줄 테니 어서 일어서."

"으, 응. 고, 고마워."

여전히 위기는 끝나지 않았다. 애거트가 무위를 떨치자 그를 장교라 착각하고 적병들이 더 몰려든 것이다.

"그래, 덤벼!"

전투 태세에 들어가는 애거트.

나는 그 전에 난입해 적을 쓸어 냈다.

"하아아앗!"

콰콰콰콰콰콱! 혼신을 다한 6연격. 여기에 멈추지 않고 왼손의 검까지 뽑아 단번에 적을 쓸어버렸다.

이후 접근해 오는 병사들까지 체스터류 특유의 움직임으

로 춤을 추듯 유린했다.

"후우……! 애거트, 넌 도로시를 지키고만 있어라. 나머진 내가 정리할 테니까."

"아, 알겠어 약골 대장……. 아니, 약골이 아니었네!?"

애거트에게 도로시의 보호를 맡긴 나는 궁병대를 습격한 무리를 침착하게 소탕해 나갔다.

격전이 벌어진 전장.

바렛은 생각 이상으로 완강한 저항에 미간을 찌푸렸다.

"잘 싸우는군. 과연 렉시트를 처치한 군대라 그거냐."

전황은 호각. 양측이 입은 피해도 비슷했다.

"피셔가 일찌감치 전장을 이탈한 것이 안타깝게 됐군. 이거……. 피해가 너무 커지는 건 바람직하지 않은데 말이지."

그러던 때. 그의 앞에 첩보병 하나가 부복한다.

"랜던 크로우 장군에게서의 전언입니다! 베카비아군이 예상대로 원군을 편성 중! 곧 캘리퍼군을 구원하기 위해 진군할 거라 합니다!"

"됐군, 그 원군의 숫자를 최대한 부풀려야 한다. 랜던 크로우에게 전해라. 최대한 강하게 압박하라고!"

"옛!"

발동되기 시작한 책략.

"이 정도면 충분히 시간을 끌었어. 좋아, 선진은 물러나라!"

바렛은 정오가 될 즈음 군을 물렸다. 양측이 입은 피해는 서방이 6천, 캘리퍼가 5,500으로 거의 같았다.

서방이 군을 물리자 캘리퍼군은 간단히 부상자 수습만 한 뒤 곧바로 도주를 시작했다.

도주를 하던 우리 군은 밤이 깊어서야 휴식을 취할 수 있었다.

보급이 없는 상황이었기에 병사들은 굶주린 배를 감싸 안으며 억지로나마 잠을 청하고 있었다.

나를 비롯한 장교들에겐 음식이 지급되긴 했으나 그마저도 양이 충분하지 않았다.

'이럴 줄 알고 준비해 왔지!'

비장의 에오 도시락이다.

나는 군장의 오른쪽 주머니에 있는 꾸러미를 풀어 헤쳤다.

이 꾸러미엔 에오가 직접 만들어 준 육포가 있었다.

보통 이런 육포는 맛없기 마련이지만 에오는 그마저도 최상급으로 만드는 재주가 있었다. 맛을 보니 백화점에서나 사던 감칠맛 만땅의 고급 육포가 떠올랐다.

나는 질끈질끈 육포를 씹어 먹으며 허기를 달랬다.

"어이쿠, 나도 모르게 막 먹어 버렸네."

혹시 모르니 에오의 도시락은 아껴 먹기로 했다.

나는 군장 왼쪽 주머니에 넣어 둔 두 번째 비상식량인 유미르 도시락을 꺼냈다.

유미르가 만들어 준 것은 건빵이었다. 이 건빵의 가장 큰 특징은 일단 색깔이 진한 초록색이라는 점이다.

한번 먹어 보니 풀의 맛이 진득하게 느껴졌다.

"우욱!"

나도 모르게 헛구역질이 나왔으나 소화가 되기 시작하자 몸이 뜨겁고 건강해지는 느낌이 들었다.

"알스? 뭐 하고 있어?"

도로시였다.

녀석은 힘없는 안색으로 말했다.

"군부 회의가 곧 시작될 거야. 슬슬 가지 않으면……."

도로시의 시선이 아직 군장에 넣어 두지 않은 육포에 고정되어 있었다. 곧 군침이 도는지 입맛을 다신다.

"그건…… 뭐야?"

"집에서 가져온 비상식량. 너도 가져오지 않았어?"

"가져오긴 했는데……. 줘 버렸어."

"주다니. 누구한테?"

"애거트한테. 내가 음식을 먹고 그 애가 굶는 건 이상하잖아."

"어휴, 장교용으로 지급받은 군량도 전부 줘 버린 거야?"
"응……."
"하여간 사람 좋기는. 자, 하나 먹어. 영양가가 높으니 하나만 먹어도 충분할 거야."
"정말 그래도 돼?"
"괜찮아. 어차피 내일이면 베카비아 애들이 보급을 가지고 와 줄 테니까. 그리고 네가 배고파서 쓰러지기라도 하면 더 곤란하고."
"응, 그럼 고맙게 받을게."
하고 육포를 깨문 도로시는 곧 황홀한 표정을 지었다.
"이거 뭐야? 이렇게 맛있는 육포는 처음 먹어 봐!"
"훗, 당연하지."
"네가 만든 건 아니지? 우와, 너네 요리사분 대단하다!"
"요, 요리사?"
요리사라니. 이 말을 에오가 들으면 어떤 표정을 지을지 눈에 선하다.
'그래도 반박할 말이 없네.'
내게 있어 에오는 최고의 요리사이기도 하니까.
육포를 전부 먹어 치운 도로시는 표정이 한결 밝아져 있었다.
우리는 함께 군부 회의가 열리는 최고 막사로 향했다.
다른 이들은 이미 도착해 있었는지 소리가 들려왔다.

"너희들이 무슨 짓을 저지른 건지 알고나 있는 거냐!"

케스퍼를 비롯한 사관생 지휘관들에게 불호령이 떨어지고 있던 것이다.

막사로 들어가자 고개를 숙이고 있는 케스퍼 녀석들이 보였다.

그들을 질책하고 있는 건 아이언하트 장군이었다. 델바도바 장군은 팔짱을 낀 채 눈을 질끈 감고 앉아 있었다.

나와 도로시는 은근슬쩍 구석에 자리를 잡았다.

아이언하트는 우리 쪽을 슬쩍 흘겨보고는 질책을 계속한다.

"너희들이 돌발 행동을 한 탓에 대대적인 교전이 벌어졌다! 그로 인해 6천에 달하는 사상자가 나왔어! 그들은 네 놈들 때문에 다치고, 죽은 거다! 그걸 어떻게 만회할 생각이냐!"

이에 케스퍼는 어금니를 악물며 말대답을 한다.

"저는 그게 최선의 수라고 생각했습니다! 애초에 그러라고 저희에게 부대를 자유롭게 지휘할 수 있는 권한을 주신 것 아닙니까!"

"총대장의 명령을 어겨 가면서까지 그러라곤 하지 않았다!"

"작전이 성공하기만 했다면 괜찮았을 겁니다. 루안의 부대가 제때 왔다면 그 거한을 사살하고 후퇴도 할 수 있었을 겁니다!"

이에 루안 차이스는 어깨를 으쓱인다.

"저는 총대장님의 명령을 우선했을 뿐입니다. 게다가 애초에 작전이 마음에 들지도 않았습니다."

"루안……!"

케스퍼가 으르렁거리자 루안은 코웃음을 쳤다.

아이언하트는 답답한지 또 한번 소리를 지르려 했지만 델바도바 장군이 제지했다.

"그만하게 아이언하트. 최종 책임은 나에게 있어. 전부 내 책임이야."

그것도 사실이었다.

단적으로 말해 내가 총대장이었다면 이런 일은 일어나게 두지 않았을 테다. 재들이 저렇게 행동할 것이 뻔한 상황이었으니 좌천을 시키든 뭘 하든 해서 변수를 차단했겠지.

델바도바 장군의 입장에선 어쩔 수 없었을지도 모른다. 저들을 지휘관에 임명한 것은 국왕이었으니까.

왕가 직속 장군인 델바도바는 그 부분을 건드리기 어려웠을 테다.

"이번 일은 추후 내가 책임을 지겠다."

이에 케스퍼 무리의 표정이 밝아졌으나 그것도 잠시였다.

"그렇다고 너희들의 잘못이 없어진다는 것도 아니다. 명령을 어긴 장교들을 그대로 둘 수도 없는 노릇이지. 케스퍼 밀리아스, 조슈아 헤럴드, 데니안 게글리쉬. 이 시점부터 너희들이 가진 부대 지휘권을 박탈하겠다."

"그런……!? 국왕 폐하의 인선을 함부로……."

"폐하껜 내가 잘 설명하면 그만이다. 너희 셋은 이제부터 내 직속 장교로서 종군해라. 휘하의 부대는 재편성을 할 테니 그리 알도록."

케스퍼는 부들부들 떨고 있었다. 사실상의 좌천.

웨이드를 사칭하고 있는 그에게 있어 이런 실패는 용납되지 않는다. 실패가 한 번이라도 나오면 강한 의심을 받게 되기 때문이다.

"한 번만 더 기회를 주십시오! 전 이 전황을 주도할 좋은 계획을 가지고 있습니다!"

"필요 없다. 그거라면 일라인이 제안한 계책을 사용하기로 했으니까."

"전…… 전……!"

웨이드라 말하고 싶었던 것 같지만 델바도바 장군을 상대론 차마 거기까지 말이 나오지 않는 것 같다.

"그럼 시간이 없으니 부대 재편성에 대한 얘기를 하도록 하지."

델바도바 장군은 그 셋의 부대를 자신의 직속으로 두었다.

이후 자신이 지휘하던 왕가 직속군을 나와 도로시. 그리고 루안에게 나눠 주었다.

"알스 일라인과 도로시 그림우드. 너희에게 내 병력을 주겠다. 그 병력을 합해 각각 3천의 병력을 이끌게 될 거다. 루안 차이스. 너도 마찬가지다."

그렇게 우리 셋의 부대 규모가 9천. 사실상 주력군이 된 셈이다.

주먹을 불끈 쥐며 소리 없이 환호하는 루안. 반면 도로시는 어째서 더 늘어난 거냐며 절규하고 있었다.

우리 군은 동이 트자마자 길을 재촉했다.

목적지는 베카비아의 군대가 주둔하고 있는 비안 산지. 그곳으로 가면 베카비아의 보급로를 얻을 수 있는 만큼 목적지로는 유일했다.

그리고 그곳으로 이동하기 위해선 반드시 이블렘 평야를 지나야 했다. 그러지 않고선 너무 험난한 지형을 넘어가야 하기 때문에 군량이 없는 우리는 감당해 내지 못한다.

상대가 왜 어제 무리해서라도 발목을 잡았냐 하면 이것 때문이었다.

우리가 너무 빨리 올라가 버리면 협공 타이밍이 맞지 않게 될 수도 있었을 뿐만 아니라 이블렘 평야가 아닌 다른 루트를 선택할 수도 있었기 때문이다.

'차라리 잘된 걸지도 몰라.'

교전이 있었건 없었건 상대 책략을 역이용하는 것이었기에 이블렘 평야를 지나갈 생각이었다. 만약 그랬다면 상대가 불필요한 의심을 품을 수도 있었다.

피해도 없고, 빨리 올라갔으면서도 굳이 이블렘 평야를 고집하는 건 이상해 보일 수도 있었으니까.

그렇기에 어제 교전은 일종의 메소드 연기가 된 셈이다.

상대는 우리가 이블렘 평야를 지나가는 것에 대해 아무런 의심도 하지 않고 있다.

우리와 교전을 벌였던 서방의 군대는 800m 정도의 거리를 두고 계속 뒤를 쫓아오고 있었다.

그리고 정오가 되던 시점에 드디어 일이 벌어졌다.

"전방에 적군! 전군 전투태세에 들어가라!"

먼지구름을 일으키며 나타난 적군. 툰카이의 군세였다.

숫자는 어림잡아 3만.

그로 인해 우리는 위아래로 협공을 받는 형태가 됐다.

전술적으로 외통수인 이 상황에서 지원군이 발맞춰 나타났다.

"캘리퍼군을 구해라!"

툰카이군의 옆을 찌르고 들어오는 베카비아의 지원군. 그 숫자도 똑같은 3만이었다.

'여기가 기점이야.'

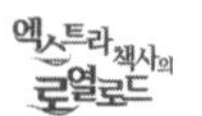

사실 상대 입장에선 여기서 그냥 전투를 해도 큰 상관은 없었다.

숫자는 어차피 비슷하니까.

그렇기에 전면전의 가능성에 대해선 희박하지만 나도 생각을 하고 있었다. 만약 그 경우엔 아이언하트 장군을 설득해 군의 지휘권을 일부 얻어 낸 뒤 전술 싸움으로 한 방 먹여 줄 생각이었다.

다행히 그런 일은 일어나지 않았다.

"물러난다! 후퇴!"

베카비아군이 난입해 들어오자 군을 물리기 시작한 튠카이군. 우리 뒤를 따라붙던 서방의 군대도 전장을 우회하여 이탈했다.

이들을 쫓을 수는 없는 상황이었다.

우리에게 보급이 없는 상황이었기 때문이다.

베카비아 군대는 보급 마차 여러 대를 끌고 오고 있었다. 우리에게 긴급 보급을 해 주기 위해서였다.

우리 병사들은 그 보급 마차의 행렬을 보고 환호성을 내질렀다.

지원을 온 베카비아군.

그 총대장을 맡고 있던 발리 오스틴은 안도의 한숨을 내쉬었다.

"다행히 제때 구원을 한 것 같군요, 소피아 공주님."

"……."

"공주님?"

"아, 예. 그러네요."

소피아는 묘한 위화감을 안고 있었다.

'적들은 왜 캘리퍼군을 공격한 걸까.'

베카비아의 입장에서도 캘리퍼군은 굉장히 얄미웠다. 지원을 와 준답시고 관망만 하고 있었으니까.

그 캘리퍼군을 기습 공격한 서방도 이상했다.

'보고를 듣자 하니 선제적으로 보급을 끊었다고 하던데.'

물론 보급을 끊은 수법은 전술적으로 좋았다. 그 움직임 한 방으로 캘리퍼군이 궁지에 몰렸으니까.

'캘리퍼도 캘리퍼야. 보급로를 수복할 생각조차 하지 않고 곧바로 위로 올라와 버리다니.'

뭐가 어찌 됐든, 캘리퍼군은 전투에 들어갔고, 보급의 부재로 인해 결과적으로 쫓기는 신세가 됐다.

그리고 그 과정에서 튠카이의 장군 랜던 크로우가 3만의 병력으로 캘리퍼군이 있는 쪽으로 남하했다.

그렇게 되니 소피아의 입장에선 선택의 여지가 없었다.

그대로 캘리퍼군이 전멸하는 것을 지켜볼 수는 없었으니

까.

하여 튼카이가 편성한 군대의 숫자만큼 지원군을 편성하고 보급 마차까지 준비해서 지원을 가야만 했다.

"뭔가 걸리시는 거라도……?"

"조금요. 일단 캘리퍼의 장교들을 만나러 가죠."

"옛."

다른 장교들에게 보급을 명령한 뒤 캘리퍼 군영으로 향하는 소피아.

발리 오스틴은 소피아가 긴장했다 생각했는지 긴장을 풀어 주기 위해 우스갯소리로 말한다.

"그러고 보니 아십니까? 지금 캘리퍼 군영엔 그 웨이드가 있다고 합니다."

"웨이드요?"

"예, 밀리아스 후작가의 신동 케스퍼 밀리아스. 캘리퍼 내에선 그가 웨이드로 여겨지고 있다고 합니다."

"웃기는 소리 하고 있네요."

"하하, 공주님도 그렇게 생각하시는군요"

"국민들을 선동하기 위한 치졸한 수작이죠. 우상화를 통한 정치질이라니. 심지어 사칭까지 해서 말이죠. 역겹기 그지없네요."

"그래도 그 케스퍼와 만나면 쓴소리는 하지 말아 주십시오. 녀석은 캘리퍼의 양대 계파 중 하나인 살레온 계파의 총

애를 받고 있다고 해요. 괜히 자극해서 좋을 건 없습니다."

"알고 있어요."

그렇게 캘리퍼의 장교들이 있는 곳에 도착한 소피아는 너무 놀라 입을 떡 벌렸다.

"웨, 웨, 웨이드!?"

알스의 얼굴을 보고 경악하는 소피아. 알스는 소피아가 올 것도 어느 정도 예상은 했는지 검지를 코에 가져가며 윙크를 했다.

"쉿!"

"……!"

그 제스처에 소피아는 번뜩 정신을 차렸다.

"공주님? 웨이드라니요?"

"아, 아녜요. 그, 그랬지요. 캘리퍼 측엔 케스퍼 밀리아스가 있었죠! 그는 웨이드로 불리고 있으니까요! 저도 참. 호호……."

소피아의 입장에서 알스의 정체를 밝히는 짓 따위는 할 수 없었다.

예전이었으면 모를까 크로싱과 손을 잡고 있는 지금 알스의 심기를 건드릴 이유가 하등 없었기 때문이다.

"무슨 소리이십니까, 공주님. 아까는 웃기는 소리라고……."

"조용히 해요, 발리!"

"옙."

소피아의 반응에 놀라기는 캘리퍼 측도 마찬가지였다.

그 천재공주가 케스퍼를 웨이드라 공인하다니.

델바도바는 어리둥절해하더니 일단은 손을 내밀었다.

"반갑소. 군의 총대장을 맡고 있는 델바도바 르귄이라고 하오."

"발리 오스틴입니다. 베카비아 1군의 총대장을 맡고 있습니다."

"그리고 그쪽은……. 천재공주겠군."

소피아는 가볍게 묵례를 하더니 캘리퍼의 장교들을 눈짓했다.

"반갑습니다. 소피아 베론입니다. 그, 가능하면 휘하 장교들에 대해서도 설명을 해 주실 수 있을까요? 젊은 면면들이 많은 것 같아 흥미가 생기네요."

"으음. 이들에 대해서라면 국왕 폐하께서 직접 발탁한 자들이오. 실제로는 사관생들이지."

"사관생이요. 흐음. 그랬군요."

"이쪽부터 케스퍼 밀리아스. 조슈아 헤럴드, 루안 차이스, 데니안 게글리쉬, 도로시 그림우드. 알스 일라인이오."

"흐음? 흐음. 흐으으음."

괘씸하다는 듯 알스를 노려보는 소피아. 알스는 들릴 듯 말 듯 작게 중얼거린다.

"천재공주…… 풉!"

"이……!!"

이걸 용케 들었는지 소피아는 얼굴을 붉혔다.

"소개는 이쯤 하고 어서 들어오시오. 우리도 막 군부 회의를 하려 했소."

"좋습니다."

캘리퍼와 베카비아의 합동 군부 회의.

이들이 군부 회의를 하는 그 시점에 서방과 툰카이는 기민하게 움직이고 있었다.

⊕

소피아와 발리 오스틴이 이끌고 있던 베카비아의 진영에서 3만의 군대가 빠져나갔다곤 해도 크게 문제가 있는 건 아니었다.

마주하고 있는 툰카이도 똑같은 3만을 파견한 만큼 전력은 맞춰져 있었다.

혹여 상대가 다른 움직임을 보인다 해도 위에 있는 베카비아의 제2군이 도움을 오면 된다.

그러니 소피아가 복귀하는 시점까지만 상황을 유지하면 된다.

오히려 관망하고 있던 캘리퍼의 군대까지 최전선에 합류

를 하면서 전보다도 전황이 좋아질 테다.

애초에 그들이 진을 치고 있는 이 비안 산지는 수비하기가 용이한 지점인지라 설령 적들이 밀려들어 와도 시간을 끌기 딱 좋았다.

여러 경우에 대한 대비도 되어 있었다.

그러나 아무리 그래도 이 상황까지는 예측하지 못했다.

더그덕! 더그덕! 더그덕!

피어오르는 먼지. 이를 본 베카비아 병사는 눈을 의심했다.

멀리 평야에서부터 4천에 달하는 기마대가 몰려오고 있던 것이다.

"비상! 비사아아아앙!"

난리가 난 군영. 가뜩이나 소피아와 오스틴이 부재중인 상황이었기에 그 혼란은 더욱 커졌다.

임시로 지휘를 맡고 있던 장교는 뭐라 말을 잇지 못했다.

"당했다……!"

기동력을 이용한 기습작전. 기마병에 능숙한 튠카이군의 주특기였다.

그 부분을 충분히 경계하고 있었음에도 이렇게 당한 이유는 간단했다.

"빌어먹을 놈들! 감쪽같이 숨겨 두고 있었구나……!"

이 기마대는 전쟁터에 참가하지 않고 튠카이의 영토 내에

숨을 죽이고 있었다. 첩보망을 자국 영토 내에 집중시키고 있던 베카비아는 이걸 발견하고 싶어도 발견할 수가 없다.

그런 그들이 소피아의 군대가 캘리퍼군을 구하러 가자 기다렸다는 듯이 전속력으로 질주해 이곳으로 달려왔다.

그 시점에 첩보망에 걸리긴 했지만 기병들의 속도가 첩보망보다 빨랐다.

"적이 진군합니다!"

대치하고 있던 툰카이의 1만 보병들도 비안 산지로 올라왔다.

"침착해라! 이곳은 산지다! 기병들이 올라올 수는……."

그러나 더그덕! 아랑곳하지 않고 산을 올라오는 툰카이 기병대.

그 선두에 서 있던 건 한 명의 젊은 남성과 묘령의 여인이었다.

"이대로 진입한다!"

"애쉬! 너무 앞서 나갔어요!"

그들은 억지로 비집고 들어와 베카비아의 수비 대열을 허물었다. 그러기 얼마 지나지 않아 보병들이 접근.

수적 열세를 이기지 못한 베카비아군은 버티지 못할 거라 판단하고 군을 물려 아란달로 퇴각하고 만다.

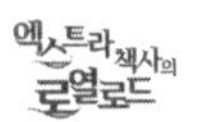

6장

베카비아와 캘리퍼의 합동 군사 회의.

군부 회의에 들어가자 소피아는 떠보듯이 말했다.

"적군의 의도는 뭐라고 생각하십니까."

이는 델바도바 장군에게 묻는 것이자 간접적으론 알스에게 묻는 것이기도 했다.

델바도바 장군은 고개를 끄덕였다.

"사실 우리가 여기까지 온 것은 계획된 것이었네."

"계획된 것이라고요?"

"우리는 상대가 칼론 산지로 공격해 들어온 시점에서 그 의도를 파악하기 위해 노력했네. 왜 가만히 있는 우리 군을 공격하는가?"

"그 해답을 얻었군요."
"그래. 여기 있는 일라인이 추측을 했지."
"흐음? 그렇군요. 알스 일라인. 일라인……. 흐으으음."
"왜 그러는 건가."
"아무것도 아닙니다. 처음 들어 보는 이름이라 신기해서 말이죠. 그래서요? 그 의도는 뭐였죠?"
"흠, 일라인. 네가 설명하도록."
이는 체면을 세워 주기 위한 행동이었다. 혹여나 전과가 자기에게 가지 않게끔 알스를 밀어준 것이다.
알스의 입장에선 괜한 짓이었지만.
알스는 작게 한숨 쉬고는 전도를 짚으며 설명했다.
"적의 의도는 간단합니다. 매복군을 이용해 당신들이 지키고 있던 비안 산지를 돌파해 그 뒤에 위치한 아란달을 포위하는 거죠."
"아란달을요!? 무슨 이상한 소리를! 애초에 그런 매복군은 없어요!"
"그야 첩보망엔 안 걸렸겠죠. 툰카이의 영토 내에서 숨을 죽이고 있었을 테니까. 당신들은 지금 영토 내부에 첩보를 집중하고 있지 않습니까?"
"맞아요. 하지만 툰카이의 영토에서 매복군이 나왔다고 해도 그 군대가 진군하는 사이에 첩보망에 걸릴 거예요."
"그러니 그 매복군은 모조리 기병으로 운용할 겁니다. 첩

보망에 걸려도 속도전에서 뒤처지지 않게끔요."
"설마……."
그때였다.
"긴급히 보고드립니다! 4천에 달하는 기병대가 돌연 출현해 비안 산지로 향하고 있습니다!"
"거봐요."
말문을 잃는 베카비아의 장교들.
"적의 목적은 아란달을 포위하여 보급원을 끊고 좋은 자리를 선점해 우리가 공격하게끔 만드는 겁니다. 이젠 당신들도 보급이 끊겼으니 그 방법밖에 없어진 거죠."
"그걸 다 알면서도 왜 이런 짓을 한 겁니까!"
"역이용하기 위해서죠."
그러면서 알스는 한 지점을 가리켰다.
"적이 비안 산지를 노리고 기병대를 편성했다고 했을 때, 그걸 숨겨 두는 지점은 십중팔구 이곳입니다."
"하르바르트 요새……!"
"그렇죠. 그 경우 비안 산지로 향하는 최단 진군 경로는 이런 식이죠. 그걸 알면 적의 보급로가 어떻게 형성돼 있는지. 그리고 보급고가 어디 있는지도 명확해집니다."
알스는 네 지점을 가리켰다.
"우리는 아란달을 구하러 가지 않고 역으로 튠카이의 영토로 치고 들어갈 겁니다. 그 경로에서 적의 보급고를 약탈하여 부족한 보급을 충당할 거예요."

일종의 치킨게임이었다. 알스는 상대에게 누가 더 쫄리는지 한번 해 보자고 말한 셈이다.

"결국엔 상대가 더 급할 수밖에 없어요. 쳐들어온 건 저쪽이니까요. 우리가 툰카이 영토를 공격해 들어가면 적들은 보급이 모조리 마비됩니다. 서방의 군세도 먼 길을 원정 온 만큼 보급에 대해선 툰카이에게 의존하고 있는 게 확실해요. 그게 끊어질 위기에 처하면 가만있을 수 없어집니다."

"만약 되돌아와서 우리를 섬멸하려 한다면? 마땅히 빠져나갈 길이 없을 텐데. 설마 작전 성공 후엔 다 죽자고 하는 건가."

발리 오스틴의 물음이었다.

이에 대해 알스는 간단한 해답을 제시했다.

"이 지점으로 빠져나가면 됩니다."

"그곳은…… 알바드 왕국이 아닌가."

"외교적인 입장을 보면 알바드가 받아들여 주지 않을 리 없어요. 설령 받아들이지 않는다고 해도 크게 상관은 없습니다. 우리를 추격해 온 툰카이와 서방도 알바드의 영토로 들어오지는 못할 테니까. 잠깐 알바드의 영토 내에 들어갔다가 베카비아 방면으로 빠져나오면 돼요. 만약 알바드가 대대적으로 군대를 편성해 우리를 공격하면 문제가 되겠지만 그럴 가능성은 극히 희박합니다. 극히요."

"그렇겠지. 지금 알바드가 우리를 적대할 리는 없으니까. 흐음, 완벽하군. 놀라울 정도야."

"과찬입니다."

"절대 과찬이 아니다. 이 작전……. 마돈과 캘리퍼의 전쟁에서 웨이드가 사용한 전법과 비슷하군. 웨이드가 역으로 알바드의 영토 내로 진군하면서 전황이 크게 기울었었지."

"……."

"오히려 그보다도 어려웠던 걸지도 모르겠어. 보급로와 보급고의 위치까지 파악을 해야 하니까. 물론 웨이드는 그 전에 줄리안 크레이그의 병력을 상대로 말도 안 되는 완승을 거뒀으니 직접적으로 비교하기가 힘들지만……. 훌륭하군. 알스 일라인이라고 했나? 함부로 이런 말을 해서는 안 된다고 생각하지만, 왜 캘리퍼에 황금세대가 나타났다는지 알 것 같군."

계속된 극찬. 알스는 입단속 좀 시키라는 의미로 소피아를 바라보았지만 소피아는 심각한 표정으로 전도를 노려보고 있었다.

그러더니 말한다.

"……안 돼요."

"공주님? 갑자기 왜……."

"이 계획은 안 된다고요!"

"무슨 문제라도 있습니까?"

"그야 아란달이 위험해지잖아요!"

소피아가 문제 삼은 것은 이것이 결국엔 치킨게임이라는 점이었다.

소피아는 적들이 배짱을 부릴 경우를 우려했다.

"만약 적군이 물러나지 않고 아란달을 약탈하고 우리 국민들을 몰살시킨다면요? 그랬다간 베카비아는 설령 전쟁에서 승리한다고 해도 무너지고 말아요! 아란달은 그런 도시라고요!"

베카비아의 제2도시이자 국력의 상당 부분을 차지하는 도시. 그녀의 말대로 아란달이 무너졌다간 이미 쇠약해져 있던 베카비아는 그 이상 버티지 못하고 멸망한다.

알스는 무슨 소리를 하는 거냐며 말한다.

"적들이 그런 한가한 짓을 하고 있을 리가 없어요. 그대로 있다간 보급이 모조리 끊어진다고요."

"아란달을 약탈해서 보급을 하려 할 수도 있잖아요!"

"설령 그렇다 해도 그게 오래갈 수는 없어요. 오히려 시간을 소모하며 고립을 자초하게 될 겁니다. 크로싱의 부대가 그걸 가만 놔둘 리 없어요. 적들은 분명 아란달을 포기하고 돌아올 겁니다."

"그럼에도 아란달을 공격한다면요."

"……슬픈 일이 되겠죠. 하지만 그럴 일은 없을 거라고요."

"그건 모르는 일이잖아요!"

소피아에게 있어 가장 중요한 건 국민들의 목숨과 국가의 존속이었다. 전쟁의 승리는 어디까지나 그걸 위해서다.

알스는 전쟁을 승리하면 그것도 저절로 해결될 거라 주장하고 있었지만 소피아는 일단 국가의 존속을 먼저 확보한 상황에서 전쟁을 승리하길 원했다.

“공주님, 이성적으로 생각해 보십시오. 저자의 말대로 적군은 아란달을 포위하고 있을 틈이 없습니다. 물러날 것이 유력해요.”

“유력하다 뿐 확실하진 않아요. 그런 이상 이 계획엔 찬성할 수 없습니다!”

오스틴의 만류에도 고집을 꺾지 않는 소피아.

이 모습에 짜증이 난 알스가 독하게 말한다.

“그럼 뭡니까. 준비하고 있는 상대에게 들이받자는 겁니까? 아란달을 구하기 위해서?”

“그렇게 해야 한다면 해야죠.”

“그 과정에서 죽게 되는 무수히 많은 병사는요. 제 계획대로 한다면 병사들도 목숨을 온존할 수 있고, 아란달도 무사할 거란 말입니다!”

“병사들의 희생이 있다고 해도 저에겐 아란달의 확실한 안전이 중요합니다.”

“허! 말이 안 통하는군.”

알스는 발리 오스틴에게 시선을 돌렸다. 총대장이니 소피아의 의견을 묵살하고 결정을 내리라는 것이었다.

그러나 오스틴은 그 정도의 힘을 가지고 있지 못했다. 명목상의 총대장일 뿐, 실상 군권의 대부분을 소피아가 가지고 있었다.

이는 베카비아가 최근 여러 능력 있는 장군들을 잃은 탓이었다. 만약 대장군이었던 칼 맥스먼이 살아 있었다면 소피아의 의견을 묵살하고 계획대로 진행을 했겠으나, 그 맥스먼은 삼사자 전쟁에서 웨이드가 처치했다.

"……미안하군. 우린 아란달을 구원하러 향하겠다."

"나 참."

알스는 어이가 없어 헛웃음을 짓더니 소피아를 쏘아붙였다.

"당신은 무능합니다. 그러고서 천재공주니 총군사니. 수치스러운 줄 아십시오."

"뭐라고든 말해요."

알스가 대놓고 공주에게 면박을 줬음에도 베카비아의 장교들 그 누구도 반박을 하거나 화를 내지 못했다.

이건 그만큼의 상황이었던 것이다.

군부 회의가 끝나고.

나는 공기를 쐴 겸, 바위 위에 걸터앉았다. 그런 내 곁에 도로시가 다가왔다.

"조금 괜찮아?"

"후우! 하여간……. 내 주위엔 왜 이렇게 트롤들이 많은 걸까?"

"트롤? 그게 뭐야?"

"그런 게 있어."

폴딕 산지 전투에선 자기 안위만 챙기는 뚱땡이 장군. 마돈과의 전쟁에선 자기들 마음대로 전쟁을 일으킨 살레온 계파. 키메라 전쟁에선 듀난과 그 부관들.

"그나마 이번에 델바도바 장군님은 말이 통했는데. 설마 다른 쪽에서 문제가 생길 줄이야."

"하하……."

도로시는 쓰게 웃더니 작심한 듯 말해왔다.

"난 소피아 공주의 생각도 이해는 가. 이제 와서 할 말은 아니지만 난 우리가 먼저 이 계획을 베카비아 측에 말해 줬어야 했다고 생각해."

"전령을 보냈어야 했다고? 그러다가 상대에게 걸렸다간 전부 물거품이 돼. 혹여 그 내용은 걸리지 않는다고 해도 우리가 베카비아 쪽에 전령을 보냈다는 것 자체만으로도 상대의 의심을 사게 되거든. 그래서 보내지 않기로 했던 거야."

"응……. 그건 나도 아는데……. 뭐라고 말할까. 우리가 생각한 최선의 방법이 누구에게나 최선은 아니니까. 우리가 너무 옳다고 생각한 나머지 다른 사람들의 의견을 들으려 하지 않은 게 아쉬워. 조금 더 소통해 보려고 노력했으면 어땠을까."

"뭐, 그런 이유 때문에 이런 일이 벌어진 거긴 하지."

극단적인 예로, 이 계획을 아란달의 영주와 상의를 했다면 아란달의 영주는 극구 반대를 했을지도 모른다.

그 사람이 처한 상황에 따라 어떻게 받아들이는가는 분명 달라진다.

지금은 소피아가 그런 상황에 처해 있을 뿐.

도로시는 내 옆에 앉더니 깊이 한숨 쉬었다.

"이제 어떻게 되는 걸까?"

"어떻게 되긴, 아란달을 구원하러 가야지. 그 방법밖엔 없어."

여기서 베카비아군을 버리고 빠져나오는 건 힘들었다. 우리가 보급이 끊긴 상황이라는 건 상대도 잘 알고 있는 만큼 발을 묶는 방식으로 우리를 도망가지 못하게 만들 것이다.

그 시점에서 우리는 끝장이 난다. 군의 사기가 바닥으로 떨어져 탈영병이 속출할 테니까.

그러니 베카비아와 힘을 합쳐 적을 무찌르고 아란달을 구원하는 것이야말로 지금 상황에서의 최선책이었다.

'혹은 쥬라스 녀석이 뭔가 조치를 취해 주든가.'

그 쥬라스 녀석이라고 하면 묘하게 조용했다. 군을 세 개로 나눠 대치만 하고 있을 뿐, 적을 끝장내기 위한 뭔가를 하고 있진 않았다.

'물밑에서 움직이고 있는 건가.'

그게 뭐가 됐든 우리 쪽으로 도움이 올 가능성은 낮았다.

쥬라스 입장에선 내가 툰카이 쪽으로 진군해 보급을 끊을 거라 생각하고 있을 테니까. 쥬라스도 설마 소피아가 계획에 훼방을 놓았을 거라고는 예상하기 힘들다.

시간이 넉넉했다면 쥬라스 녀석과 상의를 해서 이 상황을 타파할 수도 있겠지만 보급이 없는 지금은 그 시간이 없다.

우리가 알아서 이 난관을 돌파해야 한다.

'새삼 가신들이 그리워지네.'

그들이 함께 있어 줬다면 그래도 든든했을 텐데.

홀로서기는 예상하던 것보다 더 고달팠다.

아란달을 구하기로 결정이 된 이상 머뭇거리고 있을 시간은 없었다.

베카비아군이 가져온 보급 마차를 통해 버틸 수 있는 시간은 기껏해야 하루하고 반나절.

게다가 아란달이 적의 포위를 버티고 있을 수 있는 시간도 길지 않았다.

"아란달은 성채 도시이긴 하지만 농성에 특화된 도시는 아니에요. 보고에 의하면 비안 산지를 지키고 있던 우리의 병력이 퇴각하여 아란달에 들어갔다고 하니 시간을 더 벌어 줄 수는 있겠지만 그렇다 해도 3일을 넘지 못할 겁니다."

소피아의 브리핑이었다. 그녀는 나를 한번 바라보더니 처연한 표정으로 설명을 이어 갔다.

"우리가 탈환해야 하는 요지는 세 곳. 레스트 산맥에 흐르는 비안 산지, 델스톤 산지, 코퀸 산지입니다. 이 세 곳의 산지를 모두 탈환하면 적은 그 이상 아란달을 포위할 여력이 없어져 퇴각을 할 겁니다."

레스트 산맥은 아란달 서부를 수직으로 관통하는 얇고 긴 산맥이었다.

이 산맥의 특징이라고 하면 산로가 굉장히 많이 개척돼 있다는 점이다.

아란달로 향하는 상단들이 지속적으로 산로를 개척하면서 마차 한 대가 지나 갈 수 있을 만큼의 큰길이 무척 많았다.

"그 길을 이용한다면 어렵지 않게 공격해 들어갈 수 있다고 생각은 합니다만 그만큼 적군도 대비를 하고 있을 테니 주의를 해 주세요."

첩보로 밝혀진 적의 군세는 셋.

비안 산지를 지키는 툰카이의 3만 병력. 코퀸 산지를 지키는 툰카이군 2만과 서방의 2만. 그리고 델스톤 산지를 지키는 서방의 1만 6천 병력이다.

"코퀸 산지에 대해선 엔다겔 평야에서 주둔하고 있던 우리 베카비아 제2군이 맡아 주기로 했어요. 그리고 비안 산지는 저와 오스틴이 맡겠습니다. 그러니 나머지 델스톤 산지의 수복은 델바도바 장군님께서 맡아 주셨으면 합니다."

"그게 적절한 편성이겠지. 알겠소."

"시간이 얼마 없습니다……. 곧바로 움직여 주세요."

소피아는 도망치듯 군부 회의장을 떠났다.

발리 오스틴도 델바도바 장군을 향해 깊이 고개를 숙여 보이고는 소피아를 따라간다.

델바도바 장군은 작게 한숨 쉬었다.

"저들에 대해선 신경 쓰지 말도록. 우리는 우리가 할 수 있는 최선을 다하면 되는 거다."

이때 데니안 게글리쉬가 조심스럽게 손을 들었다.

"장군님, 외람된 질문이지만 결국 이렇게 되면 일라인의 전공은 없어지는 것입니까? 뭐가 됐든 그의 계획은 불발됐으니 말입니다."

"이런 상황에 와서 무슨 소리를……."

델바도바 장군은 한심하다는 듯 혀를 찼으나 마지못해 말한다.

"결과적으로는 그리되겠지. 전공은 없다. 다만 군에 대한 기여도만큼은 평가가 될 거다.”

그가 확답을 주자 데니안을 비롯한 무리의 표정이 한결 밝아졌다. 의욕을 다시 찾았다고 할까.

‘하여간, 한결같은 녀석들이네.’

그래도 곧 힘겨운 전투를 해야 하는 상황에서 사기를 회복한 것은 나쁘지 않았다. 전공에 대해서도 마찬가지다. 나는 전공을 원하지 않는 입장이었던 만큼 저 녀석이 대신 확답을 받아 줘서 손 안 대고 코를 푼 격이 됐다.

델바도바 장군은 고개를 절레절레 흔들며 베카비아군에게서 받은 델스톤 산지에 대한 전도를 펼쳐 보였다.

“우리가 상대하게 될 적은 지난번 교전을 펼쳤던 서방의 군대일 거다. 전장을 우회한 그들이 델스톤 산지를 점거하고 아란달로 향하는 길을 막아서고 있다. 혹여 상대를 효과적으로 물리칠 방법이 있다면 말해 보도록.”

그러자 모두의 시선이 내게 모였다.

난 고개를 흔들었다.

“마땅한 방법이 없습니다. 우리에게 남은 시간이 얼마 없는 이상 힘 싸움을 벌여 밀어내는 수밖에 없어요. 우선 전투에 들어간 뒤 시시각각 바뀌는 상황에 발맞춰 전술적인 판단을 내려야 할 겁니다.”

“역시 그런가…….”

그때, 전도의 한 지점을 뚫어지게 응시하고 있던 케스퍼가

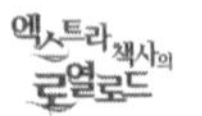

흥분한 속내를 애써 감추며 말한다.

"여기 이 둔덕을 이용하는 건 어떻겠습니까."

"둔덕?"

"지형 북서부에 위치한 고지대 말입니다. 궁병대를 저 위치까지 올려보낼 수 있으면 광범위하게 지원사격을 할 수 있을 겁니다. 전장을 주도할 수 있습니다!"

"흠. 다른 장교들은 어떻게 생각하지?"

케스퍼의 말마따나 올려보내기만 한다면 상책이 된다. 산지인지라 화살의 위력이 줄어들긴 하겠지만 그래도 도움이 안 되는 건 아니다.

무엇보다 전술적인 의미가 크다.

화살을 통한 견제가 가능해지면 그 견제를 통해 다른 전장에서도 전술적인 선수를 칠 수 있어진다.

게다가 북서부의 고지대는 시야가 탁 트인 곳이기에 전장을 넓게 보기에도 좋다.

"일라인, 넌 어떻게 생각하나."

"뭐라도 해 본다는 관점에선 나쁘지 않습니다."

"보아하니 다른 장교들도 같은 생각인 모양이군. 그럼 그 방향으로 진행하도록 하겠다."

이후 부대 배치에 대한 논의를 끝낸 뒤 군부 회의가 종료됐다.

장교들은 내일 새벽에 있을 진군을 대비해 일찌감치 자기 부대로 돌아갔다.

그들이 떠나간 뒤, 나는 홀로 돌아와 델바도바와 독대를 하였다.

"무슨 용무지?"

"내일 작전에 대해 한 가지 말씀드려 놓고 싶은 게 있습니다."

그 내용을 들은 델바도바는 눈을 크게 뜨더니 이내 무겁게 고개를 끄덕였다.

불이 붙은 전황.

서방의 군대와 맞붙고 있던 크로싱의 군부에도 이 소식이 전해지고 있었다.

"돌연 출현한 튠카이의 기병대가 비안 산지를 무너뜨렸습니다! 이로 인해 아란달이 포위되고 튠카이군과 서방의 군대가 그 주위로 진을 쳤다고 합니다!"

웅성이는 군부 회의장.

이 보고를 받은 쥬라스의 얼굴엔 짜증이 섞여 있었다.

"하여간. 이러니까 참전하지 말라고 했던 건데 말입니다."

보고를 통해 알스의 의도를 대번에 읽어 낸 쥬라스는 이미 이 전쟁이 끝났다고 봤다. 자신은 그 움직임에 발맞춰서 조력을 해 주면 그만이다.

쥬라스가 짜증이 난 건 그로 인해 자신이 사용하려던 술수를 사용하지 못하게 됐기 때문이다.

이기면 마냥 좋은 것 아니냐고 할 수 있지만 과정이 다르다.

쥬라스는 원정을 온 서방의 군대를 완벽하게 패주시킬 생각이었다. 다시는 북부 방면으로 원정을 꿈꾸지 못하도록 처절하게.

반면 알스가 선택한 방법은 적의 보급을 끊고 퇴각을 유도함으로써 전쟁을 승리하는 것으로, 적의 병력에 피해를 입히지 못한다.

이것이 알스의 전쟁론이기도 했다.

마치 체스를 하는 것과 같다. 킹을 따내기 위해 최선의 수를 두는 것처럼. 승리로 향하는 가장 효율적인 루트를 찾아나간다.

그것이 쥬라스가 생각하는 알스의 강점이자 또한 약점이었다.

"최선의 수가 누구에게나 최선은 아닌 법……. 그걸 깨닫게 되는 게 언제가 될지 기대가 되는군요."

쥬라스는 주저하지 않고 명했다.

"안톤, 준비하던 작전은 취소하겠습니다. 당신의 주군이 괜한 짓을 한 모양이니까요."

그 볼멘소리에 안톤은 통쾌하다며 피식 웃는다.

"하핫, 알겠습니다. 장교들에겐 그리 전하도록 하겠습니다."

이걸로 이 전쟁도 시시한 승리로 끝난다.

쥬라스는 아쉬운 한숨을 쉬었으나 이어지는 보고에 눈을 휘둥그렇게 떴다.

"보고드립니다! 베카비아군과 캘리퍼군이 아란달 수복 작전에 돌입! 비안 산지, 델스톤 산지, 코퀸 산지로 진군하고 있다고 합니다!"

이 보고에 쥬라스는 광소를 터뜨렸다.

"하하하하핫! 우습군요! 정말 우스워요!"

그는 그 보고만으로 베카비아 측에서 작전을 반대했음을 파악해 냈다.

"이거야, 고생 좀 하겠습니다. 알스."

이제 안절부절못하게 된 건 안톤 쪽이었다.

쥬라스는 입꼬리를 올리며 말한다.

"그러고 보니 그는 이번엔 홀로 전쟁터에 나왔다고 했습니까? 자칫하면 그 목숨이 허무하게 사라질지도 모르겠군요. 그렇게 된다면 당신 아내의 탓이 되겠네요? 이거 큰일 난 거 아닙니까? 이러다간 저도 귀여운 조카의 얼굴을 못 보게 될 수도 있겠는데요."

"쥬온……! 말을 함부로 하지 마라……!"

"훗, 미리 말하지만 안톤, 당신은 움직일 수 없습니다. 이렇게 된 이상 우리도 작전의 고삐를 더 바짝 당겨야 하니까요."

"크윽!"

이를 악무는 안톤.

알스를 돕기 위해 움직이기 힘들었던 그는 긴급히 전서구를 이용해 레인폴로 소식을 전하기로 했다.

안톤의 전서구가 향한 곳은 일리야의 저택이었다.

전서구의 다리에 매달려 있는 쪽지를 확인한 일리야는 감정을 주체하지 못하고 울먹이며 얼굴을 감싸 쥐었다. 평소 그녀의 강직한 면모만 알고 있는 사람이라면 깜짝 놀랄 모습이었다.

'내가 정말 옳은 선택을 한 게 맞는 걸까.'

이성적으론 옳다고 알고 있었지만 속으로는 미친 짓을 한 게 아닐까 싶었다.

일리야는 결국 부풀어 오르는 불안감을 참지 못하고 루트거가 있는 곳으로 향했다.

이야기를 들은 루트거는 그녀의 어깨를 두드려 주었다.

"고개를 드시게. 그대는 옳은 일을 한 거야."

루트거는 일리야의 심정이 십분 이해가 갔다. 그 또한 에스텔에게 비슷한 일을 했었기 때문이다.

그는 에스텔이 아직 병세가 있어 흉측한 모습이었음에도 아카데미에 보냈었다. 그것이 옳은 길이라 생각을 했기 때문이다.

물론 불안감도 있었다. 위험부담도 있었다.

실제로 알스가 에스텔을 케어해 주지 않았다면 어떤 일이 벌어졌을지 모른다.

그래도 결국 그 일을 통해 에스텔은 성장했다. 사람을 대하는 데에 당당해졌고, 자기주도적이 되었다. 만약 그때 아카데미에 보내지 않았다면 지금처럼 바뀌지는 못했겠지.

"믿어 주게. 그는 보란 듯이 살아 돌아올 걸세. 자네는 스승 된 자로서 제자의 개선을 기쁘게 기다리고 있으면 되는 거야."

"……고맙습니다. 덕분에 마음이 한결 가벼워지는군요."

"그보다 자네는 몸조리에 더 신경을 써. 출산이 머지않았다고 하지 않았나. 그 쪽지는 내게 주게. 다른 이들에겐 내가 전달해 놓지."

일리야를 떠나보낸 루트거는 톡톡톡! 자신의 책상을 손가락으로 두들기며 고심에 빠졌다.

곧 결심을 했는지 자리를 일어나 유미르를 찾아 알스의 저택으로 향했다.

유미르는 알스가 떠난 뒤로 줄곧 살벌한 분위기를 풍기고 있었다.

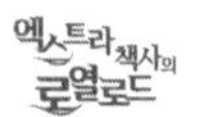

루트거도 순간 헛숨을 들이켰을 정도로 정제되지 않은 불온한 기운이 흘렀다.

"……무슨 일로 찾아오셨습니까."

"전하고 싶은 말이 있어서 왔네. 그보다 에오니아 미라벨은 어디에 있는 거지? 함께 지내고 있는 것 아니었나?"

"그녀는 며칠 전부터 비스케타 크렌에게 가 있습니다."

"흠, 하기야. 지금 자네의 모습을 보면 도망가고 싶어지는 것도 이해가 가는군. 숨이 막힐 정도야."

"용건이 없다면 떠나 주십시오."

"용건은 있네. 자네가 바라 마지않던 용건이지. 알스에 대한 정보가 들어왔네."

"……!"

"이걸 보도록 하게."

그는 유미르에게 쪽지 내용을 보여 주고는 말했다.

"전황을 미루어 보면 힘 싸움이 벌어질 가능성이 크네. 쉽지 않은 전투가 되겠지. 그러니 어서 가 보도록 하게. 시간이 맞을지는 회의적이지만 그래도 가지 않는 것보단 낫겠지."

"……바로 떠나겠습니다!"

"그렇게 말할 줄 알았지. 마구간에 좋은 말을 준비시켜 놨네. 그걸 타고 가면 빠를 거야."

바람처럼 사라지는 유미르.

"이걸로 할 수 있는 대처는 한 셈인가."

루트거로서도 알스가 죽는 건 원치 않았다. 그랬다간 에스텔이 얼마나 상심할지 짐작조차 가지 않았기 때문이다.

'일리야 안페이에겐 미안한 일이지만…….'

자신이 할 수 있는 최소한의 보험을 들어 두기로 했다.

그렇게 유미르를 델스톤 산지로 보낸 루트거는 올라프에게도 이 일을 전하러 그의 집무실로 향했으나 그곳엔 아무도 없었다.

"이건 대체……?"

텅 비어 있는 집무실.

내정을 돌보고 있어야 할 올라프가 홀연히 자취를 감춰 버린 것이다.

7장

새벽부터 이동한 캘리퍼군은 정오가 되기 전에 델스톤 산지의 초입에 들어설 수 있었다.

"부대는 자신의 위치로 이동하라!"

델바도바의 호령에 따라 자리를 잡는 병력.

이번 델스톤 산지의 주요 거점은 세 곳이었다.

북서부. 북부. 그리고 북동부에 위치한 고지대다.

이 세 곳을 동시 타격하기로 한 캘리퍼군은 좌측에 8천. 중앙에 4천. 우측에 4천을 배치했다.

"후우!"

델바도바는 크게 심호흡을 했다.

병력은 비슷해도 지형적인 불리함이 크다. 그걸 승리로 이

끌 수 있느냐 없느냐는 온전히 총대장인 자신의 몫이었다.

"망설일 시간은 없다. 전군 전진!"

함성과 함께 산지로 침투하는 캘리퍼군.

서방 군대의 지휘관인 바렛은 그 모습을 보며 냉소를 흘렸다.

"어서 올라오거라. 이 산을 너희들의 무덤으로 만들어 줄 테니."

그는 패배라곤 생각지 않았다.

이는 오만이 아니었다. 그저 패배로 이어질 만한 요소가 단 하나도 없었기 때문이다.

설마 전술 싸움에서 밀릴 리도 없으니 이곳 델스톤 산지는 다른 변수가 개입하지 않는 이상 절대로 뚫리지 않는다 자신했다.

"장군님! 캘리퍼군이 우측 요지를 빠르게 치고 올라오고 있습니다!"

캘리퍼에겐 좌측. 서방에겐 우측에 위치한 고지대였다.

바렛은 그러면 그렇지라며 웃는다.

"고지대를 빠르게 점유해 궁병대를 활용해 보겠다는 건가. 하품이 나올 정도로 시시한 선택이군. 예정했던 대로 대응해라!"

그러나 가볍게 막아 내기에는 캘리퍼군의 기세가 심상치 않았다.

무려 병력의 절반을 그 지점에 때려 박았기에 일점 돌파의 형태가 되며 캘리퍼군이 빠르게 고지대로 향했던 것이다.

"건곤일척의 승부를 보겠다는 건가. 그 기지는 마음에 들지만 멍청한 짓이다."

세 지점의 요지를 모두 공략해야 하는 캘리퍼군이 좌측에 너무 많은 힘을 준 순간 군의 밸런스가 무너지고 말았다.

바렛은 굳이 상대의 의도에 어울려 주고 싶은 생각이 없었다.

한곳에만 힘을 준다면 역으로 다른 곳에서 밀고 내려가면 그만이었다.

그는 중앙군과 좌군을 아래로 내려보내며 캘리퍼군의 중앙군과 우군을 공격했다.

중앙군과 우군이 올라오지 못한다면 용을 써서 좌측 고지대를 차지한다고 해도 무의미했으니까.

"이걸로 끝이다. 대륙의 머저리들아."

심지어 좌측 고지대의 점령조차 쉽지 않은 상황이었다.

고지대로 올라가려던 캘리퍼군은 곧 커다란 장애물을 만나게 된다.

빠르게 뚫고 올라가며 북서부의 고지대로 향한 캘리퍼군.

이곳 고지대는 나무가 없이 평지가 형성되어 있었다. 이곳을 건너가는 상단이 마찻길을 내기 위해 벌목을 해 놨기 때문이다.

그렇기에 궁병대를 배치하기 좋은 자리였던 것이다.

가쁜 숨을 몰아쉬며 고지대에 도착한 델바도바는 이미 자리를 잡고 있는 서방의 병력을 보며 이를 악물었다.

“역시 먼저 자리 잡고 있었나……!”

그런 델바도바를 향해 적 병력의 대장. 피셔 파르틴이 고한다.

“잘도 여기까지 올라왔군. 그 기개는 칭찬해 주도록 하겠다.”

“네놈은 그때 그 창잡이로군. 포로에게 들었다. 한네만의 오룡이라던가 황룡이라던가. 아무튼 겉만 번지르르한 이름이더군.”

“훗, 나도 그런 거창한 이름은 불필요하다 생각하고 있다. 그저 한 명의 무장으로 족하지. 난 피셔 파르틴이라고 한다. 네 이름을 대라, 대머리.”

“델바도바 르귄이다.”

곧이어 캘리퍼의 장교들이 뒤따라 올라왔다.

루안과 케스퍼를 비롯한 사관생들. 그리고 델바도바의 부관들까지.

그들은 피셔를 보고 투지를 불태웠다. 지난 수모를 갚아주기 위함도 있었고, 무엇보다 전공을 세우기 위해서였다.

병력상으론 캘리퍼 쪽이 우위였던 만큼 피셔를 잡으려면

지금이 적기였다.

"장군님! 어서 명령을!"

루안의 호기로운 외침에 델바도바가 도끼날의 끝을 상대에게 가리켰다.

"쳐라! 궁병대가 자리 잡을 공간을 만들어라!"

"우오오오!"

양측의 병사들은 마구 뒤엉켜 서로를 죽이기 시작했다.

나무가 없는 구역이었던 만큼 치열한 난전이 펼쳐졌다.

"허엇!"

콰콰콰콱! 피셔는 신들린 듯 창을 휘두르며 병사들의 목을 쳐 냈다. 그의 창이 지나간 자리에는 어김없이 피가 튀었다.

"고작 이것밖에 안 되는가!"

"네놈의 상대는 바로 이 몸이다! 으라아앗!"

양손 도끼를 힘차게 내리찍는 델바도바. 그 거력은 피셔조차 온전히 받아 낼 생각을 하지 못할 정도였다.

"힘은 좋다만……!"

틱! 창대를 비껴 세워 공격을 흘려 낸 그는 빈틈투성이가 된 델바도바의 급소를 찌르려 했으나 옆에서 쇄도한 루안 차이스의 검격으로 인해 뒤로 물러나야 했다.

"그때처럼 빠져나가진 못할 거다! 하아앗!"

"흥! 하나같이 입만 살았구나!"

협공을 받기 시작한 피셔. 심지어 케스퍼와 델바도바의 부관들까지 합세해 피셔를 집중 공격했다.

이들 모두 오러 사용이 가능한 강자들인 만큼 피셔로서도 마냥 경시할 수 없었다.

"대장님을 지켜라!"

"전부 처죽여!"

피셔의 부관들이 그를 지키기 위해 합세하며 본격적인 혈투가 벌어졌다.

"그아앗!"

우지끈! 상대 장교의 몸을 양단해 버리는 도끼날.

"하아! 하아!"

격정의 숨을 몰아쉰 델바도바는 곧 자신의 관자놀이를 노리는 살기를 감지했다.

"헛!?"

휙! 번개처럼 날아드는 창 촉. 델바도바는 도끼의 면을 방패 삼아 공격을 받았지만 콰직! 오러가 잔뜩 실린 창 촉은 도끼의 날을 파괴하고 델바도바의 이마를 찔렀다.

0.5cm만 깊었어도 뼈를 뚫고 뇌를 찔렀을 아찔한 공격.

뒤로 물러난 델바도바는 이마에서 흐르는 피를 닦을 생각조차 하지 않고 도끼를 버린 뒤 보조 무기인 검을 꺼내 들었다.

흐른 피가 눈을 뒤덮어 시야가 빨갛게 물들었지만 그는 눈을 부릅뜨며 개의치 않아 했다.

이 기세에는 피셔조차 감탄했다.

"무예의 수준이 뛰어나지 않음에도 그런 의기라니. 적장이지만 경의를 표하겠다!"

"핫, 무슨 소리를 하고 있나 했더니. 무예의 수준 따위가 중요한 게 아니다."

"뭐라?"

"나는 무도가가 아니다. 군인이다! 작전의 성공을 위해서. 군의 승리를 위해서라면 이 목숨 하나 아깝지 않은 것은 당연한 이치잖나!"

캉!! 처음으로 피셔가 뒷걸음질을 쳤다.

그건 델바도바의 말마따나 무예의 수준으로 인한 것이 아니었다. 그저 기세에서 밀렸을 뿐.

"이놈!"

피셔는 자존심이 크게 상했다.

무예의 수준만 놓고 보면 델바도바는 자신의 발밑에도 미치지 못했다. 그럼에도 기세에 눌려 뒷걸음질을 치고 말다니.

"죽여 주마……!"

그걸 기점으로 피셔의 기운이 또 한 번 격변했다. 더 빨라지고 강맹해진 움직임.

델바도바는 온몸을 창 촉에 찔리고 베이면서도 물러서지 않았다.

"겁먹지 마라! 힘을 합쳐 대응해라!"

이 끈질김에 피셔는 점점 조급해졌다. 병력의 숫자는 캘리퍼 쪽이 분명한 우위에 있으니까.

'시간이 끌리면 당할지도 모른다! 그 체스터류를 사용하는 녀석까지 합류한다면…….'

그리고 피셔는 그 부분에서 위화감을 감지했다.

'잠깐, 어째서 지금 이곳에 그놈이 없는 거지?'

처음에는 아직 뒤에 있겠거니 생각을 했다. 그 이후에는 난전에 정신을 뺏겨 눈치채지 못했다.

지금도 조급함을 느끼지 못했다면 눈치채지 못했을 테다.

'뭔가가 있다! 이놈들은 달리 노리는 게 있는 거야!'

그는 곧 중앙과 반대편 측면으로 시선을 돌렸다.

적을 섬멸하기 위해 역으로 산지 아래로 내려가고 있는 병력. 그렇게 움직여야만 설령 좌측 고지대를 빼앗겨도 문제가 생기지 않는다.

"아앗……!"

캘리퍼군이 노리는 바를 알아챈 피셔는 입술을 질끈 깨물었다.

그가 바라보는 곳.

지휘관 바렛이 있는 지점이었다.

바렛은 상황을 낙관하며 지켜보고 있었다.

전황은 그의 생각대로 돌아갔다. 피셔가 버텨 주고 있는 사이 다른 곳의 병력이 밀고 내려가며 적은 답답한 상황에 놓이게 됐다.

“그렇다곤 해도 피셔 쪽은 제법 고전을 하는 모양인걸. 그 녀석이 말한 체스터류의 애송이가 분발을 하고 있는 건가. 흠.”

혹시 몰라 피셔 쪽으로 지원을 보내려 했던 바렛은 털 부채를 들어 올리며 지시를 내리려 했지만 그 순간이었다.

등골을 타고 으르는 오싹함.

“뭐냐 이건…….”

조심스레 뒤를 돌아보는 바렛.

그리고 곧 카강! 그의 호위병들이 검을 들어 싸우기 시작했다.

“적습! 적스으으읍!”

“뭐라고!?”

그는 너무 놀라 토끼 눈을 떴다.

언제 우회하여 여기까지 올라왔는지도 불가사의했고, 무엇보다 자신의 위치를 파악해 낸 것이 말도 안 됐다.

“하앗!”

사르륵! 알스는 물 흐르는 듯한 움직임으로 호위병을 돌파해 내며 바렛의 앞에 나타났다.

"네놈은!"

왼손의 검. 오른손의 창.

"체스터류의 애송이……!!"

"그러는 당신이 바렛이라고 하는 지휘관인가 보군요. 포로에게서 들었습니다."

"윽!"

바렛은 다급히 부채를 숨겼지만 애초에 옷차림이 다른 이들이 비해 너무 요란했다.

"그래서 지휘관은 튀는 옷을 입고 있으면 안 된다는 겁니다. 뭡니까, 그 부채는? 대놓고 지휘관이라 광고라도 하는 겁니까?"

"어, 어서 이놈을 죽여라!"

바렛을 지키기 위해 달려드는 호위병.

그들을 처치한 것은 딜라스와 애거트였다.

"접근 못 한다!"

"으라라라랏!"

빠른 몸놀림으로 주변을 정리하는 둘. 그 외에도 100명에 달하는 특공대가 알스의 뒤를 따르고 있었다.

그들은 알스가 선별한 부대 내의 용병들로, 잔뼈가 굵은 자들이었다.

알스는 그들을 이용해 은밀히 전장을 우회해 바렛을 기습한 것이다.

"네, 네놈 설마!"

바렛은 그제야 알스가 건 함정을 눈치챌 수 있었다.

좌측의 고지대를 점령하기 위해 힘을 준 부분이다.

"내가 중앙군과 좌군을 내려보내게끔 만들려고 한 거구나……!"

"정답."

그렇게 중앙군과 좌군을 내려보낸 시점에서 바렛이 위치한 본진이 약해지게 된다.

게다가 전투가 이곳저곳에서 벌어지는 만큼 은밀히 우회를 할 기회도 더 많이 생긴다.

알스는 이걸 노리고 어제 델바도바와 독대하여 한 가지를 제안한 것이다.

—장군님, 케스퍼의 계획은 너무 뻔해 읽히고 있을 가능성이 높습니다.

—그렇다면 어쩌자는 건가. 달리 방법이 없는 상황이다.

—예, 그러니 차라리 더 많은 힘을 주는 게 좋을 것 같습니다. 적이 과민 대응을 하게끔 말입니다.

—과민 대응?

—우리가 중앙이 아닌 다른 지점에 과투자를 할 경우 적은

역으로 밀고 내려오려 할 겁니다. 제가 그 틈을 타 우회하여 적의 지휘관 위치를 파악하고 해치우겠습니다.

—너무 위험하다.

—아뇨, 저보단 장군님의 목숨이 더 위험한 작전입니다. 적의 시선을 끌기 위해선 장군님이 직접 좌군의 선봉에 서 주셔야 하니까요. 괜찮으시겠습니까?

—그런 거라면…… 걱정할 필요 없다.

바렛은 바들바들 떨리는 손을 허리의 검으로 가져갔다.

"내, 내 위치는 어떻게 파악한 거지?"

"병사들의 움직임을 보며 지휘 체계의 흐름을 읽어 보니 이곳을 가리키던데요?"

"그, 그런 미친 짓이 가능할 리가……!"

이곳은 시야가 제한적인 산지다.

게다가 산지 전투의 양상은 다른 전장과는 확연히 달라 적응하기 힘들기도 하다. 그런 곳에서 부대의 지휘 체계를 읽어 위치를 확정해 버리다니.

'아니, 만약 이놈이 그놈이라면 이상한 일도 아니다!'

바렛은 그 순간 피셔의 말을 떠올렸다.

산지 축성 책략으로 말미암아 삼건장 렉시트를 죽였다던 그자.

듀난의 죽음으로 인해 공백이 생긴 20인의 군웅에 들어간

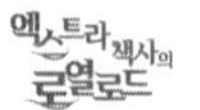

초신성 용병.

"네놈이 그 지낭(智囊) 웨이드인가……!!"

"어이쿠, 말이 많군요. 애거트, 딜라스! 이자의 수준을 알 수 없으니 협공하여 처치하겠습니다!"

알스는 혹여나 바렛의 무예가 뛰어날지도 모른다고 판단하여 협공을 가했다.

그 우려가 무색하게도 무예 능력이 부족했던 바렛은 알스의 첫 공격도 제대로 막아 내지 못하고 옆에서 달려 들어온 애거트의 검에 허무하게 목을 베이고 만다.

부대의 총대장이었던 바렛의 죽음.

이는 지휘 체계의 마비를 뜻했다.

좌측의 고지대.

캘리퍼군의 꿍꿍이속을 읽은 피셔 파르틴은 곧바로 전장을 이탈하려 들었다.

'어서 바렛을 구하러 가야 한다!'

그는 부관들에게 맡기고 떠나려 했으나 이 기색을 눈치챈 델바도바가 외친다.

"놈을 잡아라! 절대 빠져나가게 둬선 안 된다!"

델바도바는 알고 있었다. 피셔가 너무 이른 타이밍에 빠져나가게 된다면 계획이 실패할 가능성이 높았고, 설령 이미 계획이 성공했다 해도 알스가 위험해진다.

'그 녀석만큼은 죽게 놔둘 수 없다!'

이를 악무는 델바도바.

그는 어떻게든 피셔를 붙잡기 위해 무리해서라도 접근해 들어갔다.

"으라아앗!"

"이 벌레 같은 놈이!"

피셔는 그 지긋지긋한 끈질김에 머리끝까지 화가 났다. 그는 이대로는 발이 붙잡힐 거라고 판단. 역으로 이곳을 빠르게 처리하기로 마음먹는다.

"건방진 놈들 모두 죽어라--!"

귀기 어린 얼굴로 창을 휘두르는 피셔. 그는 자신이 상처를 입건 말건 상관하지 않고 상대의 목숨을 빼앗는 데에만 집중했다.

그로 인해 허벅지를 베이고, 팔뚝에 상처를 입었지만 델바도바의 부관들을 상당수 죽이고 델바도바의 오른쪽 가슴에 창을 박아 넣는 것에 성공한다.

"쿨럭!?"

피를 토하며 무너지는 델바도바.

이 피셔의 무력시위에 주위가 일순 조용해졌다.

"하아……! 하아……! 또 죽고 싶은 자는 나와라! 단창에

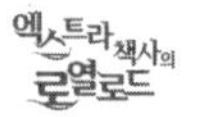

죽여 주마!"

그는 사관생들에게도 살기 어린 시선을 옮겼다.

"히익!?"

압도되어 주저앉아 버린 조슈아와 데니안. 케스퍼의 다리도 후들거리고 있었다.

그들도 이제는 깨달았던 것이다.

눈앞의 상대가 자신들이 감히 대적할 수조차 없는 자였다는 걸. 델바도바와 그 부관들이 목숨을 걸고 싸워 주지 않았다면 자신들은 이미 죽었을 거라는 걸 말이다.

"그, 그, 그럴 수가……."

특히 루안 차이스가 느끼는 충격은 더욱 컸다. 그는 자신의 무예가 이미 경지에 올라 있다 여겼다.

자신이 가진 무예의 재능과 타고난 승리자의 자질이 있다면, 피셔란 자도 결국에 자신 앞에 무릎 꿇게 될 장애물에 불과하다고 생각했다.

그것이 대단한 착각이었다는 걸 깨닫자 그가 믿던 강함이란 정의가 깨져 버렸다.

그러자 죽음에 대한 공포가 해일처럼 몰려왔다.

"아!"

자신이 어느새 엉덩방아를 찧었단 사실에 절망하는 루안. 그런 자신을 피셔가 벌레 보듯 내려다보자 그의 정신은 더 버티지 못했다.

"으아아아아--!"

그는 허둥지둥 추하게 도망쳤다.

케스퍼 무리도 다를 바 없었다. 조금 차이가 있다면 이들은 제대로 도망칠 생각조차 하지 못했다는 것.

"웨, 웨이드! 뭐라도 해 봐! 제발 좀!"

"웨이드! 뭐 하고 있어!"

조슈아와 데니안의 재촉.

케스퍼의 정신도 한계에 몰려 있었다.

"웨이드? 네놈이 웨이드라고?"

그 말을 주워들은 피셔가 시선을 주자 케스퍼는 뱀을 마주한 개구리처럼 꼼짝도 할 수 없었다.

살기가 자신에게 향하자 걷잡을 수 없이 떨기 시작한다.

겨우 입을 달싹였다.

"아아, 아아아, 아닙니다! 전 웨, 웨이드 같은 게 아닙니다! 그, 그저 그를 흉내 내고 있을 뿐입니다……!"

"흥."

피셔는 코웃음을 쳤다. 상대할 가치조차 없다고 생각한 것이다.

그는 냉혹하게 고했다.

"내게 닿을 수 있을 거라 생각했다면 오산이다. 서방 제일의 창술가가 바로 이 몸이다. 대륙의 버러지들 따위 내 상대가 아니란 말이다!"

그의 호통에 사관생들을 비롯한 캘리퍼의 병사들 모두가 전의를 상실했다.

이미 총대장인 델바도바가 쓰러진 상황이었기에 병사들은 겁에 질렸고, 조슈아와 데니안은 오줌을 지려 버릴 정도였다.

"흥."

피셔는 만족스럽게 웃었다.

이걸로 자신이 이탈한다고 해도 이 전장은 무너지지 않는다. 오히려 캘리퍼군이 퇴각을 할지도 몰랐다.

'더 이상 지체할 시간은 없다. 어서 바렛을 구하러 가야……!'

그런데 그때였다.

푹! 종아리에서 느껴지는 찌릿한 통증.

쓰러져 있던 델바도바가 부러진 검의 파편을 맨손으로 들어 그의 종아리를 찌른 것이다.

"가게 두지…… 말아라……!"

델바도바는 피가 섞인 외침을 토해 냈다.

"모두 두려워 말고 싸워라……!"

"이……!"

콱! 창 아랫부분을 내리쳐 델바도바의 머리를 부숴 버린 피셔의 표정은 잔뜩 구겨져 있었다.

"흑……! 장군님의 뒤를 따르겠다! 공격!"

"서방의 야만인들을 용서치 마라!"

눈물을 머금고 전의를 불태우는 캘리퍼군.

피셔는 짜증이 치밀어 올라 이 자리에 있는 캘리퍼군 모두를 죽이고 싶었으나 시간이 없었다.

"부관, 버티고 있어라. 바렛을 구원한 뒤 바로 돌아오겠다!"

"옛!"

그렇게 피셔는 단신으로 알스가 위치한 곳으로 향한다.

한편 알펜서드에 위치한 살레온 가문의 저택.

으리으리한 저택이었으나 이 저택의 용도는 그저 에리나가 아카데미에 등교하기 쉽도록 구매한 임시 저택에 지나지 않았다.

에리나는 이 저택에서 에스텔을 맞이하고 있었다.

"오랜만이네요, 에스텔."

"예……."

에스텔은 표정을 풀지 못했다. 캘리퍼군이 서방의 군대와 교전을 시작했다는 소식을 듣고 나서부터였다.

그 걷잡을 수 없는 불안감을 추스르기 위해 상담할 사람이 필요했다.

아버지 루트거는 올라프가 홀연듯 자취를 감춘 탓에 바쁘게 내정 일을 해야 했기에 시간을 뺏을 수 없었다.

하여 에리나를 만나기 위해 친구인 베릴에게 부탁해 알펜서드를 방문한 것이다.

"안됐지만 저도 교전에 들어갔다는 것 정도 외에는 아는 게 없어요."

보급로가 끊김과 동시에 첩보망도 일순간 끊어졌기 때문이다.

에스텔은 표정을 흐렸다.

"알스 님은 무사할까요."

"사관생들에 한해서는 대륙 조약으로 인해 혹여나 포로로 잡힐 경우엔 대가 없이 석방을 하게 돼 있어요. 그러니……."

"하지만 상대는 서방의 야만인이잖아요. 그들이 순순히 조약을 지킬 거라고는……."

"마음을 굳게 먹어요. 알스 님이 고작 이런 곳에서 목숨을 잃을 리 없잖아요. 언제나 그랬던 것처럼 아무렇지도 않은 표정으로 돌아올 거예요."

"흑……!"

에스텔은 울먹였다.

에리나는 작게 한숨을 쉬고는 에스텔의 옆에 앉아 살포시 안아 주었다.

"그렇게 불안해?"

"……."

"너무 걱정하지 마. 키메라 전쟁 때도 그는 돌아왔잖아. 이번 전쟁은 그때보단 위험하지 않다고 들었어."

전황 자체는 분명 키메라 전쟁 때에 비해 괜찮았다.

다만 에스텔은 본능적인 불안을 느끼고 있었다. 그때와는 차원이 다를 정도의 두려움이었다.

"나도 왜 이런지 모르겠어. 가슴이 너무 울렁거려서……!"

"잠을 못 자서 그런 걸 거야. 오늘은 여기서 자고 가. 방은 많이 있으니까. 조안! 방을 안내해 줘요."

시무룩하여 응접실을 떠나는 에스텔.

굳게 마음먹으라 격려를 해 주긴 했지만 에리나도 심란하긴 마찬가지였다.

그녀는 부채를 줘락펴락하며 마음을 다스리려 했으나 탁! 이질적인 소리와 함께 부챗살이 부러지고 말았다.

"너무 오래 사용한 걸까……."

그렇다 해도 버릴 생각은 없었다.

이건 알스가 그때 주었던 부채였으니까.

그런 부채가 하필 이 타이밍에 망가졌다는 것에 불안함이 몰려왔으나 미신에 불과하다며 애써 표정을 고쳤다.

적 지휘관을 처치한 나는 곧바로 이탈할 생각이었다. 눈치

를 챈 상대가 이곳으로 오기라도 하면 고립될 위험이 너무 높기 때문이다.

그러나 적의 호위병들이 예상외로 많아 시간이 끌려 버린 게 문제였다.

겨우 빠져나오고 얼마 지나지 않은 지점이었다.

온몸을 타고 오르는 오한.

"네 이놈……."

어느새 나타난 거한이 나를 노려보고 있던 것이다.

그는 나를, 그리고 딜라스가 챙겨 놓은 적 지휘관 바렛의 목을 보고 살기를 흘렸다.

"잘도 저질러 줬구나. 바렛은 한네만 님께서 가장 총애하는 책사. 그의 목숨을 앗아 간 대가는 네놈들의 목숨으로도 전부 치러 내지 못할 거다."

그의 위압에 그 잔뼈 굵은 용병들조차 겁을 집어먹었다.

"대, 대장님. 저자는 그때 그……!"

"맞아요. 전에 붙잡은 포로가 실토한 바에 의하면 피셔 파르틴이라고 하는 듯합니다. 한네만의 오룡이니 황룡이니. 실력은 확실한 모양이에요."

딜라스는 자신의 병장기를 꽉 쥐며 말했다.

"대장님, 이들을 처리하지 못하면 빠져나가지 못할 것 같습니다."

"그렇게 보이네요."

놈은 이곳으로 오는 도중 지원을 불렀는지 70에 달하는 병력이 뒤따르고 있었다.

나는 다른 변수를 찾으려 했으나 놈은 그럴 틈을 줄 생각이 없었다.

"전부 죽여라!"

분노하여 나 하나만을 노리고 달려드는 피셔.

그와 함께 난전이 시작됐다.

피셔가 마구 날뛰었다간 다른 병사들이 너무 빨리 죽게 되는 만큼 녀석은 내가 일대일로 묶어 두는 수밖에 없었다.

"허엇!"

휙휙휙휙! 급소만을 노려 오는 창 촉. 나는 검과 창을 모두 이용해 수비하는 데에 집중했다.

'전에 비하면 날카로움이 확연히 떨어졌어!'

녀석도 델바도바 장군을 상대하며 고전을 했는지 몸 곳곳에 상처가 있었고, 거동도 불편해 보였다.

'게다가 이 녀석이 구사하는 창술은 역시…….'

틀림없었다.

가란드류 창술이다.

그건 어릴 적 내가 창술 사범을 구할 때의 일이다.

아버지는 대륙적으로 유명한 가란드류 창술 사범을 구하려 했으나 가란드류는 그 격식이나 예법이 까다롭고, 괜한 자존심들이 높아 사범을 구하지 못했었다.

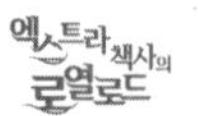

그 덕에 일리야 스승을 만났으니 오히려 좋은 결과가 된 셈이지만 나는 그 이후로도 가란드류에 대한 흥미를 가지고 있었다.

창 한 자루만 다뤘던 게임의 알스는 가란드류 창술을 사용했을 가능성이 높았기 때문이다.

어릴 적엔 막연히 게임의 스토리를 따라가려 했던 만큼 가란드류에 대해서도 알고 싶었다.

그에 대해 물었을 때 스승은 말했다.

-그럼 한번 보여 주마.

그러면서 스승은 직접 가란드류 창술을 직접 시연하며 내게 보여 주었었다.

그 수준은 절대 가벼운 게 아니었다. 깊이는 깊지 않아도 움직임에 대해선 전부 알고 있는 듯했다.

내가 그에 대해 묻자 스승은 둘만의 비밀이라며 말해 주었다.

-사실 가란드류 창술은 50년 전 우리 체스터류에서 독립한 아류거든. 지금에 와선 우리도, 가란드류도 가는 길이 많이 달라졌지만 말이야.

-어째서 그렇게 된 거죠?

-조금 복잡한 사정이 있단다. 그건 언젠가 기회가 되면 말해 주마.

아무튼 나는 스승을 통해 가란드류에 대해서도 어느 정도 접할 수 있었다.

눈앞의 녀석은 그 가란드류 창술의 달인인지라 어디까지 통할지는 알 수 없으나 할 수 있는 데까지는 해 봐야 했다.

부웅! 창대를 휘둘러 치는 피셔. 나는 그 움직임이 무엇인가를 알고 있었다.

'창을 휘두르는 척하며 찌르기!'

휙! 아슬아슬하게 공격을 피한 나는 거리를 좁혀 왼손의 검을 휘둘렀다.

피셔가 이 공격을 피하기 위해 몸을 뒤로 뺀 순간.

'잡았다!'

나는 검과 창을 교차해 아직 빠져나오지 않은 피셔의 창대를 잡았다.

'체스터류 비기. 월일합!'

상대의 공격을 받아 내며 무기를 잡아채는 일월합과는 반대되는 기술이었다.

내가 직접 상대의 무기를 잡아 무장해제를 시키는 것이다.

'일단 창을 빼앗으면……!'

그러나 휙! 뒤로 물러나던 피셔가 허리에서 단검을 꺼내 내게 투척했다.

심장을 향해 날아오는 단검. 나는 기술을 포기하고 그것을 쳐 내야만 했다.

경악하는 나를 보며 피셔가 나직이 말한다.

"어떻게 알았냐고? 네가 우리 가란드류에 대해 알고 있는 것과 똑같다. 우리라고 체스터류를 모를 것 같나?"

"크……!"

"안됐지만 잔재주는 통하지 않는다, 애송이!"

더욱 기세를 더해 가는 놈의 공격.

나는 수비하는 데에 급급했다.

'이런, 비장의 수는 있지만 그걸 사용할 틈이 없어!'

앞으로 더 버텨 봐야 30합. 내 몸에도 점점 상처가 생기기 시작했다.

이를 보다 못한 딜라스가 외쳤다.

"애거트! 대장님을 도와라!"

"하아! 하아! 알겠다고요!"

적 병사들을 막아 주고 있던 애거트는 곧장 피셔에게 달려들었다.

"조무래기는 꺼져라!"

휙휙휙! 피셔는 가볍게 처리하려 한 듯했지만 애거트는 요리조리 창을 피하더니 우지끈! 양손으로 꽉 쥔 검에 힘을 주어 캉!! 오러가 실린 검으로 피셔를 밀쳐 냈다.

주르륵! 밀려 나는 피셔. 막아 내긴 했지만 충격으로 인해 볼에 있던 상처가 터졌는지 핏방울이 흘러내렸다.

"헤헷! 맛이 어떠냐!"

"……!"

피셔의 표정이 굳었다. 그도 그럴 게 애거트의 무력은 나보단 아래라 하더라도 루안 차이스 정도의 수준은 되었다.

체력이 떨어져 있는 상대에겐 충분히 부담이 된다.

내겐 한 줄기 빛이 보이는 것 같았다.

"좋아, 애거트! 나와 합을 맞춰라!"

"알겠다고요 곱상한 대장님!"

애거트가 상대의 공격을 일정 부분 분담해 주며 숨통을 틀 수 있게 된 나는 비장의 수를 먹일 타이밍을 가늠했다.

'시간이 많지 않아.'

지금은 휘하 병력이 잘 싸워 주며 피셔에게만 집중할 수 있었지만 언제 적병이 더 몰려들지 알 수 없었다.

지휘 체계의 부재로 인해 신경을 쓰고 있지는 못한 모양이었지만 그것도 잠시일 테다.

그나마 고무적이었던 부분은 상대가 시간을 이용할 생각을 하지 않고 있다는 점이다. 녀석도 이참에 끝장을 낼 생각인지 주변을 신경 쓰고 있지 않았다.

그러던 도중. 드디어 틈이 나왔다.

계기는 우리 측의 병사가 피셔의 뒤통수를 노리고 크로스보우를 쏜 것이었다.
“흥!”
살기를 감지한 피셔는 고개를 숙이며 볼트를 회피.
볼트는 피셔의 정면에 있던 내 얼굴로 향해 왔다.
“우왓!?”
졸지에 볼트를 눈앞에 마주하게 된 나는 고개만 옆으로 움직여 가까스로 피했다. 볼트는 내 관자놀이를 스쳐 지나간다.
그렇게 나와 피셔의 움직임이 둔화된 사이. 애거트가 기회를 포착했다.
“으라앗!”
고개를 숙이고 있는 피셔의 목을 향해 휘둘러지는 검.
피셔는 허리의 단검을 하나 더 꺼내 막았으나 단검은 애거트의 힘을 견뎌 내지 못했다. 단검은 그대로 부러지며 촤륵! 피셔의 가슴께를 베었다.
본래 목을 노린 공격이었지만 단검으로 막은 덕에 목이 아니라 가슴께를 벤 것이다.
튀어 오르는 선혈.
“크오오오옷!”
피셔는 악에 받쳤는지 애거트를 향해 창대를 크게 휘둘렀다.
“커헉!?”

퍽! 이에 옆구리를 얻어맞은 애거트는 마구잡이로 뒹굴더니 나무에 처박혔다. 갈비뼈가 부러져 폐를 찔렀는지 피를 토해 낸다.

'지금이다!'

나는 창대를 휘두름으로써 틈이 생긴 녀석의 품으로 파고들어갔다.

그리고 그대로 목을 노렸으나 녀석의 동작 회복 속도가 너무 빨랐다. 놈은 창을 짧게 고쳐 잡고는 내 머리를 노렸다.

'첫!'

이대로 가다간 양패구상이 될 가능성이 높았기에 나는 계획을 바꿨다.

캉! 녀석의 공격을 창대를 세워 막아 낸 뒤, 그 반동을 이용해 오른쪽으로 빠져나갔다.

그 도중 몸을 회전시키며 왼손의 검을 강하게 끌어당겼다.

그러자 서걱! 검날의 경로에 있던 녀석의 왼팔이 팔꿈치 바로 윗부분부터 잘려 나갔다.

잘려 나간 상대의 왼팔.

'일리야류 비기, 유수!'

본래는 상대의 옆을 파고 들어가며 목을 베어 내는 기술이었지만 녀석의 창을 막아 내야 했던 것으로 인해 동작이 작아졌다.

왼팔을 베어 낸 것은 분명 고무적이었다.

창을 다루는 자에게 있어 한 손이 없다는 건 치명적인 결함이었다.

알기 쉽게 예를 들자면 당구를 생각하면 된다.

당구 큐대를 한 손으로만 친다고 생각해 보자. 분명 제대로 된 스트로크가 나오질 않을 테다. 무게중심을 잡아 주는 팔이 없기 때문이다.

창도 마찬가지.

창을 한 팔로 다루는 연습을 미리 했다면 모를까 지금처럼 갑자기 한 팔을 잃은 상황에서 정상적인 움직임을 보일 수 있을 리 없다.

'여기서 끝내겠어!'

나는 쐐기를 박기로 했다.

녀석의 뒤로 돌아간 형태가 된 시점에 휘릭! 창을 회전시켜 거꾸로 잡은 뒤 내 옆구리 쪽으로 찔러 넣은 것이다.

'일리야류 비기, 회축!'

과거 에리나를 구할 때 도적 대장에게 사용했던 그 기술.

일리야 스승의 시그니쳐 기술이었다.

'체스터류에 대해 알고 있다고? 그렇담 스승이 만들어 낸 기술을 사용하면 돼!'

그러나. 휙! 녀석은 몸을 비틀며 이 공격을 피해 냈다.

"뭐……!?"

너무 놀라 경악한 내 등 뒤로 녀석의 창이 휘둘러졌다.

연달아 큰 공격을 시도하며 제대로 대비가 돼 있지 않은 상황이었기에 창대에 얻어맞고 나뒹굴어야 했다.

"커흑!"

팔이 몸을 막아 늑골이나 내장에 타격을 입진 않았으나 팔에서 느껴지는 고통이 심상치 않았다.

오른 팔뚝에서 느껴지는 아찔한 통증.

'팔이 부러졌다!'

갈비뼈가 부러져 간이나 폐를 찌른 것보다야 팔이 부러진 게 훨씬 낫긴 했지만 이걸로 나도 이젠 한 팔을 사용하지 못하게 되었다.

그것도 오른팔은 내 주 무기인 창을 사용하는 팔. 어찌 보면 상대보다 더 큰 타격을 입은 셈이다.

그러나 그런 신체적인 고통보다도 정신적인 혼란이 더 컸다.

"어떻게 피했냐고 묻고 싶은 거냐?"

피셔가 거친 숨을 몰아쉬며 말했다. 그는 왼팔에 천을 감은 뒤 오른팔과 이빨로 꽉 묶어 지혈을 했다.

"그거야 간단하지. 일리야의 기술을 받아 보는 건 이번이 처음이 아니라서 말이다. 뭐, 나도 중간까지는 눈치채지 못했지. 유수를 당한 뒤에야 네놈이 일리야의 제자라는 걸 깨달았으니까. 뭐, 그 덕에 회축은 피할 수 있었다만."

"……!?"

왜 저 녀석이 스승을 이름으로 부르며 기술명까지 알고 있단 말인가.

"당신……. 일리야 안페이와는 어떤 관계입니까."

"그런 걸 화기애애하게 묻고 있을 때가 아니란 건 너도 알잖냐. 죽고 나서 나중에 일리야에게 묻든가. 그도 아니면 지금 나를 죽인 뒤에 그녀에게 돌아가서 물어봐라."

왜인지 나를 바라보는 시선이 조금은 부드러워진 느낌이 들었다.

"하하……. 일리야의 제자라니. 내 목을 가져갈 자로는 더할 나위 없군. 자, 와라! 내 목을 가져가 봐라!"

"큭!"

부상 상황은 거의 동일.

나는 주 팔인 오른팔을 사용하지 못하게 됐지만 녀석은 출혈로 인한 데미지가 있다.

부들부들! 어떻게든 오른팔을 사용해 보려 했지만 손바닥만 겨우 쥐어질 뿐, 통증 때문에 창을 들고 있을 수 없는 상황이었다.

무기라곤 왼손에 든 검뿐.

반면 적은 왼팔을 잃긴 했어도 주 손인 오른팔로 창을 다룰 수 있다.

'그래도 해 보는 수밖에 없어. 기회는 지금밖에 없다……!'

주변도 슬슬 정리가 돼 가고 있었다. 상대는 계속해서 지원이 오고 있다. 우리 병력은 어느새 30명까지 급격히 줄어들어 있었다.

난 왼손에 힘을 주며 심호흡을 했다.

그때였다.

"멋있는 장면을 혼자만 독차지하지 말라고, 곱상한 대장님. 퉷!"

어느새 일어난 애거트가 피를 뱉어 내며 다가온 것이다.

이에 피셔가 귀기 어린 얼굴로 위협을 가했다.

"네놈이 낄 자리가 아니다 조무래기. 찌그러져 있어라!"

강자가 내뿜는 위압적인 패기. 죽음이란 것을 직면케 하는 공포에 가슴이 철렁했다. 만약 여기에 도로시가 있었다면 게거품을 물며 기절했을 테고, 모르긴 몰라도 루안 차이스나 케스퍼 녀석들도 겁을 먹어 주저앉았을 것이다.

나도 별반 다르진 않았다.

차이가 있다면 난 특수한 사정으로 인해 정신연령이 높고, 에오니아, 안톤, 유미르 등등 강자들과의 전투 경험도 많다는 점이다.

내심 애거트가 겁을 먹을 거라 생각했다. 녀석은 나보다도 한 살이 어린 애송이니까.

그러나 아니었다.

"헤헷."

애거트는 상대의 위압을 즐기듯 웃었다.

"조무래기라고? 사람 잘못 봤어 아저씨."

"……?"

"내 이름은 애거트! 대장군이 될 사나이다! 우오오옷!"

돌진하는 애거트. 왜인지 녀석이 가진 오러의 기운이 더 증폭된 것 같았다.

움직임도 그랬다.

지금까지는 일방적으로 몰렸었던 녀석이 이제는 더 과감하고, 공격적으로 검을 휘둘렀던 것이다. 가뜩이나 한 팔을 잃은 피셔는 그 움직임에 압박을 받았다.

'이러고 있을 때가 아니지.'

나도 재빨리 참전했다.

상대의 공격을 피하는 데에 집중하며 왼손의 검을 휘둘렀다.

"아직 멀었다! 고작 그 정도로 이 몸에게 닿지 않는다!"

서걱! 애거트의 가슴께를 크게 베어 내는 창 촉.

"크헉……!"

애거트는 가슴께를 부여잡으며 무릎을 꿇었다.

'지금밖에 없어!'

녀석이 큰 동작을 취함으로 인해 텅 비어 버린 상체.

나는 목을 향해 깊이 검을 찔러 넣었다.

"흥!"

그러나 녀석이 가까스로 몸을 빼내었다.

검은 목이 아니라 녀석의 왼쪽 가슴에 박혔으나 그마저도 깊지 않았다.

"핫!"

팅! 녀석이 창대를 휘둘러 쳐 내자 검이 튀어 올라 멀리 날아갔다.

내 손에 아무런 무기가 없는 이 상황.

"이제 죽어라!"

피셔는 거리를 좁히고 있던 나를 찌르기 위해 창을 짧게 잡고는 내 머리를 향해 쏘아 냈다.

난 어떻게든 상체를 비틀며 피했으나 퍽! 창은 내 오른쪽 어깻죽지를 깊게 찔렀다.

"크윽……!"

고통으로 인해 아찔해지는 시야.

'끝났다……!'

이걸로 모든 저항은 무의미. 나는 죽음의 문턱 앞에 섰다.

그러나 주마등이 스쳐 지나가는 등의 일은 벌어지지 않았다.

오히려 죽음을 눈앞에 둔 상황이 되자 놀라울 정도로 침착해졌다.

누군가는 말한다.

주마등이란 그 죽음을 피하기 위해 뇌가 기억을 억지로 꺼내는 것이라고.

나도 똑같은 상황이었다. 차이가 있다면 내 뇌는 과거의 기억이 아니라 현재 상황에서 해답을 찾으려 했다는 것뿐.

머리가 맑아졌고, 시야가 넓어졌다.

그 덕에, 그것을 볼 수 있었다.

"……!"

기회는 단 한 번뿐.

나는 부들거리는 오른손을 들어 내 어깨를 찌른 창대를 움켜쥐었다.

"뭣……!?"

이 행동에 피셔는 미간을 찌푸렸으나 그것도 잠시였다.

비어 있던 내 왼손.

그쪽으로 검의 손잡이가 나타났다.

쓰러져 있던 애거트가 자신의 검을 거꾸로 쥐고 내 왼손이 있는 곳으로 들어 올린 것이다.

나는 그 손잡이를 잡아 휘둘렀다.

피셔는 전혀 예상하지 못한 것 같았다. 내가 창대를 쥐고 있던 탓에 몸을 뒤로 빼는 것도 늦었다.

"체크 메이트……!!"

부웅! 서걱! 손아귀에 느껴지는 스산한 감촉.

피셔는 창을 놓아 버리면서 뒤로 물러났으나. 촤륵! 그의 목 오른쪽이 크게 갈라지며 피가 쏟아졌다.

"크헉……! 으……아……!"

그는 경동맥의 출혈로 인해 정신이 아득해졌는지 곧 무릎을 꿇었다.

"내가……. 이렇게……?"

풀썩! 정신을 잃었는지 고꾸라지는 피셔.

"해치웠나……?"

애거트가 그런 말을 해 버렸기에 나는 힘겨운 발걸음을 옮겨 푹! 그의 심장을 찔러 확인사살을 했다.

"하아! 하아! 하아!"

승리했다는 달성감과 살아남았다는 안도감이 섞여 몸이 붕 뜨는 기분이 들었다.

나는 탈진하여 그대로 주저앉았으나 이러고 있을 새가 없었다.

"대장님! 어서 빠져나가야 합니다!"

피범벅이 된 딜라스가 나를 재촉했다.

"후우……! 전 괜찮습니다. 당신은 애거트를 챙겨 줘요."

그나마 다리는 멀쩡했기에 딜라스가 만들어 준 퇴로를 타고 전장을 빠져나올 수 있었다.

전장을 빠져나온 우리는 가까스로 몸을 숨겼다.

"크윽!"

어깨에서 느껴지는 타는 듯한 고통. 내 어깨에는 여전히 창이 박혀 있었다.

뽑았다간 출혈이 급격히 늘어나기 때문이다.

그나마 나는 나은 편이었다. 가슴께를 깊숙이 베인 애거트는 아예 전투가 끝나자 정신을 잃었을 정도로 성한 곳이 없었다.

애거트의 응급처치를 끝낸 딜라스가 곧 내게 다가왔다.

그는 의료용 끈을 꺼내 오른쪽 어깨를 꽉 묶은 뒤 말했다.

"아프더라도 참으십시오."

딜라스는 조심스럽게 창을 뽑아냈다. 그 갈라지는 고통에 비명을 내지르고 싶었지만 그랬다간 상대 병사들의 시선을 끌 수도 있었기에 이를 악물고 참아야 했다.

창을 뽑아낸 딜라스는 붕대를 감아 상처 부분을 압박했다.

"대장님, 이제 움직여야 합니다."

어디로 움직여야 하느냐 묻는 딜라스.

하지만 나로서도 마땅한 해답을 가지고 있진 못했다. 지금은 적군이고 아군이고 규율을 잃은 상태였기에 난장판이 벌어져 있었다.

'그걸 생각한다면 오히려…….'

다이렉트로 내려가는 것도 괜찮아 보였다.

지금 중요한 건 어서 빠져나가 상처를 치료하는 것이다.

이번 작전에 투입된 병력은 100여 명. 그중 살아 돌아온 건 40명뿐으로, 그마저도 15명은 중상자였다.

그들의 목숨이 경각에 달해 있는 만큼 어서 후방으로 빠져나가 의무관과 신관들에게 가야 했다.

"전투를 최소화한 채 이 방향으로 내려가겠습니다."

"알겠습니다!"

이번 기습 작전을 위해 군복이 아니라 은신에 용이한 복장으로 갈아입은 상태였기에 적의 시선을 끌지 않을 수 있었다.

적군은 위에서 내려오는 우리를 보고 아군이라 오인하여 빠르게 대응하지 못했다.

'좋아, 이제 얼마 남지 않았어!'

우리 병력이 보이기만 하면 된다.

그렇게 생각하고 있던 우리의 앞에. 50에 달하는 적 무리가 나타났다.

"이놈들이다! 이놈들이 바렛 장군님을 죽인 흉수다!"

이들은 피셔의 난입과는 무관하게 본진에 있던 바렛의 시체를 보고 우리를 쫓아온 듯했다.

복장에 대해서도 장소에 있던 우리 병사의 시체를 보고 특정을 한 모양이다.

'큰일이다! 이놈들과 싸우고 있을 여력은 없어!'

마찬가지의 판단을 했는지 딜라스가 업고 있던 애거트를 내게 넘기며 말했다.

"한 가지만 부탁드리겠습니다. 부디 이번 전쟁에서 희생된 용병의 가족들에게 두둑한 위로금을 쥐여 주십시오. 그러면 만족합니다."

"딜라스, 당신……!"

"어서 가십시오!"

여기서 머뭇거렸다간 이도 저도 아니게 된다.

나는 눈을 질끈 감고 전장을 이탈하기로 했다.

그러나 그때.

"그런 영웅적인 희생은 너랑 맞지 않는다고, 딜라스."

그런 낯익은 남자의 목소리와 함께.

"하아아앗!"

그녀가 난입했다.

콰콰콰콱! 적의 목을 꿰뚫는 창.

회색의 갑주와 회색의 투구를 착용하고 있는 여성.

"에오……!?"

나는 너무 놀라 어떤 반응을 해야 할지 알 수 없었다.

"네가 어떻게 여기에……!"

"사정은 나중에 설명하겠습니다! 지금은……. 아, 아앗!? 알스 님. 그, 그 상처는!"

우리의 앞을 지키고 선 에오는 내 어깨와 온몸의 상처를 보더니 부들부들 떨었다. 그러고는 적들을 향해 정제되지 않은 살기를 내뿜었다.

"네 이놈들……!!"

분노로 일그러지는 순백의 오러.

이에 압도된 상대는 뒷걸음질을 친다. 에오가 난입하여 보여 준 신위가 있는 만큼 적들도 이대로 있다간 개죽음을 당할 거라는 걸 안 모양이었다.

"젠장! 후퇴! 후퇴한다!"

그들의 후퇴에 우리 병사들이 안도하여 숨을 헐떡였다.

그런 우리들에게 그 남자가 다가왔다.

"그러고 있을 시간 없다고. 빨리 내려가야 해."

낯익은 목소리라 생각했더니. 역시는 역시였다.

"올라프……! 당신까지 이곳엔 왜……!"

"그건 내려가서 설명하지. 일단 빠져나가자. 라니아 씨, 빨리 이 녀석을 데려가자고요."

신호를 받은 에오는 곧장 나를 들쳐 업었다.

그녀의 그리운 향기가 코를 간질이자 긴장이 탁 풀어졌다.

긴장이 풀어지자 왜인지 졸리기 시작했다. 고통을 버티기 위해 몸이 잠을 청하는 것 같다.

"나 잠깐만 잘게……."

"예!? 안 됩니다! 주무시지 마십시오!"

"그럼 재밌는 얘기라도 해 줘……."

"재밌는 얘기요!? 그렇게 말하셔도……."

에오는 어쩔 줄을 몰라 하더니 자기가 쿠라벨 성국에 있던 시절을 이야기하기 시작했다.

"그래서 성장께서 저를 야단치시면서……."

몽롱해지는 정신.

나는 그 재밌는 얘기도 채 듣지 못한 채 정신을 잃었다.

정신이 들자 먼저 보인 것은 회색의 천장이었다. 약초 냄새가 나는 걸 보면 구급 천막인 모양이다.

몸의 감각을 되찾은 나는 무심코 오른쪽 어깨에 신경을 쏟았지만 통증은 느껴지지 않았다.

마취를 한 건 아니다.

어깨를 살펴보니 상처가 씻은 듯이 나아 있었다. 의무대에 있던 신관들이 치료를 해 준 것이다.

최소 불구가 될 만한 큰 부상을 자그마한 흉터 하나만 남기고 치료해 버리다니. 심지어 이 흉터조차 마음만 먹으면 회복시킬 수 있다.

패혈증이나 파상풍도 함께 치료해 버렸는지 후유증조차 없었다.

과연 펜실론 제국이 인구 증가의 주범으로 낙인찍었을 만한 효과였다.

"윽!"

그래도 잃어버린 피까지 보충해 주지는 않는지 상체를 일으켜 보니 빈혈로 인한 어지러움이 느껴졌다.

주변을 둘러본 나는 친숙한 귀를 발견할 수 있었다.

특유의 동물귀. 유미르가 침대 맡에 엎드려 자고 있던 것이다.

'뭐야, 왜 유미르가 있지?'

날 구해 준 건 에오였는데 말이다.

막연히 유미르도 함께 왔겠거니 하며 나는 그녀의 귀를 만지작거렸다.

그러자 꿈틀! 하는 움찔거림과 함께 유미르가 번쩍 고개를 들었다.

"도련님!"

"그래, 일어났어."

"아……!"

유미르는 와락 나를 끌어안았다. 하여간 며칠 집 나갔다고 이런 반응이라니.

"난 얼마나 자고 있었어?"

"꼬박 하루는 주무셨어요."

"많이도 잤네. 여긴 캘리퍼군의 구급 천막이야?"

"아뇨, 이곳은 우리 군의 진영입니다."

"우리 군이라니……?"

의문을 갖기 무섭게 에오와 올라프가 모습을 드러냈다.

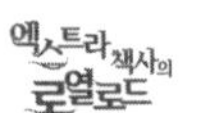

"오오! 미라벨 씨가 갑자기 호들갑을 떨기에 뭔가 했더니 정말 일어났잖아. 뭔가 무도가끼리 느낄 수 있는 그런 거라도 있는 건가?"

"알스 님!"

황급히 천막으로 들어온 에오는 유미르가 꼭 안겨 있는 걸 보고는 잠시 멈칫했다. 얼마 후 유미르가 떨어지자 어색한 헛기침을 하며 살포시 포옹을 해 온다.

"……왜 갑자기?"

"유, 유미르도 했으니까요!"

"읏! 귀가 울리네. 소리를 좀 낮춰 줄래?"

"죄, 죄송합니다……."

겨우 상황이 진정되고 나서야 사정 설명을 들을 수 있었다.

결론부터 말하자면 올라프의 오지랖이었다.

"전에도 말했잖아. 네가 죽으면 내가 곤란하다고."

"그래서 약삭빠르게 행동을 한 거군요."

"영리한 판단이라고 해 줘."

올라프는 내가 전쟁터로 떠난 시점에 비스케타를 찾아가 한 가지를 전했다고 한다.

쿠라벨 출신 병사들의 전투 훈련을 하고 싶으니 병력을 빌려달라고 말이다.

비스케타는 그 의도는 잘 몰랐으나 올라프가 루트거의 서

명까지 받아 오자 승낙을 했다고 한다. 에오는 그 과정에서 병사를 통솔하는 역할로 따라왔다고.

그렇게 1만 병력의 지휘권을 쥔 올라프는 그 훈련 장소를 카르텐으로 정했다.

카르텐은 베카비아와도 얼마 떨어지지 않은 지점에 있었을뿐더러 전장의 정보 전달이 가장 빨리 되는 도시였으니까.

"너희 캘리퍼군이 적군과 교전했다는 소식을 듣자마자 크로싱 군부에 요청했지. 가까이 있는 우리가 참전을 하겠다고 말이야."

그 순간부터 올라프는 정보를 수집하며 내가 있는 델스톤 산지로 직행했다.

"제때 맞춰서 갈 수 있을지는 알 수 없었지만 결국엔 널 구하고 내 부하의 목숨도 건졌으니 잘된 셈이지. 그 부분에 대해선 여기 미라벨 씨에게 고마워하라고. 갑자기 네 위치를 알 것 같다면서 혼자 튀어 나갔으니까. 설마 그게 정답이었을 줄이야. 그게 아니었다면 네가 있는 쪽에 제때 도착하지 못했을 거야."

"유미르 넌 어떻게 온 거야?"

내 물음에 유미르의 귀가 축 늘어졌다.

"로젠버그 님이 정보를 주셨습니다. 급히 달려왔지만 이미 상황이 끝난 뒤였던지라……. 저는 아무것도 하지 못했습니다."

"루트거까지? 하여간, 다들 과보호가 심하다니까. 그래서 스승이 홀로서기를 권유한 건지도 모르겠네."

뭐, 실제로 죽을 위기가 있었으니 가신들의 보호 심리도 이해가 가긴 하지만.

올라프도 그 부분에 대해 언급했다.

"일리야 안페이도 이 정도는 이해해 주겠지. 보아하니 이번 홀로서기는 굉장히 고됐던 것 같네."

"말도 아니었어요."

내가 쉬고 있는 이곳은 올라프가 쳐 놓은 진지로, 델스톤 산지 하부에 위치한 곳이었다.

"그보다 전황은 어떻게 됐습니까."

"양패구상인 모양이야."

"양패구상……?"

"먼저, 적군 말인데. 듣자 하니 대장들이 죽은 것 같아."

"맞아요. 제가 죽였습니다. 둘 다."

"뭐……?"

무슨 소리냐며 눈을 크게 뜨는 올라프.

"이 부분은 제가 나중에…… 아니, 딜라스에게 들으면 돼요. 그보다 하던 얘기 계속해 줘요."

"아, 그래. 어쨌든, 지휘관을 잃은 서방의 군대는 뒤로 물러나 아란달을 포위하고 있는 부대에 합류를 한 것 같아. 우리 부대가 갑자기 나타난 것도 한몫했겠지."

"아란달로……?"

"그래. 그리고 그 아란달을 포위하고 있던 부대라고 하면 포위를 풀고 물러났어. 베카비아의 제1군이 비안 산지를 탈취함으로 인해 포위망이 무너지고 말았으니까. 하여 코퀸 산지로 후퇴한 것 같아."

우리가 탈환하려고 했던 세 개의 거점지.

비안 산지와 코퀸 산지, 그리고 델스톤 산지.

소피아 베론은 코퀸 산지를 공격하던 베카비아 제2군을 땅굴을 통해 우회시키는 비책으로 비안 산지를 공격했다고 한다.

이는 그들이 지형에 대해 훨씬 더 잘 알았기에 가능한 책략이었다.

툰카이군은 그 땅굴의 존재에 대해 몰랐던 반면 베카비아는 알고 있었으니까. 자국 영토에서 전쟁을 한다는 건 그런 이점이 있다.

그렇게 베카비아군이 비안 산지를 탈환한 시점에서 델스톤 산지까지 무력화되자 포위망이 깨져 버렸다.

코퀸 산지는 수복하지 못했을지언정 아란달 수복 작전은 최종적으로 성공한 것이다.

그러나 그 피해도 막심했다.

"양패구상이라는 건 우리 군의 피해도 만만치 않았다는 거군요."

“그래. 베카비아군도 도합 2만에 달하는 사상자가 나왔다고 하고, 무엇보다 네가 있던 캘리퍼군은 총대장이 죽었다고 해. 병력 피해도 상대와 엇비슷했어. 산지는 탈환했지만 승전이라고 보기엔 조금 그렇지.”

“델바도바 장군이…….”

분명했다.

그는 목숨을 걸어서라도 피셔가 내게 오지 못하게끔 막으려 한 것이다.

‘역시 그건 그런 눈빛이었어.’

내가 작전의 위험성을 설명했을 때 그의 눈빛은 이미 죽음을 각오한 것처럼 보였었다. 마치 그것이야말로 자신의 역할이라는 듯이.

“그 캘리퍼군은 지금 어쩌고 있죠?”

“델스톤 산지에 진을 치고 부상병을 수습하고 있다.”

“그렇담 여기서 이러고 있을 시간이 없네요.”

어서 부대에 복귀를 해야 했다.

나는 같이 치료를 받던 애거트가 정신을 차리자마자 부대로 복귀했다.

애거트는 출혈이 너무 심했는지 평소 씩씩했던 모습은 온

데간데없이 빈혈로 비틀거렸다.

"거기 약골. 허세 부리지 말고 업혀서 가."

내 조롱에 애거트는 악을 쓴다.

"누가 약골이야! 이 정도는……! 이 정도는……."

풀썩. 쓰러져 버린 애거트. 딜라스는 짐짝을 짊어지듯 녀석을 업었다.

"이거 놔 딜라스 아저씨! 혼자 걸어갈 수 있다고……!"

"계속 그러면 기절시키고 짐짝에 넣어 데려갈 거다. 조용히 해라."

"윽……."

그렇게 향한 델스톤 산지의 초입에서 우리를 반겨 주는 사람이 있었다.

"알스! 역시 살아 있었구나!"

도로시는 오매불망 기다리고 있었는지 눈 밑에 다크서클이 짙게 내려앉아 있었다.

아이언하트 장군과 함께 중앙군을 지휘했었던 도로시는 자신만 격전에 참여하지 않았던 것이 마음에 걸렸던 것 같다.

의무병이나 입을 법한 옷을 입고 있는 거 보면 직접 부상병들을 돌보고 있던 모양이다.

"거기 그건 애거트구나! 살아 있어서 다행이다! 그런데 왜 그러고 있어?"

"약골이 돼 버렸거든. 지금이야 도로시. 쟤한테 약골이라고 놀려 줘."

"하하……. 애거트랑 너희 부대원들은 내가 맡을게. 알스넌 어서 아이언하트 장군님께 가 봐."

"고마워."

나는 도로시에게 부대원들의 복귀를 맡긴 뒤 최고 막사로 향했다.

최고 막사에선 다음 일에 대한 것을 상의하고 있었는지 장교들이 모여 있었다.

임시로 총대장직을 맡게 된 아이언하트 장군은 나를 보더니 안도의 한숨을 쉰다.

"역시 살아 있었군. 갑자기 출현한 크로싱군이 우리 측 장교를 맡아 치료하고 있다고 들었을 땐 네가 아닐까 싶었다."

"용케 그게 저라고 생각하셨군요."

"그야 그쪽에서 사족을 붙였거든. 곱상하게 생긴 금발의 장교라고 말이지."

"하하……."

"일단 앉아라. 현재 상황을 알려 주지."

그러나 자리에 앉기 전이었다.

"대답해라 일라인! 그게 정말이냐!"

루안 차이스였다.

녀석은 상기된 표정으로 내게 물었다.

"네가 정말 그 창잡이를 죽였나! 피셔 파르틴을!"

피셔의 시신은 적군이 수습해 돌아간 듯했다. 그 탓에 우리 군은 정말 피셔가 죽었는지를 확신하지 못하고 있는 상황이었다.

아이언하트 장군도 고개를 끄덕이며 말한다.

"그 부분은 나도 묻고 싶다. 일라인. 네가 정말로 그 창잡이를 죽인 건가?"

"죽였습니다. 심장에 검을 꽂았으니 살아 있을 가능성은 없어요."

"그런가……."

이에 델바도바의 측근이 내게 예를 표했다.

"정말 고맙다, 일라인!"

"장군님께선 너를 지키기 위해 목숨을 바치셨다. 이런 결과라면 여한이 없으시겠지."

델바도바 장군의 죽음에 대해선 나도 착잡한 심정이었다.

그는 특출난 장군은 아니었다.

무력이 대단한 것도 아니고, 그렇다고 지략이 뛰어난 것도 아니었다.

하지만 훌륭한 군인이었다. 의견을 수렴하는 데에 공명정대했으며 누군가를 탓하거나 권위를 내세우는 일도 없었다.

그는 무릇 군인들의 귀감이 될 만한 장군이었다.

"거, 거짓말하지 마! 네가 어떻게……! 어떻게 그 괴물 같은 놈을……!"

흥분하여 소리치는 루안. 얘는 갑자기 왜 이러는 걸까.

"운이 좋았어. 델바도바 장군님께서 힘을 빼 줬으니까."

"크!"

왜인지는 모르겠지만 녀석의 눈은 열등감으로 가득 차 있었다.

"크윽……! 빌어먹을!"

녀석은 감정을 억제하지 못하고 군부 회의장을 박차고 떠나갔다.

왜 저러는 건지 시선으로 묻자 아이언하트 장군은 한숨을 내쉰다.

"전쟁은 사람을 망가뜨린다는 거겠지."

그러고 보니 케스퍼 녀석들도 없었다.

"설마 케스퍼 애들은 전사한 겁니까?"

"다행히도 살아 있다. 그 모습이 다행인지는 모르겠지만 어쨌든."

"……?"

아이언하트 장군은 군의 피해 현황을 알려 주었다.

1만 6천의 병력으로 델스톤 산지를 공격한 우리는 절반에 달하는 8천의 사상자가 발생했다.

사망자보다 부상자가 훨씬 많은 점은 고무적이었으나 그들을 전부 회복시킬 인력과 시간이 부족했다.

부대에 배속된 신관들이라고 해 봐야 그 숫자가 많지 않기 때문이다.

"하여 우리는 부상병의 치료를 위해 전선을 떠나 후방으로 물러날 생각이다."

"그게 옳은 판단일 겁니다. 애초에 우리는 애매하게 엮여서 피해를 받은 입장이니까요. 베카비아 측도 납득을 하겠죠."

"그렇지. 후우……! 칼론 산지에서 알바드로 물러나 보급을 하는 게 옳은 판단이었던 것 같군. 애꿎은 전투를 하여 너무나 많은 전우를 죽게 해 버렸어."

"결과론일 뿐입니다. 그렇게 따지면 베카비아 측이 협조를 했다면 이런 일도 일어나지 않았을 겁니다."

"그것도 그렇지."

아이언하트는 앞으로의 철수 과정을 설명하더니 떠보듯 내게 물었다.

"그런데 자네는 이제부터 어떻게 할 거지?"

"그 말씀은……?"

"아란달로 향한 뒤에는 사관생들에 한해 먼저 복귀할 수 있게끔 조치를 취할 생각이거든. 그때부터 자네는 자유의 몸이라 이 말이야."

"……."

웨이드로서 전쟁에 참여할 것이냐 말 것이냐. 그걸 묻고 있던 것이다.

그렇다면 내 대답은 정해져 있었다.

"가능하다면 전장에 남아 이 전쟁의 끝을 보려고 합니다."

"하핫! 그렇군."

아이언하트는 씨익 웃었다.

"그렇담 적군은 이제 큰일이 난 셈이군."

군부 회의를 마치고 밖으로 나온 내게 배닝스가 다가왔다.

녀석은 지친 표정으로 안도의 한숨을 쉬었다.

"도로시의 말이 사실이었네. 잘 돌아왔어, 알스."

"너도 고생했어."

배닝스를 비롯한 일반 사관생들은 중앙군에서 전투를 치렀다.

중앙군은 좌군이나 우군에 비하면 그나마 전투가 격렬하지 않았지만 그럼에도 사상자가 1천 명이 넘게 나왔다.

그 사상자 중엔 우리 사관생 동기들도 더러 있었다.

"다친 애들은 많아도 다행히 죽은 애들은 없어. 정말 다행스럽게도 말이야."

배닝스는 중앙군의 전투에 관해 주저리 떠들더니 조심스럽게 내게 말해 왔다.

"그런데 너 그거 알아? 이번에 전공을 세운 사람 중 하나가 장군이 될 수도 있대."

"도로시한테 들었어. 말도 안 되는 소리지."

"그게 그렇게 가볍게 넘길 이야기가 아니더라고."

현재 캘리퍼 군부는 대장군 자리가 공석인 상황에서 2장군인 델바도바까지 사망하고 말았다.

큼지막한 구멍이 두 개나 생겨 버린 것이다. 그 공백을 채울 무언가가 필요한 상황이다.

"그리고…… 그게 네가 될 거라는 얘기가 있나 봐. 소문에 의하면 아이언하트 장군님을 비롯한 군부 장교들이 널 굉장히 고평가하고 있대."

"으엑. 완전 싫다."

"어? 싫다고? 장군이 되는 게?"

"그냥. 그런 게 있어."

내 머릿속엔 헬리안 공작이 만족스럽게 웃고 있는 모습이 그려졌다.

아마 내 전과를 듣는다면 당장 국왕에게 향해 전공을 올린 알스 일라인을 장군으로 임명해야 한다며 열변을 토하겠지.

'뭔가 조치를 취해 놔야겠네.'

벼락 승진에도 정도가 있는 법이다.

게다가 나중엔 내 국가를 세울 수도 있기 때문에 캘리퍼 왕국에서 너무 높은 지위를 가지는 건 바람직하지 않았다.

"에이, 설마 내가 되겠어? 배닝스, 나는 남작가의 사남이라고. 말단 중의 말단이잖아."

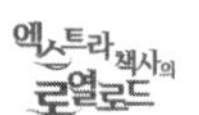

난 화제를 바꾸기 위해 너스레를 떨었지만 배닝스는 끈질기게 달라붙는다.

"그것도 그렇긴 하지만 그래도 군대는 실력이 우선이니까. 다른 나라엔 평민 출신 장군들도 있는 판국에 남작가의 사남이라곤 해도 귀족이면 충분히 괜찮지. 게다가 넌 외모도 출중하니 고위 귀족가의 영애들이 줄을 설지도 몰라. 그렇게 고위 가문의 영애와 혼약이라도 하면 출세 가도가 열리는 거라고!"

"너, 뭔가 쓸데없이 띄워 주려는 것 같다?"

"윽……. 눈치챘어? 그게 실은 말이야."

배닝스는 이번 전쟁으로 인해 바뀌어 버린 파벌의 파워 게임에 대해 얘기했다.

"좌측 전장으로 갔던 케스퍼 녀석들에게 무슨 일이 있었나 봐. 조슈아와 데니안이 케스퍼 녀석과 다퉜는지 그를 밀어내고 파벌의 중심에 서려 하고 있어. 루안 같은 경우에는 이젠 아예 파벌과는 어울리려 하지 않고 있고."

"어휴, 너네가 무슨 정치인이냐. 줄을 서고 다니게."

"어쨌든 들어 봐. 그래서 다른 애들끼리도 말이 나왔는데, 케스퍼가 리더가 아니면 굳이 따를 필요가 없다고 생각하나 봐. 오히려…… 네가 리더를 맡아 줬으면 하는 애들도 있어."

"핫! 나란히 행패를 부릴 때는 언제고 상황이 안 좋아지니 내 쪽에 붙어 깨끗한 척을 하겠다? 내가 무슨 대답을 할지는 알고 있지?"

"역시 그렇지? 하긴, 네가 그런 무리를 이끄는 건 상상이 안 가긴 한다."

배닝스는 내심 내가 파벌을 이끌어 줬으면 하는 듯했다. 그래야 자신도 주축이 될 수 있으니까.

"후우! 도로시도 파벌을 이끄는 거엔 무관심하고. 당분간은 누구 편이다, 누구 편이다 하면서 소란스러워지겠네."

"충고 하나 하자면 그런 짓은 되도록 빨리 그만두는 게 좋아."

"편하게 지내려면 어쩔 수 없어. 나처럼 실력도 없고 가문의 휘광도 없는 놈은 이런 방법밖에 없거든."

"너도 고생한다."

배닝스 녀석이 좋은 점은 이러면서도 의리 하나는 확실하다는 점이었다.

'이런 비슷한 녀석이 있었지.'

한 인물이 떠올랐다.

게임에서 등장하는 바람둥이 캐릭터 애쉬 드란발트였다.

이성 관계에 한해선 구제불능급으로 경박하지만 동성 간의 의리만큼은 확실했던 캐릭터. 알스와도 친밀한 관계를 유지하던 녀석이었다.

알스가 배신자로 몰려 투옥될 당시에는 주인공 일행을 강하게 비난하고 고향으로 돌아가 버린다.

만약 애쉬가 고향으로 돌아가지 않았다면 일곱 가신이 아니라 여덟 가신이 됐을지도 모르는 일이다.

'녀석의 고향이 툰카이였었지 아마.'

지난 키메라 전쟁에서 출정한 툰카이군은 도적왕 크라우스 포크너와 그 부하들이 주축이 된 군대였던지라 애쉬가 나올 가능성이 희박했지만 이번은 모른다.

만약 이 전장에 나와 있다면 얼굴 정도는 한번 보고 싶었다.

아란달로 이동한 우리 군은 본격적인 철수 준비에 들어갔다.

아이언하트 장군은 부상병의 치료에 주력하면서 일부 신체적인 장애를 얻게 된 병사들과 희망하는 사관생들에 한해서는 마차를 준비하여 먼저 귀환을 하게끔 조치를 취했다.

덕분에 자유시간을 얻게 된 나는 웨이드로서 활동하기 전에 몸보신을 하기로 했다.

여전히 빈혈기가 있었기에 이틀 정도 휴식을 취하기로 한 것이다.

"어서 드십시오."

에오는 내 요청대로 기름기가 줄줄 흐르는 음식들을 계속 해서 내왔다.

나는 배가 부를 때까지 먹고서야 식기를 내려놓았다.

"입에 맞으셨나요?"

"그거야 늘 그렇지."

"헤헤……."

싱글벙글 웃고 있는 에오.

나는 도저히 납득이 가질 않았다.

"……."

"……?"

"……."

"혹시 제 얼굴에 뭐가 묻었나요?"

"아니. 그런 건 아니고."

내가 온갖 고생을 해 가며 상대했던 그 괴물.

에오가 그 피셔 파르틴과 동급이라는 것이 아무리 생각해도 납득이 가질 않았던 것이다.

쿡! 나는 손가락으로 에오의 이마를 찔러 보았다. 그녀는 무슨 시그널이냐고 묻는 듯 귀엽게 눈을 치켜뜬다.

"부탁이 있는데, 나한테 한번 화를 내 볼래?"

"예? 갑자기 그게 무슨……."

"일단 한번 해 봐. 내가 네 과자를 뺏어 먹었다고 생각하고."

"그 정도로 화를 내지는 않습니다."
"어쨌든."
"그러면……. 이, 이 나쁜 녀석……!"
전혀 무섭지 않았다. 오히려 낯간지러운 느낌이 들었다.
"에오, 너 사실 그렇게 강한 거 아니지."
"예!?"
"뭔가 위압감이 부족한 것 같아. 내가 저번에 상대했던 그 녀석은 고함 한번 내지르니까 다들 자지러지더라고. 나도 가슴이 철렁 내려앉지 뭐야."
"저도 그 정도는 할 수 있습니다!"
"그러니까 그걸 보여 줘 봐."
"그, 그게……. 알스 님을 상대로는 안 됩니다."
"흠, 상황에 따라 하고 못 하고가 달라지는 건가. 그 피셔 파르틴이라고 하는 애는 아무 때나 할 수 있을 것 같이 생겼었거든."
"저도 마음만 먹으면 가능합니다!"
"그러니까 보여 줘 봐."
"적이 아닌 자에게는 못합니다. 누구에게 하느냐, 어떤 이유로 하느냐에 따라 다르니까요. 알스 님이야말로 진심으로 저를 죽이고 싶다고 마음먹을 수 있으십니까?"
"그건 안 되겠지."
"저도 똑같습니다."

"흐음……?"

그러던 차. 식재료를 사러 나갔던 유미르가 돌아왔다.

유미르의 품에는 약재를 비롯해 몸에 좋은 식재료가 가득이었다.

그녀는 이미 식사가 끝난 식탁을 보고 눈을 부릅떴다. 찔리는 게 있던 에오는 슬그머니 자리를 뜨려 한다.

"……에오니아. 이건 뭐죠?"

유미르에게서 귀기가 흐르기 시작했다.

에오니아는 잔뜩 쫄아 대답한다.

"아, 그게. 알스 님이 맛있는 음식을 해 달라고 하셔서……."

"오늘 식사는 제가 한다고 하지 않았습니까. 게다가 이건 뭔가요. 이 몸에 좋지 않을 것 같은 음식들은. 도련님의 몸 상태가 좋지 않다는 걸 모릅니까!"

"미, 미안해."

"미안하다는 말로 모든 게 용서받을 수 있으면 전쟁 같은 건 일어나지 않습니다!"

에오는 마치 피셔에게 위압을 당한 병사들처럼 어쩔 줄을 몰라 했다.

그러던 그때.

"도련님도 도련님입니다. 제가 없다고 기다렸다는 듯이 에오니아에게 부탁을 하시다뇨."

내게 돌아온 화살. 그러나 에오가 느끼고 있는 압박은 느껴지지 않았다.

유미르는 사고뭉치를 달래듯 말한다.

"저도 이번에는 되도록 맛있는 요리를 해 드리려고 했습니다."

"그 독해 보이는 약재들로?"

"되도록 맛있는 요리, 입니다. 몸 상태를 생각하셔야죠."

"응……. 저녁은 그걸로 먹을게. 그런데 유미르. 지금 이거 나한테 화낸 거지?"

"그렇습니다. 화났습니다."

"그렇구나."

누구에게 하느냐, 어떤 이유로 하느냐. 그리고 받아들이는 사람이 어떻게 느끼느냐에 따라 다르다. 에오의 말이 새삼 이해가 갔다.

점심을 먹은 뒤에는 유미르와 함께 나들이를 나왔다.

아란달은 대륙에서도 손꼽히는 도시인만큼 견문을 넓혀 보기로 했다.

에오는 따라오고 싶어 했으나 관광의 목적 중 하나가 공치사를 위한 선물을 사는 것이었던 만큼 에오는 놔두고 왔다.

'선물이 뭔지 미리 알면 김이 빠지니까.'

겸사겸사 부모님과 율리아 누나에게 줄 선물도 사기로 했다.

그렇게 선물을 사며 상점가를 돌아다니던 차. 눈살이 찌푸려지는 광경을 마주하게 됐다.

"자, 자! 어서 사 가십시오! 밭일부터 잡일. 게다가 밤일까지! 모두 가능합니다!"

노예 상인이 열 명의 수인 노예를 진열하여 호객 행위를 하고 있던 것이다.

그 노예들의 몰골은 지독했다. 제대로 먹지도, 자지도 못했는지 얼굴에 생기가 없었다. 그대로 쓰러지면 숨을 쉬지 않게 될 것처럼.

'크로싱의 노예 제도가 얼마나 잘돼 있는지 알 수 있는 부분이군.'

크로싱에선 절대 이런 일이 없다. 노예에게 식사를 제공하지 않거나 학대를 하는 게 발각될 경우 국가에서 제재가 들어오기 때문이다.

그렇기에 크로싱의 노예들이 탈주하는 비율이 낮은 거기도 했다.

최소한의 의식주는 제공해 주니까.

오히려 다른 국가의 노예들이 탈주하여 자진해서 크로싱의 노예가 되는 일이 발생할 정도다.

크로싱의 노예 제도는 일종의 기본 복지 제도로서도 작용한다는 뜻이다.

"……."

유미르는 그 모습을 아련히 바라보고 있었다.

내가 말했다.

"미리 말하지만 난 저들을 사지 않을 거야. 그건 너에 대한 모욕이라고 생각하니까."

저들이 수인이라는 이유로 불쌍하다 생각한다면 그거야말로 차별 의식이 있는 것이다. 인간도 똑같이 저런 신세가 될 수 있다.

단지 수인이라는 이유로 동정을 한다면 유미르에 대해서도 똑같이 생각하는 거라고 생각했다.

"알고 있습니다. 그저, 제가 리즈나 님에게 거둬지지 않았다면……. 저런 신세가 되지 않았을까 하는 생각이 들었을 뿐입니다."

"그거에 관해서인데. 만약 어머니가 그랬다고 해도 똑같아. 네가 수인이라는 이유로 동정을 했다면 난 그걸 부정할 거야."

"리즈나 님은 그런 분이 아니셨어요. 지금의 도련님과 똑같이 강직한 분이셨죠."

"내가 강직하다고? 그건 아니지."

"후훗, 그렇게 말하는 부분이 꼭 닮으셨습니다."

유미르는 한동안 못 박힌 듯 수인 노예들을 바라보았다.

그녀가 수인들의 불행에 민감하게 반응하고 있는 걸 보니 무심코 묻고 말았다.

"유미르 넌……. 지금 행복해?"

"……."

유미르는 잠시 침묵하더니.

"지난번 리즈나 님의 성묘를 갔을 때 도련님이 말씀하셨죠. 자신의 행복을 찾고 싶다고. 저도 그때 생각을 해 봤습니다."

"그래서?"

"도련님의 행복의 곧 저의 행복입니다."

어느 정도 예상했던 대답이었다.

'타인의 행복이 자신의 행복인가…….'

아무리 나와 유미르가 특수한 관계라고 해도 그런 게 가능한 걸까. 그게 제대로 된 행복의 형태인 걸까.

그러던 때였다.

"그 수인들. 전부 내가 데려가지."

올라프였다.

그는 언짢은 기색을 숨기지 않으며 노예 상인을 노려봤다.

노예 상인은 돈만 주면 상관이 없다는 듯 비겁하게 웃으며 돈을 받는다.

구매한 노예들을 딜라스에게 맡겨 보낸 올라프는 문득 나를 발견하더니 다가온다.

"이거야, 데이트 중이었나?"

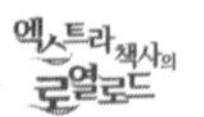

“그런 셈이죠. 그보다 방금 그건 뭡니까. 꽤나 시원스럽게 거금을 지불하던걸요. 어디서 나온 돈인지 물어봐도 될까요?”

“네가 생각하는 그런 게 맞아. 레인폴의 경비를 사용했어. 인력을 구하는 데에 책정됐던 경비지.”

“역시 그랬군요. 대체 무슨 짓거리입니까?”

“경비를 사용한 거? 그도 아니면 저들을 구해 준 것?”

“후자예요. 구해 줘요? 당신의 그 행동이야말로 수인들을 멸시하는 거라고요.”

“그렇게 생각할 여지도 분명히 있지. 하지만 난 그런 의도로 구한 게 아니야. 그저 저런 비참한 노예 생활을 하게 두는 것보단 저들을 위한 다른 좋은 길이 있다고 생각했을 뿐이니까. 저들에게 복지를 주고 우리는 인력을 얻는 거지. 다행히 크로싱은 그런 쪽으로 제도가 잘돼 있으니까. 망설일 필요는 없잖아?”

“당신이 다른 종족의 노예들도 그런 식으로 취급을 했다면야 아무 말 하지 않았어요. 듣자니 지금까지 수인 노예들만 구매했다더군요? 그거 위선입니다.”

“일반적으로 수인 노예들이 더 험한 취급을 받고 있기 때문이야. 당연히 당장 위험한 쪽부터 구해야 하지 않겠어?”

올라프는 그렇게 반박을 하고는 피식 웃으며 고개를 흔들었다.

"아니, 아니지. 이런 변명은 추할 뿐이군. 분명 네가 말한 그대로야. 하지만 그렇다 해도 난 행동 방침을 바꿀 생각은 없어. 그도 그럴 게 사람이란 모두 자기만의 위선을 안고 살아가는 거라고? 난 성인(聖人)이 아니야, 알스."

"알고 있어요. 당신이 그렇게 말해 주길 바라고 있었습니다."

"나 원. 시험당한 건가."

모두가 위선을 안고 산다.

그 말은 틀리지 않다. 나도 마찬가지다.

내 행복이 자신의 행복이란 유미르의 말을 부정하지 않은 게 그랬다.

부정하지 않았다기보다는 못 했던 것이다. 그녀의 헌신에 기대고 있는 내가 어떤 말을 해 봤자 위선이었으니까.

올라프와 헤어진 나는 구매한 선물을 유미르에게 건네 숙소로 돌려보내고 혼자 돌아다니기로 했다.

지난 일로 인해 강박관념 같은 게 생겼는지 유미르는 내가 혼자 돌아다니는 것에 극구 반대를 했으나 어떻게든 설득을 했다.

"아란달인가……."

이 도시는 대륙 북서부와 북동부를 잇는 중계지 같은 역할을 하고 있는 만큼 상업이 대단히 발달되어 있었다.

괜히 길거리에서 노예들을 팔고 있던 게 아니다.

그와 함께 금속 주조 기술이 많이 발달되어 있었는데, 이는 아란달 서부 레스트 산맥에 매장된 풍부한 광물 덕분이다.

베카비아군이 땅굴을 이용해 비안 산지를 탈환한 것도 이와 같은 맥락이었다.

그 땅굴이란 게 바로 광산의 갱도였으니까.

나는 금속활자를 취급하는 대장장이들을 탐문하기로 했다. 훗날 인쇄기를 만들기 위해선 관련 지식을 습득해 놔야만 했으니까.

그러나 큰 소득은 없었다. 아란달의 대장장이들은 그런 물건보단 무기나 마차 바퀴, 보석 세공 같은 것을 주업으로 삼고 있었다.

하여 그만 숙소로 돌아가려 했으나 문득 아는 얼굴이 눈에 띄었다.

"사지도 않을 거면서! 어서 꺼져!"

"아잇! 거 아저씨 성질 더럽네! 진짜로 살려고 했는데 기분 잡쳤어! 이젠 내 쪽에서 안 사!"

"어차피 살 돈도 없으면서! 당장 꺼지라고!"

"쳇! 장사 잘되나 보자!"

무구 상점 주인과 실랑이를 벌이는 애거트였다.

"나 원……. 뭐 하고 있는 거야?"

"아! 곱상한 대장님!"

애거트는 밝은 얼굴로 다가온다.

"혹시 대장님도 무기를 사러 온 거야? 하기야 그때 창이고 검이고 잃어버렸었지?"

애거트는 체스터류를 흉내 내듯 과장된 몸짓을 보이더니 뒷머리를 북북 긁으며 웃는다.

"나도 마찬가지거든. 검을 잃어버려서 말이야."

"잃어버렸다기보단 내가 썼지. 그 괴물 녀석의 심장에 꽂아 놨으니까."

"크하! 그런 최후라면 그 싸구려 검도 만족했을 거야. 그보다 대장님. 괜찮다면 같이 돌아보지 않을래? 대장님도 무기를 사야 하잖아?"

"별로, 나는 군부에서 좋은 거로 지급을 받으니까. 그게 아니더라도 측근이 알아서 구해 주거든."

"헉. 역시 부대의 대장쯤 되면 그렇게 되는 건가."

"그래도 뭐. 같이 어울려 줄게."

심심풀이 정도는 될 것 같았다.

나는 애거트와 함께 무구 상점을 돌아보았다.

애거트는 무척이나 꼼꼼하게 물건을 살펴보았다. 그 차림새가 좋지 않아 상점 주인은 불편한 기색을 내비쳤으나 내가 함께 있는 만큼 쫓아내려고 하지는 않았다.

보아하니 귀족과 그 노예쯤으로 생각하는 듯하다.

"으음, 으으으음!"

마침내 마음에 드는 물건을 찾았는지 신음하는 애거트.

그 물건은 내가 보기에도 괜찮아 보였다.

1m에 달하는 검신은 광택이 흘렀고, 검날은 바짝 서 살짝 만져도 베일 것 같았다.

무엇보다 튼튼해 보였다. 애거트가 마음에 들어 한 부분은 그쪽인 것 같았다.

"대장님. 이거 어때?"

"내가 쓴다고 하면 조금 그러네."

내가 쓰기엔 검이 너무 길고 두꺼웠다.

"너한텐 어울리겠다."

"그렇지? 사실은 여기 왔을 때 가장 처음으로 발견한 게 이거거든. 근데 하아……."

땅이 꺼져라 한숨 쉬는 이유는 간단했다.

"돈이 부족해."

가격은 20만 실란이었다. 보석이 박힌 것도 아닌데 이 가격이면 확실히 고품질의 물건이라는 뜻이다.

애거트는 자신의 돈 주머니를 확인하고는 어깨를 축 늘어뜨린다. 곁눈질로 보니 1만 실란이 겨우 있는 것 같았다.

"이건 다음에 사지 뭐. 당분간은 딜라스 아저씨가 주는 싸구려 검을 쓰는 수밖에."

"내가 사 줄게."

"뭐라고?"
"그런 뜻으로 얘기를 꺼낸 거 아니었어?"
"아, 아니야!"
애거트는 손사래를 쳤다.
"그럴 의도는 없었다구 대장님!"
"의도가 있었건 없었건. 내가 사 줄게."
"……."
애거트는 무언가를 참는 듯이 입술을 꾹 다물고는.
"안 돼. 검 같은 건…… 내가 모시기로 한 사람한테서만 받기로 했거든. 다른 사람한테서 받을 순 없어."
"모시기로 한 사람? 너한테 주군이 있었어?"
"아직은 그런 관계는 아닌데……. 은혜를 입었거든."
"네가 그런 기특한 생각을 할 줄은 몰랐는데. 네 목숨을 구해 주기라도 했어?"
"아니, 나랑 친한 아저씨들. 임신한 부인이 있는 아저씨들이었지. 그 사람들이 포로로 잡혀 노예로 팔려 가려는 상황에서 그 사람이 구해 줬어."
"오지랖 넓은 사람도 다 있네. 누구야 그게?"
"웨이드."
"……엉?"
"웨이드 몰라? 지낭 웨이드! 엄청 유명하다고!"
"어……. 알긴 알지."

내가 그런 오지랖 넓은 짓을 했단 말인가. 별로 기억에 없었다.

나를 사칭하는 사람들이 한 짓일지도.

"그래서 그 웨이드를 주군으로 모시기로 했다고?"

"주군까지는 모르겠지만 은혜는 갚아야지! 음, 훌륭한 장군이 돼서 그 사람을 몇 번 도와주면 되지 않을까 싶네. 그 뒤로는 나도 잘 몰라. 헤헷!"

"허……."

"그러니 이건 사 주지 않아도 돼! 엇, 벌써 시간이 이렇게 됐네. 딜라스 아저씨가 화내겠는걸. 그럼 먼저 가 볼게, 곱상한 대장님!"

후다닥 달려가는 애거트.

난 그 모습을 잠시 바라보다 상점 주인에게 말했다.

"이거 사겠습니다. 검집을 주세요."

애거트에 대해선 본래부터 그 전투의 공적을 평가해 포상을 줄 생각이었다.

본인은 받지 않겠다고 했지만 곱상한 대장님의 선물을 받지 않는다면 웨이드로서 주면 그만이었다.

하루 정도 휴식을 하고 나니 몸이 조금 나아지는 기분이

들었다. 유미르가 해 줬던 그 지독한 건강식이 도움이 된 건지도 모르겠다.

휴가 이틀째이자 마지막 날을 맞은 나는 아란달의 이면으로 향하기로 했다.

어제는 아란달의 양지를 둘러봤다면 이제는 음지를 볼 차례였다.

이번에는 목적이 목적인 만큼 혼자 가 보려 했으나 어째서인지 에오가 충격을 받은 표정을 지었다.

"오늘은 저를 데려가 주시는 것 아니었습니까……?"

버려진 강아지처럼 눈을 끔뻑이는 에오.

아무래도 어제 유미르만 데려간 걸 보고는 과자를 하나씩 나눠 주는 것처럼 차례대로 데려간다고 생각한 모양이다.

거기서 그런 건 아니라고 하기도 뭐해서 에오를 데려가기로 했다.

나는 얼굴을 감춰 줄 후드를 쓰고 아란달의 뒷거리로 들어갔다.

'역시 군부의 첩자들이 굉장히 많은걸.'

상황이 상황인지라 첩보원들이 많이 활보하고 있었다.

한참이나 거리를 돌아보던 나는 드디어 목적하던 인물과 접선할 수 있었다.

베카비아의 전통복을 입고 있는 남자였다. 얼핏 베카비아 토착민처럼 보이지만 자세히 보면 모자를 의도적으로 거꾸로 쓰고 있다는 걸 알 수 있다.

무엇보다 주위를 서성이며 그를 경호하는 남자들의 복장이 무척 이국적이었다.

“정보를 사고 싶다.”

내 말에 남자는 양 입꼬리를 섬뜩하게 올렸다.

“어떤 정보를 말씀하시는 겁니까?”

“서방에 대한 정보. 그걸 팔기 위해 이곳에 온 거겠지?”

사람. 돈 되는 건 뭐든지 한다.

이 남자는 아마 서방에서 활동하는 정보 상인 중 하나일 테다.

그에게 출신지가 어디인가 조국이 어디인가는 중요치 않다. 그저 이 돈벌이가 효율이 좋기 때문에 서방에서 이곳 아란달까지 온 것이다.

“효효효. 단도직입적이어서 마음에 드는군요. 무엇을 묻고 싶으십니까.”

“우선 피셔 파르틴에 대해서다.”

“50만 실란입니다.”

“…….”

거금이긴 했지만 지불하기로 했다.

남자는 술술 대답을 한다.

“한네만의 오룡 중 하나. 황룡 피셔 파르틴. 가란드류 창술 갑 1급에 속한 창의 대가. 군부에서의 위치는 제9장입니다.”

“아홉 번째 장군? 꽤나 아래에 있는걸.”

“50만 실란을 추가로 지불하시면 그 부분에 대해서 더 자세히 말씀드릴 수 있습니다만?”

“첫. 이 돈벌레가.”

돈을 넘기자 남자는 주위를 살펴보더니 말한다.

“천객 한네만 노이어스. 그의 휘하에는 수백에 달하는 가신이 있다고 전해집니다. 그 가신들의 기량은 하나하나가 장군에 필적한다는 소문이 있지요. 하여 그 체계도 굉장히 복잡합니다. 제9장 피셔 파르틴은 그래도 열 손가락에 꼽히는 인물이니 출중한 자라 할 수 있습니다.”

“한네만 노이어스…….”

게임에선 빌랑에 잠입했던 스파이. 그에 대해서도 궁금했다.

남자는 내 기색을 눈치챘는지 말을 이어 간다.

“한네만에 대해 궁금하시겠죠. 여기서부턴 서비스를 해드리겠습니다. 한네만은 과거 에레보니아 왕국을 잇는 후계자입니다.”

“에레보니아 왕국?”

“맞습니다. 펜실론 제국과 패권 싸움을 벌이다 멸망한 북부의 왕국. 한네만은 서방으로 추방된 에레보니아 왕족의 후손입니다.”

“분명 에레보니아 왕국의 터전이었던 곳은……!”
“맞습니다. 바로 이곳. 구 엘레니아입니다.”
아란달의 예전 이름이었다. 에레보니아 왕국의 수도 엘레니아.
“우연이 아닌 거로군. 한네만이 이번 원정의 총대장이 된 건.”
“효효효, 그거야 서방의 우두머리들만이 알고 있겠지요.”
서방의 우두머리들. 정보상은 내게 미끼를 투척했다. 이걸 위해 서비스를 해 준 것일 테지.
“혹여 다른 우두머리들에 대해 궁금하시다면 100만 실란만 주시면 설명을 하겠습니다만.”
듣고 싶은 정보이긴 하지만 지금은 필요 없었다.
“다른 걸 묻겠다.”
어차피 이런 정보는 크로싱이 파악해 놨을 것이다. 내 목적은 다른 곳에 있었다.
“혹시 일리야 안페이에 대해 알고 있는 건 있나?”
“……!”
의외의 질문이었는지 눈을 크게 뜨는 남자.
“그녀에 대해서는 왜……?”
“그녀라고 지칭한 걸 보면 알고 있는 거군. 말해 보도록.”
피셔 파르틴과 접점이 있었던 일리야 스승.
나는 당연히 의심을 할 수밖에 없었다. 스승의 출신지가 어디인가를.

'완전히 노마크였지.'

나는 지금껏 가신으로 들인 자들에 대해서는 제법 철저하게 검증을 했다.

루트거는 알바드 출신으로 병약한 딸이 있다.

안톤은 크로싱 출신이며 복잡한 사정으로 아버지를 잃고 그로 인해 내게 충성 맹세를 했다.

유미르는 투기장에서 태어난 노예 출신이며 그 이후의 행적도 전부 알고 있다.

올라프는 에우로페 출신이며 수인의 인권 보호에 열중인 괴짜다.

에오니아는 쿠라벨 성국의 근위단장 출신이지만 실상은 공주처럼 애지중지 자란 철부지다.

가스파르는 출신지도, 행적도 거의 아는 바가 없지만 그래도 유미르의 아버지다.

반면 일리야 스승은?

출신지도, 나와 함께 있기 전의 행적도 아는 바가 없다.

그런 걸 모른다고 해도 신뢰를 할 수 있다 생각했으니까.

하지만 스승이 서방 출신이라면 얘기가 조금 달라진다.

'만약 스승이 서방의 끄나풀이라면…….'

지금은 어떨지 모르겠지만 게임에서의 행적은 설명이 된다.

알스를 따라온 일곱 가신.

지금 생각해 보면 그중 가장 명분이 약했던 건 스승 쪽이다.

그저 알스의 처분을 납득하지 못하고 용병들을 이끌고 도우러 왔다고만 언급된다. 그 전까지 알스와의 접점도 거의 없었다.

'스승이 서방의 첩자? 하지만…….'

그렇다면 피셔 파르틴이 경솔하게 스승의 이름을 언급한 건 이상하다.

'그 자리에서 나를 죽여 입막음을 할 자신이 있었던 거라면 설명이 되지만…….'

내 의문에 답하듯 남자가 소리 죽여 말한다.

"100만 실란. 주십시오."

"여기 있다."

돈을 받아 든 남자는 무겁게 고개를 끄덕이더니 말한다.

"일리야 안페이. 체스터류 갑 1급에 소속된 무인이자……."

그의 이어진 말에 내 의문은 더욱 가중되고 만다.

"삼건장 구데리안 체스터의 수위제자입니다."

삼건장. 이 단어가 또 한번 나오다니.

"삼건장 구데리안 체스터……?"

내가 지불한 비용은 실상 일리야 스승이 아니라 삼건장에 대한 비용이었는지 정보상은 술술 이야기한다.

"서방의 우두머리들이 대륙 정벌을 위해 세력에 관계 없이 선별한 세 명의 위대한 무장입니다."

"무장이라고 하면 지휘관으로서의 능력은 없다는 거군."

"꼭 그렇지는 않습니다. 먼저 지난 키메라 전쟁에서 지낭 웨이드에 의해 사망한 렉시트 엘버드는 그 무위는 대단했으나 지휘관으로서의 능력은 없었습니다. 그의 본소속은 이르바나. 그의 사망으로 인해 이르바나가 크게 분노했다고도 하지요."

이르바나라는 것에 대해 궁금했으나 돈을 요구할 것 같아 묻지 않았다.

"두 번째 구데리안 체스터. 그는 체스터류 창검술의 창시자이자 무의 달인으로, 마찬가지로 그 무위가 대단하다고 합니다. 게다가 그는 지휘관으로서의 능력도 어느 정도 갖춘지라 병대를 이끌고 전투를 치를 수 있습니다. 작전을 설계하는 능력은 없는 것 같습니다만."

"수행하는 능력은 있다?"

"예."

"그는 처음부터 서방 출신이었던 건가."

"확실하진 않으나 그가 수인들의 부락인 디엘럼 출신인 걸 보면 유력하지요."

"수인들의 부락 디엘럼?"

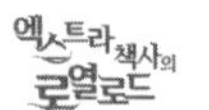

“서방에 있는 거대 부락입니다. 펜실론 제국에 의해 쫓겨난 수인들이 정착한 곳이지요.”

“잠깐, 그렇다면 구데리안 체스터는 수인이라는 건가?”

“평소엔 얼굴과 몸을 가리고 다니는지라 많이 알려진 바는 없으나 순혈 수인입니다. 그렇기에 나이가 지긋한 지금도 그 기량을 유지하고 있지요.”

그러고 보니 이전 가스파르에 대한 처분을 두고 스승이 말했었다.

구데리안 스승의 친우라고.

‘이제 납득이 가는군.’

가스파르는 순혈 수인. 그것도 나이가 제법 많은 편이다.

비슷한 나이대의 순혈 수인인 구데리안과 안면이 있다고 해도 이상하지 않다.

‘잠깐, 구데리안 체스터가 삼건장이라고 하면 설마…….’

나는 자연스럽게 그 말을 떠올렸다.

―걱정 마라. 내가 지원군을 불렀으니까. 삼건장이 우리를 도우러 올 거다. 그들이 우리 군을 돕는다면 크로싱의 악한들을 물리칠 수 있을 거야.

게임 속에서 누군가가 주인공에게 했던 그 말.

지금 모은 정보만 놓고 보면 일리야 스승일 가능성이 무척 높아졌다. 삼건장과의 직접적인 접점을 가졌으니까. 게다가 말투 또한 비슷하다.

'정말로 스승이 서방의 첩자였다고……?'

머릿속이 복잡해진 나는 환기를 할 겸. 정보상에게 다른 정보를 요구했다.

"첫 번째가 렉시트 엘버드, 두 번째가 구데리안 체스터. 마지막 세 번째는 누구지?"

"죄송하지만 그 정보는 극비인지라……."

"쓸데없이 빼지 말고 얼마면 되는 건지나 말해라."

"효효효, 200만 실란을 주십시오."

이 비용은 나중에 정보비 명목으로 쥬라스에게 청구해야지.

상인은 아란달에 오길 잘했다며 비겁하게 웃고는 나직이 말한다.

"삼건장 세 번째. 그의 정체에 대해선 구풍(求風)이라는 별칭 외에는 구체적으로 알려진 바가 없습니다."

"장난치는 건가?"

"아뇨, 이제부터가 진짜 정보입니다. 그자는 삼건장이 결성된 수년 전 대륙으로 진출해. 뷜랑 연합에 숨어들었다고 합니다."

"뷜랑의 첩자가 됐다고?"

"그렇습니다."

"그에 대해선 그 외에 알려진 바는 없습니다. 소속도, 그 능력이 어느 정도인가도. 빌랑에 잠입했다는 것조차 소문에 불과할 수도 있지요."

"너는 그가 이번 빌랑 국왕 암살에 개입됐다고 생각하나?"

"개입됐다고 생각하지 않습니다. 그 국왕 암살 건으로 인해 빌랑 내부에서 스벤너와 서방의 입지가 줄어 버렸으니까요."

"흠."

200만 실란이나 주고서 알아낸 정보치고는 부실해 보였다.

빌랑 내부에 서방의 첩자가 있다는 건 이미 알고 있었다. 그게 삼건장이라는 건 처음 알았지만.

내 표정을 읽은 건지 정보상이 말을 이어 간다.

"이건 자그마한 서비스입니다만. 최근 사망한 렉시트를 대신해 삼건장에 등극한 자가 있습니다. 테토라 소속의 무장으로 이름은 알려지지 않았으나 다른 이로부터 이렇게 불린다고 합니다. '식인귀'라고. 혹여 그를 만나게 된다면 조심하십시오."

식인귀라니. 살벌하기 그지없다.

"고맙군. 사고 싶은 정보는 이걸로 끝이다."

"효효효, 보람 있는 거래가 됐기를 바랍니다."

이번 거래로 몇 가지 알게 된 사실이 있다.

주인공 곁에 서방의 첩자가 있었다는 건 확실하며 꽤 깊숙하게 관여된 점.

스승이 서방과 연관이 있을 수 있는 점.

정보만 놓고 봤을 때 스승은 서방에서 대륙의 상황을 파악하기 위해 파견한 인물일 가능성이 충분했다.

“후우……!”

스승을 의심해야 한다니. 머리가 복잡해졌다.

그때 에오가 조심스럽게 말한다.

“알스 님. 일리야를 의심하는 거라면 차라리 직접 물어보십시오.”

“뭐?”

“일리야는 당신에게 위해를 가하거나 무언가를 숨기거나 할 사람이 아니에요. 물어본다면 뭐든 사실대로 대답할 겁니다. 그녀를 믿어 주십시오.”

분명 그 말이 맞다. 괜히 나 혼자 심각하게 생각하기보단 직접 물어보는 편이 빠르겠지.

“그렇게 하도록 할게. 고마워.”

“잘 생각하신 겁니다.”

“그런데 네가 나한테 직언을 하다니 놀라운걸? 그 간신 에오니아라고는 생각하기 어려울 정도야.”

“간신이라뇨!?”

“몰랐어? 다들 뒤로는 그렇게 부르고 있는데.”

"전 간신이 아닙니다! 대체 누가 그렇게 부른 겁니까!"

"하핫, 농담이야. 그보다 돌아가기 전에 저녁이나 먹고 갈까?"

"예? 하지만 식사라면 유미르가 준비해 둔다고 했습니다만……."

"가끔씩은 다 같이 마주 앉아서 식사를 하고 싶어서 그래. 유미르도 부르지 뭐. 설득하기 어려울 수도 있긴 한데."

"그렇담 제가 설득을 하겠습니다."

"그러다가 또 혼날라. 설득은 내가 할게."

짧았던 휴가도 이걸로 끝.

나는 전쟁의 마무리를 위해 잿빛 투구를 다시 착용하기로 했다.

활동을 재개한 나는 올라프가 챙겨 온 투구를 착용하고 에오만 대동한 채 아란달의 궁전으로 향했다.

아란달은 에레보니아의 수도였던 만큼 내부에 큼지막한 궁전이 있었다.

그곳에서 소피아 무능이 군부 회의를 열고 있었다.

문지기병은 나를 보고 경계심을 높였지만 크로싱 군부를 통해 이미 얘기해 둔 게 있는 만큼 표식을 보여 주자 침중한 표정으로 통과를 시켜 주었다.

"다들 열심이군."

내 말에 군부 회의장이 침묵에 휩싸였다.

소용돌이치는 적개심. 나는 가볍게 비웃어 주고는 상석으로 향했다.

"미리 전했던 대로 이번에 지원을 온 크로싱의 1만 부대는 내가 지휘하게 되었다. 군부에선 너희 베카비아군과 합을 맞추라더군."

"쯧!"

대놓고 혀를 차는 소리가 들렸다. 베카비아 군부의 입장에서 나는 철천지원수나 다름없다. 다만 상황이 상황인 만큼 납득은 하는 모양이지만 기분이 좋을 리 없다.

하지만 기분이 좋지 않은 건 나도 마찬가지였다.

"캘리퍼군에서 이야기는 들었다. 나도 너희같이 무능한 놈들과 손을 잡는 건 질색이다. 그러니 총지휘는 내가 맡겠다. 너희들은 그저 내 명령에 따르기만 하면 된다."

"뭐라고!"

"개소리 마라!"

"이놈이 못 하는 말이 없구나!"

맹반발하는 베카비아 장교들. 나는 소피아를 향해 말했다.

"이봐 무능공주. 염치가 있다면 네가 조용히 시켜라."

"……."

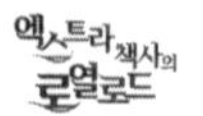

소피아는 주먹을 꽉 쥐더니.

"……그의 말대로 하겠습니다."

"공주님! 그게 무슨……!"

"앞으로의 일을 생각해서라도 지휘 체계는 통일되는 편이 좋아요."

"그거라면 우리가 총지휘권을 잡으면 되는 것 아닙니까!"

"웨이드가 나타났다는 소식이 들리면 적군의 반응도 달라질 거예요. 전략적으로 의미가 있습니다."

"하지만……!"

"미안해요 오스틴. 이번엔 제 억지를 들어줘요."

소피아는 죄책감에 시달리고 있었다.

아란달 주민들의 안전은 확보를 했을지언정 수많은 베카비아의 군인들과 캘리퍼의 군인들. 그리고 총대장 델바도바까지 자기가 죽인 격이 됐기 때문이다.

난 상석을 완전히 차지한 뒤 그들에게 말했다.

"정리가 된 것 같군. 보고를 시작해라."

주먹을 꽉 쥐고 부들부들 떠는 녀석들. 발리 오스틴이 힘겹게 입을 떼었다.

"코퀸 산지에 있던 적군은 더 뒤로 물러나 퀸틴 평야에 자리를 잡았소. 서방과 크로싱이 대치 중인 전선과 나란히 설 속셈이지."

"정비를 한 뒤 다른 전선의 옆을 찌르고자 하는 것인가."

"그렇게 보고 있소. 그러니 우리도 진군하여 그들과 발맞춰 대치를 해야 하오."

"그런 간단한 것으로 회의 따위를 할 필요는 없으니 다른 뭔가를 논의하고 있던 거겠지. 그걸 말해 보도록."

이에 소피아가 대신 말을 받았다.

"저들이 자리를 잡은 퀀틴 평야는 우기일 때 땅이 물러지는 특징을 가지고 있어요. 늪이 형성되는 지점도 있죠. 그리고 지금은 말할 것도 없이 우기입니다. 며칠 전에 온 비로 인해 땅이 불규칙한 상태예요."

"기병이 뛰어놀기 어려워졌다?"

현재 툰카이군은 매복군으로 사용한 기병들로 인해 부대 내 기병의 비율이 비교적 높았다.

"맞아요. 그러니 적들도 퀀틴 평야에서의 전투는 되도록 피할 가능성이 높아요. 그러니 우리도 굳이 퀀틴 평야에서 대치할 필요는 없다는 거죠. 그렇다면 최적의 장소는 어디인가? 바로 이곳이에요."

"칼렉 산지인가."

"맞아요. 크로싱의 3만 부대가 주둔 중인 지점의 남서부에 위치한 산지이죠. 만약 툰카이군이 크로싱군의 옆구리를 찌르고자 한다면 우리가 산을 내려와 역으로 그들의 옆구리를 찔러 전술적인 이득을 볼 수 있을 겁니다."

나쁘지 않은 전술적 혜안이었다.

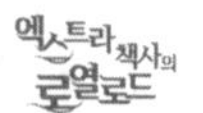

산지에 진을 치고 있으면 기병의 비중이 높은 툰카이군이 공격하기 꺼려 할 테니 방어가 용이하다. 만약 툰카이군이 다른 먼 곳으로 이동해 버리면 그대로 눈앞의 크로싱군과 합하여 서방의 군을 공격하면 그만이니 툰카이는 어쩔 수 없이 우리 군의 움직임을 따라와야 한다.

"하핫."

나는 조소를 금할 수가 없었다.

"이번엔 괜찮은 건가?"

"뭐가 말이죠?"

"혹여 툰카이군이 움직임을 따라오지 않고 다른 곳으로 이동해 무방비가 된 영지들을 약탈하면 어쩌려고 그러지?"

"무슨 소리인가요. 그럴 가능성은…… 희……박……."

"왜, 이번엔 위험한 곳이 아란달은 아닐 테니 괜찮은 건가?"

"크……!"

"위선자가 따로 없군. 적어도 일관성은 보여 달라고 무능 공주. 아니, 이것도 나름대로 일관성을 보여 준 건가. 그래, 대도시가 아닌 다른 영지와 민가들은 무너져도 상관이 없겠지. 음, 납득이 가는군."

난 이후로도 한참이나 그녀를 갈궜다.

나도 이런 스타일은 아니지만 정말로 죽을 뻔한 위기를 겪었기 때문인지 까도 까도 불편한 기분이 풀리질 않았다.

결국엔.

"흐, 흑……!"

소피아가 눈물을 보였다.

'아니, 그렇다고 바로 울어 버리면…….'

더 이상 뭐라 할 말도 없어진다.

'내가 조금 심했나?'

하긴, 소피아의 입장도 백 보 양보하면 이해하지 못할 것도 아니었고. 이미 지나간 일로 그래 봐야 의미는 없다.

"미안하다. 나도 모르게 흥분을 한 것 같군."

그러나 소피아는 고개를 흔들었다.

"아뇨, 계속해 줘요."

"……뭐라고?"

"부탁이니 계속 저를 질타해 줘요. 그래야만 버티고 설 수 있을 것 같아요."

"그건 그거대로 좀……."

매달리듯 자신을 갈궈 달라 부탁해 오는 소피아.

그런 모습을 보니 이 이상 갈굴 기분도 들지 않았다.

"부탁해요. 당신이 해 줘야만 해요."

"아니, 이젠 안 할 거다."

"조금 전의 심술궂음은 어디 갔나요. 어서 저를 비난해요!"

"싫다."

"해 줘요!"

"싫다고!"

갈궈 달라 요구하는 소피아와 거절하는 나.

다른 장교들은 어안이 벙벙한 채 우리를 바라보고 있었다.

8장

군의 지휘봉을 잡게 된 나는 소피아의 제안대로 칼렉 산지에 자리를 잡았다.

튼카이군은 우리 군의 움직임에 맞춰 이동. 크로싱과 서방이 대치하고 있는 전선에 합류했다.

서방과 크로싱이 대치하고 있는 전선은 셋.

우리가 자리 잡은 곳은 가장 아래에 있는 지점이었다.

'튼카이군을 물리칠 방법은 보이지만.'

섣불리 계책을 썼다간 불협화음이 일어날 수도 있었다. 지난번 작전은 전쟁 자체를 끝내 버릴 수 있었기에 군이 쥬라스와 협의를 하지 않아도 됐지만 같은 전선을 공유하게 된 이상 발을 맞춰야 했다.

군을 주둔시킨 나는 소피아와 함께 쥬라스의 주둔지로 향했다.

우리는 크로싱의 군부 회의에 참여할 수 있었다.

엄숙한 분위기 속에서 우리를 맞이하는 크로싱의 핵심 장교 스무 명. 그중 하나인 안톤은 나를 향해 슬쩍 고개를 숙여 보인다.

"윽!"

소피아는 분위기에 위압이 됐는지 침음을 흘렸지만 난 가볍게 어깨를 으쓱여 줬다.

"여전히 살벌하군요. 크로싱 군부는."

내 말에 2장군 크리퍼 놀락이 눈매를 좁혔다.

"잘도 낯짝을 내비쳤군, 웨이드. 네놈은 이제 캘리퍼 소속이 아니었던가?"

"아픈 부분을 찌르는군요. 뭐, 그 부분에 대해선 당신 상관에게 물으시죠."

쥬라스에게 쏠리는 시선. 녀석은 전매특허 같은 웃음으로 말한다.

"웨이드는 우리 사람이 아닙니다. 그런 한편 캘리퍼 소속도 아니죠. 잊었습니까? 그는 용병입니다."

훗날 내가 남부에서 국가를 세워야 할 수도 있는 만큼 쥬라스가 선을 그어 준 것이다. 뭐, 그때가 되면 알스라는 이름으로 국가를 세울 테니 굳이 그럴 필요는 없었지만 어쨌든.

"그리고……. 당신도 반갑군요. 소피아 베론. 키메라 전쟁의 승전 파티 이후 처음입니까."

"……당신에게 반갑다는 말을 하고 싶진 않습니다. 어서 작전 회의나 시작하시죠."

"그렇게 차갑게 굴지 마십시오. 적어도 저는 당신 편이니까요."

"내 편이요……?"

"우회 작전을 채택하지 않고 아란달을 구하기로 한 것 말입니다. 그건 당신이 옳았어요."

이에는 소피아도 눈을 휘둥그렇게 떴다.

쥬라스가 말을 이어 간다.

"캘리퍼의 어린 장교가 작전을 제안했다죠? 하여간, 애송이들은 큰 것을 보지 못한다니까요."

"그게 무슨 뜻입니까?"

내가 묻자 쥬라스는 능글맞게 웃는다.

"왜 당신이 반응하는 거죠? 당신이 작전을 제안하기라도 한 겁니까?"

"그냥 묻는 겁니다. 그 작전은 내가 생각하기에도 최선의 방법이었으니까."

"최선? 멍청한 소리를. 그러니까 당신도 아직 부족하다는 겁니다. 전투에서 이긴다 한들 전쟁에서 이기지 못하면 의미가 없는 법이요. 전쟁에서 이긴다고 한들 대국을 잡지 못하면 아무 소용이 없는 법입니다. 이걸 명심해 두세요, 웨이드."

쥬라스는 이번 전쟁의 목적을 확실히 했다.

"우린 이번 전쟁으로 놈들에게 커다란 피해를 입힐 겁니다. 그걸 통해 다시는 이 지역을 노리지 못하게끔 만들 생각이었어요. 그걸 그 캘리퍼의 코흘리개가 망치려고 했던 겁니다."

"……!"

"알겠습니까? 설령 그 방법으로 전쟁을 승리했다고 한들 적이 병력을 온존함으로 인해 머지않아 전쟁이 다시 일어났을 겁니다. 애초에 그 캘리퍼의 풋내기가 선택한 방법은 최선이 아니었다는 거죠."

그런 측면에서 보면 틀린 말은 아니었다.

"그런데도 그런 경솔한 작전을 아무 협의 없이 사용하려고 하다니. 만약 그 캘리퍼의 솜털이 제 휘하에 있었다면 큰 소리로 혼을 냈을 겁니다."

풉! 옆에 있던 소피아가 참고 있던 웃음을 터뜨렸다. 내가 갈굼당하고 있는 걸 보니 묵은 체증이 내려가는 모양이다.

약간 욱한 나는 쥬라스에게 되물었다.

"당신의 그 말이 맞아떨어지려면 상대에게 커다란 피해를 줄 수 있는 확실한 방법이 있어야 합니다만. 그게 대체 뭐죠? 그런 게 있다면 지금까지 무의미한 대치를 한 이유는 뭡니까?"

"그러니까 당신이 왜 화를 내고 있습니까."

"화내지 않았습니다. 표정이 보이지도 않는데 헛소리 마십시오."

"후훗. 좋습니다. 작전에 대해서 얘기를 하자면 이미 조치는 끝나 있습니다. 슬슬 상대가 미끼를 물 무렵이니까요."

놈이 던진 미끼는 내가 군부 회의를 참여하고 반나절 후에 드러났다.

후다닥 들어와 보고를 시작하는 첩보병.

"급보! 적의 유격 부대가 베라토리움 보급 기지를 파괴했습니다!"

"뭐라고요!?"

소피아는 경악하여 소리쳤다.

베라토리움 보급 기지라고 하면 현재 형성된 세 개의 전선에 보급을 해 주고 있는 가장 중요한 보급고였기 때문이다.

이게 파괴된 이상 크로싱군은 뒤로 물러날 수밖에 없다.

하지만 물러난다고 해도 거점지까지 걸리는 시간은 짧아야 하루 하고 반나절이다. 왜냐하면 적군이 가만있지 않을 것이기 때문이다.

"보고드립니다! 서방의 군대가 진군을 준비 중! 머지않아 접근할 겁니다!"

최악의 상황.

그럼에도 쥬라스는 비릿하게 웃었다.

"이제야 해내다니. 적들도 참 굼뜨군요. 좋습니다. 예정대로 회군합니다."

"자, 잠깐만요! 그게 무슨 소리입니까!"

소피아가 악을 쓰며 소리쳤다.

"설마 그런 식으로 우리를 내팽개치겠다는 건 아니겠죠!? 보급고가 파괴됐으니 어쩔 수 없이 철수하겠다고!"

명분만 얻고 베카비아를 버린다.

그렇게 서방이 베카비아 지역 대부분을 점령하면 그때서야 서방을 물리치고 베카비아 전역을 점령하는 것이다.

그 쥬라스의 구상을 읽은 소피아는 분개하여 외쳤지만 녀석은 가볍게 한숨을 쉰다.

"처음엔 그렇게 할까도 생각했지만 안심하십시오. 이번 전쟁에 한해서 베카비아가 멸망할 일은 없을 테니까."

"……!"

그 눈빛을 마주하고 소름이 돋는지 부르르 떠는 소피아.

난 녀석에게 말했다.

"그런 작전이었습니까."

쥬라스는 내 물음에 씨익 웃어 보일 뿐이었다.

한편 서방의 군영.

"흐음……!"

한네만은 불편한 기색을 숨기지 못하고 있었다.

레스트 산맥에서 있었던 전투 때문이다.

바렛과 피셔의 죽음. 둘은 수많은 가신 중에서도 열 손가락에 꼽히는 인재들이었기에 그 둘이 작전 실패와 함께 사망하자 상대에 대한 경계심, 그리고 참을 수 없는 분노가 치밀어 올랐다.

"기다리고 있거라 피셔. 금방 크로싱 놈들의 목을 보내 줄 터이니."

그때였다.

"보고드립니다! 에델슨 장군이 이끌던 유격 부대가 베라토리움 보급고를 습격! 전부 불태우고 파괴했다고 합니다!"

"잘했다……!"

한네만은 나이에 맞지 않게 쾌재를 부르고는 풀썩! 쓰러지듯 의자에 앉았다.

"후우! 쉽지 않았구나."

이번 작전을 위해 모든 책사들이 머리를 맞대어야 했다. 그럼에도 쉽지 않았다. 그만큼 크로싱의 첩보망은 끈질겼다.

그걸 겨우겨우 뚫어 냈으니 기쁠 수밖에.

그런 만큼 당연히 이것이 함정이라고는 눈치채지 못했다.

"잠시 괜찮겠습니까."

"무엇이냐."

한네만을 모시는 상급 책사의 말이었다.

“혹여 이것이 적의 함정일 수도 있지 않겠습니까.”

“무슨 헛소리를. 이 작전을 성공시키는 데 얼마나 힘이 들었는지 잘 알고 있지 않느냐.”

“그건 그렇습니다만……. 적장 쥬라스 파밀리온은 천의무봉이라고 불린다 합니다.”

모든 것이 자연스러워 꾸민 곳을 찾을 수가 없다는 뜻.

이거야말로 쥬라스가 무서운 점이었다. 어떤 행동을 하든 그 속에 숨은 의도가 숨겨져 있다는 생각이 드니까.

실상은 그런 의도가 아니었을 수도 있고, 혹은 정말로 그런 의도가 있었을 수도 있다. 그걸 알고 있는 것은 쥬라스 본인뿐.

보통이라면 그런 의도가 움직임에서 보여야 하건만 쥬라스가 지휘하는 군대는 그런 어색함이 전혀 없었다.

그러니 당하는 입장에선 괴로울 수밖에 없다. 어떤 일이든 쥬라스를 경계하며 혼자만의 심리전을 해야 하니까.

“놈의 기량이 뛰어나다는 건 이번 대치를 통해 알았다. 하지만 그렇다고 이번 작전에 문제가 있다는 건 아니다. 만약 그런 문제가 있다면 네가 말해 봐라. 지금 적들이 노리는 게 대관절 무엇이냐?”

“그건 저도 짚이는 바가 없습니다…….”

“애초에 불가능하다. 적이 할 수 있는 건 후퇴를 하는 것

뿐. 그 과정에서 책략이 개입할 여지는 없다. 틀린가!"
"옳으신 판단입니다."
"그렇담 망설일 것 없지. 모두 진군을 준비해라! 놈들이 빨리 퇴각하지 못하도록 발을 묶겠다!"
적들의 발을 묶으며 후퇴를 지체시키면 이 전쟁은 끝난다. 전멸을 시키지는 못할지언정 병력을 크게 갉아먹을 수 있기 때문이다.
대대적으로 전진하기 시작하는 서방의 병력.
그들과 크로싱이 부딪히게 된 곳은 에포나 평야였다.

세 곳의 전선에서 일제히 후퇴를 시작한 크로싱군은 한 지점에서 합류를 하게 되었다.
바로 베라토리움 보급 기지에서 이어지는 주요 보급로 에포나 평야다.
이곳에서 크로싱의 10만. 베카비아의 3만 군대가 모이게 된다.
이는 적군도 마찬가지였다.
서방은 에포나 평야를 승부처로 삼고 있었다. 에포나 평야에서 더 후퇴를 하려면 산지를 넘어야 하는 만큼 시간이 지체될 수밖에 없다.

그사이 꼬리를 물면 커다란 피해를 입힐 수 있다.

그렇기에 마찬가지로 서방의 10만, 툰카이의 3만 병력이 그 뒤를 쫓고 있었다.

"이봐 알스."

올라프가 떫은 표정으로 나를 불렀다.

"설마 이 작전. 네가 발안한 건 아니겠지?"

"아니요. 쥬라스 놈이 한 겁니다."

"그렇다면 그 쥬라스 파밀리온이라는 자식도 별거 아닌 놈이었군. 이대로 가면 큰 피해를 입을 거라고."

"그렇다 해도 후퇴하기에는 에포나 평야를 통한 길이 가장 효율이 좋아요. 굉장히 타당해 보이죠."

"타당해 보인다라……. 뭔가 다른 생각이 있는 거로군. 하지만 이 상황에서 책략이라고 할 게 있나. 혹시 다른 지원군이 있어?"

"없습니다. 원군도, 책략도. 존재하지 않아요."

"그럼 대체 뭔데?"

"그저…… 적을 잡아먹는 거죠."

내 말이 끝나기 무섭게. 이변이 일어났다.

척! 척! 기다렸다는 듯이 반전하는 크로싱군.

에포나 평야 뒤의 산지를 배수진으로 하여 뒤로 돌아 버린 것이다.

이 형태에 올라프가 오만상을 찌푸렸다.

"설마 그냥 싸운다고!?"

"시간이 됐네요. 올라프, 당신이 제 대리를 맡아 주세요. 소피아 베론과 합을 맞춰 군을 지휘하면 될 겁니다."

"너는?"

"저는 크로싱 쪽으로 갔다 오겠습니다."

나도 이 작전에 대해선 아직도 의구심이 들었다.

쥬라스 녀석의 계획은 아주 심플했다.

먼저 지정해 둔 세 곳을 주둔지로 삼아 그 위치에 따른 한 보급고의 중요성을 높인다.

그게 베라토리움 보급고다.

그 뒤에는 적의 보급고 파괴 작전을 교묘하게 방치한 것이다.

이 경우 후퇴하게 된 크로싱의 군대는 아주 자연스럽게 에포나 평야에 모이게 된다.

그건 적도 마찬가지. 그렇게 13만과 13만의 대치가 완성된다.

쥬라스가 노린 건 이거였다.

자연스럽게 나온 평야에서의 전면전 양상.

'확실히, 적의 병력에 큰 피해를 입히려면 평야에서의 전투가 안성맞춤이긴 해.'

하지만 어떻게 이긴단 말인가. 우린 보급이 끊긴 상태다. 전투가 하루를 넘어가면 극도로 불리해진다.

다시 말해 하루 만에 승패가 갈릴 정도의 성과를 얻어야 한다는 뜻.

크로싱 군영에 도착한 내가 이에 대해 묻자 쥬라스는 말한다.

“그렇담 지켜보십시오. 당신에겐 남은 병력의 지휘를 맡기죠. 당신도 부디 기대에 부응해 주길 바랍니다.”

“무슨 소리를…….”

훌쩍 떠나 버리는 쥬라스.

어리둥절해하는 내게 안톤이 말했다.

“알스 님. 납득하기 힘드실 수도 있지만 이것이야말로 그가 진면목을 드러낼 수 있는 형태입니다. ……유심히 지켜보시는 게 좋을 겁니다.”

안톤의 말은 마치 훗날 내가 상대해야 될 수도 있다는 것처럼 들렸다.

‘대체 어떻게 하겠다는 건데?’

내가 줄리안 크레이그를 잡을 때와는 다르다. 그때는 사전 작업이 있었기에 대승을 거둘 수 있었지만 지금은 다르다. 오히려 불리한 상황이다.

그런 상황에서 쥬라스가 한 행동은 간단했다.

“자, 다들 가 봅시다.”

선진에 선 쥬라스.

그의 신호에 안톤을 비롯한 부관들이 목 놓아 외쳤다.

"돌격--!"

그렇게 선진의 2만 병력이 적을 향해 돌진하기 시작한 것이다.

무작정 돌격해 들어온 크로싱의 2만 군대.

군 후방에 위치해 있던 한네만은 이해하지 못하겠다는 듯 미간을 찌푸린다.

"이제 와서 군을 반전시켜 격퇴를 해 보겠다고?"

어리석은 짓이었다. 그럴 거라면 그 전에 더 좋은 지형에서 했으면 됐을 것을. 병력이 한곳에 모인 지금 상황에서, 심지어 평야 지대에서 하겠다니.

"후퇴를 위한 시간을 벌기 위함이 아니겠습니까."

한 책사의 진언이었다.

"꼬리를 잡히지 않기 위해 일부 부대가 시간을 끌려는 목적인지도 모릅니다."

"아니, 잘 보거라. 뒤의 병력도 반전을 했다. 산지로 올라갈 기색은 없어."

"그, 그렇다면……."

"그래, 놈들은 여기서 끝장을 볼 생각인 게다."

지금 크로싱군의 움직임은 마치 하루 안에 자기들을 전멸시킬 수 있다는 것처럼 보였다.

한네만은 분개하여 외친다.

"처음부터 이걸 노렸다는 거냐. 얕봐도 한참 얕보였구나! 여봐라! 한 놈도 살려 보내지 마라!"

일제히 움직이는 서방의 군대. 수백에 달하는 장교들이 일사불란하게 움직이며 군을 지휘해 침투해 들어온 크로싱의 병력을 상대했다.

여기서 있었던 전술적인 오산은 하나뿐이었다.

상대의 꼬리를 물기 위해 적극적으로 다가가고 있던 만큼 처음부터 너무 근접해 있었다는 점이다.

만약 거리가 충분히 있었다면 기병대를 이용해 돌격하는 적의 옆구리를 찌르거나 궁병대로 발을 묶는 등의 움직임을 취할 수 있었지만 거리가 가까웠던 탓에 그런 작업을 하지 못하고 교전을 허용해 버렸다.

다만 그것도 사소했다.

대국에 큰 지장을 줄 정도는 아니다.

문제는 돌격해 들어온 상대의 위력이 상상을 초월할 정도로 강맹했다는 부분이다.

"으라아앗!"

"흐앗!"

콰드드득! 쓸려 나가는 병사들.

안톤과 쥬라스가 선진에 서서 맹위를 떨치자 그 기세를 막기가 힘들었다. 둘의 게임상 무력치는 99와 98. 피셔 파르틴조차 감당하기 어려울 정도의 최상급 무장들이다.

둘뿐만이 아니었다.

제2장군 크리퍼 놀락. 3장군 패티 허트, 5장군 키슬러 폰테까지 함께였다.

국왕 직속 장군인 4장군을 제외한 크로싱 군부 핵심 장군들이 모조리 돌격 부대에 있던 것.

일종의 버스터 콜이었다. 그러니 그 위력이 대단할 수밖에. 순간 전술적인 구멍이 뚫려 버렸을 정도다.

하지만 그렇다 해도 2만의 병력으로 13만에 들이받은 것이다.

"놈들을 포위해라! 발을 붙잡아라!"

"둘러싸라!"

전술적인 포위망을 구축하는 병사들.

그때.

쥬라스가 고개를 돌리며 주위를 둘러보더니 묘한 행동을 취했다.

"스읍, 하아아아아……!"

그는 들이쉰 숨을 내쉬며 취한 것처럼 비틀거렸다.

그러고는 말한다.

"그쪽이군요……!"

방향을 바꿔 전혀 이상한 곳으로 침투하는 쥬라스. 다른 장교들은 일말의 의심도 없이 그의 뒤를 따랐다.

쥬라스가 선택한 곳은 얼핏 사지로 보였다. 전술적인 착오로 보이는 악수.

그것이 믿을 수 없는 형태로 살아났다.

오히려 그곳을 찔러 버리자 포위망이 깨지고 상대 병력은 혼란에 빠졌다.

그렇게 혼란이 생기자 쥬라스는 더더욱 미쳐 날뛰었다. 그 움직임은 정석이 아니었다. 그럼에도 절대적인 효과를 불러왔다. 마치 그것이야말로 숨겨져 있는 정답이라고 말하는 것처럼.

"나 참……."

먼 곳에서 이 모습을 보고 있던 알스는 기가 막히다며 중얼거렸다.

"설마 저놈이 본능형이었을 줄이야."

본능형. 말이 그렇다 뿐이지 정말로 본능으로 전쟁을 한다는 건 아니다. 신내림을 받는 것도 아니고, 그런 짓이 가능할 리 없다.

본능이라고 함은 결국 개인이 가진 창의성을 말한다.

누군가는 그걸 후천적인 경험을 통해 발휘하지만 또 누군가는 선천적인 재능으로서 가지고 태어나기도 한다.

쥬라스는 전자와 후자가 결합된 유형이었다.

그는 후천적인 전쟁 경험과 병법에 대한 지식을 최고 수준으로 갖췄으며, 그와 동시에 선천적인 창의성까지 가지고 있다.

그러니 그 어떤 함정에도 걸리지 않고 정답만을 찾아간다. 이건 단순한 본능적인 움직임이 아니라 본능과 이성이 완벽하게 조화된 형태니까.

그렇다고 약점이 아예 없는 건 아니다.

본능형 무장이 가진 치명적인 약점.

많은 숫자의 병력을 이끌지 못한다는 점이다.

그렇기에 쥬라스도 2만의 병력만 이끌고 갔다. 그마저도 다른 능력 있는 장교와 부관들도 함께하여 병력을 이끌고 있다.

그러지 않을 경우 병사들이 쥬라스가 취하는 변화무쌍한 움직임을 따라가지 못하기 때문이다.

"나한테 병력을 맡기겠다는 건 그런 뜻이었군."

알스는 지휘대를 치켜들고 소리쳤다.

"이렇게 되면 적의 대처는 뻔하지……. 모두 움직여라!"

알스는 남아 있는 크로싱의 8만 병력을 지휘하기 시작했다.

쥬라스가 만든 빈틈을 정석대로 파고들어 가 효과적으로 적을 처리했다.

본능형 쥬라스와 정석형 알스의 합공.

쥬라스가 휘젓고 알스가 냉혹하게 쓸어 담는다.

이 가공할 만한 조합에 서방의 선진은 속절없이 무너지기 시작했다.

"무, 무, 무슨 일이……!"

한네만은 벌어진 입을 다물지 못했다.

이런 미친 공격력은 서방에서도 존재하지 않았다.

그는 마치 전쟁의 신을 마주한 것 같은 압박감을 느꼈다.

무적. 쥬라스와 알스의 조합은 그렇게 표현하기 충분했다.

"레힐라 보병대가 완파! 레힐라 보병대장도 전사했습니다!"

"적의 본군이 우리 선진을 잡아먹으려 합니다! 돌파구가 없습니다!"

"선진의 부대 혼란 중! 명령을 내려 주십시오!"

난리가 나 버린 상황에 한 책사가 급히 진언한다.

"한번 후퇴를 하는 건 어떠십니까. 적들은 보급이 없는 상황입니다. 후퇴하여 시간을 번다면 상황을 되돌릴 수 있습니다."

"안 된다! 그러면 꼬리를 물려 너무 많은 피해를 입는다!"

이 병력은 쓰고 버릴 수 있는 게 아니라 주력 군대다.

이 군대가 피해를 입으면 베카비아 점령에 대한 여력이 사라지고 만다.

다시 말해 이번 원정이 실패로 돌아간다는 뜻이다.

"무언가 수단이 있을 거다! 빨리 생각해 내라!"

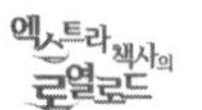

"그, 그렇담. 지, 지금 중요한 건 선진에 들어와 휘젓고 있는 적의 부대가 아니라 그 뒤를 받쳐 주고 있는 적의 본군입니다!"

바로 알스가 지휘하고 있는 부대다.

알스는 쥬라스가 혹여나 포위되지 않게끔 뒤를 받쳐 줌과 동시에 계속해서 지원 병력을 투입하여 쥬라스의 부대가 힘을 잃지 않도록 하고 있었다.

이로 인해 쥬라스의 부대가 쉬지 않고 맹위를 떨치는 것이다.

"적진 내부에 있던 첩자에 말에 의하면 베카비아 진영에 있던 웨이드가 크로싱의 본대로 이동했다고 합니다. 분명 저곳을 지휘하고 있는 것은 그 웨이드일 겁니다."

"렉시트를 죽인 그 용병……!"

한네만은 그 순간 제무토의 충고를 떠올렸다.

쥬라스도 쥬라스지만 웨이드도 조심하라고.

제무토가 우려했던 그 상황이 고스란히 펼쳐지고 있었다.

"본대를 지휘하고 있는 웨이드를 해치운다면 적도 기세를 잃을 겁니다. 그러니 우선 선진에 들어온 상대에겐 오룡을 전부 투입하시어 발을 묶고 그 뒤에 있는 크로싱의 본대를 먼저 타격하는 것이 좋지 않을까 생각합니다."

"그게 좋겠군."

한네만은 오룡을 모조리 투입해 쥬라스의 발을 묶었다. 피셔 파르틴이 죽긴 했으나 나머지 네 명은 건재했다.

그들이 쥬라스를 막는 동안 나머지 병력을 이용해 알스가 있는 곳을 노렸다.

"이것만으론 부족하다! 여봐라, 당장 툰카이군에게 전해라!"

급박하게 전개되는 전황.

베카비아와 대치하던 툰카이군의 장군 랜던 크로우는 못 볼 것을 봤다는 듯 쥬라스의 군을 바라보았다.

"대체 뭐냐 저건……."

그가 알기로 쥬라스는 책사였다. 그런데 이런 전투 방법이라니.

"감쪽같이 숨기고 있었군."

이는 크로싱이 정보를 통제한 것도 있지만 기본적으론 쥬라스가 선진에 나선 전투가 모조리 초전박살이 나 버리며 상대가 무슨 일이 벌어졌는지조차 제대로 알지 못했기 때문이다.

"위험하군. 저건 제어할 수 없어."

그때 한네만이 보낸 전령이 그에게 도착한다.

"한네만 님의 전언이다! 너희는 당장 크로싱 본대의 옆구리를 찔러 적의 지휘관을 노리도록!"

"칫! 가혹한 역할을 맡기다니……!"

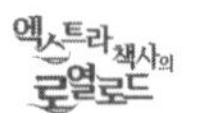

하지만 그 방법밖에 없다는 건 그도 잘 알고 있었다.

기병대의 숙련도가 높은 툰카이만이 이 작전을 수행할 수 있기 때문이다.

"부관! 어서 4천의 별동대를 조직해라! 전부 기병으로 한다!"

"장군님께서 직접 가시려는 겁니까?"

"그래야겠지."

"조심하셔야 합니다. 상대는 그 웨이드라고 합니다."

"그렇다 해도 다른 방법이 없다. 당장 준비해라!"

"옛!"

기마를 향해 다가가는 랜던. 그런 그를 막는 남자가 있었다.

"그런 거라면 나한테 맡겨 달라고요. 랜던."

"애쉬!"

"지금은 당신이 위험에 처해선 안 돼. 그 빌어먹을 크라우스 포크너 놈이 사라진 지금이야말로 당신이 군권을 잡을 때라고. 이런 곳에서 포로로 잡히거나 죽기라도 한다면 모조리 물거품이 될 거야."

"네가 죽는 것도 큰 문제가 된다. 널 보낼 수는 없다."

"걱정 마요. 내 목숨 하나는 지켜 낼 자신이 있으니까."

그 애쉬의 옆으로는 묘령의 여인이 기마창을 들고 서 있었다.

“애쉬는 제가 지키겠어요. 랜던, 우리에게 맡겨 줘요.”

“리시테아 너까지……! 상대가 누구인지 듣지 못했나. 그 웨이드다. 너희들이라 할지라도…….”

“적을 무서워해서 무슨 일을 도모한다는 겁니까. 망설일 시간 없어요, 랜던. 어서 명령을 주세요!”

“……좋다. 하지만 한 가지 명심해라. 위험하다고 판단되면 곧바로 빠져나오도록!”

“알겠어요. 그럼 가요, 애쉬!”

4천의 기마대를 이끌고 크로싱 본대의 옆을 찌르고 들어가는 애쉬와 리시테아.

크로싱군은 기다렸다는 듯 기병대의 진입로를 좁히는 전술을 사용했다.

진입로를 좁힘으로써 가장 앞의 기병들은 계속 앞으로 나아갈 수 있지만 그 뒤를 따르는 기병대는 속도가 죽게끔 만드는 것이다.

이렇게 될 경우 선진에 있던 기병들은 선택을 해야 한다.

후속 병력이 적더라도 알스가 있는 본진까지 돌파를 할 것인가. 그도 아니면 대열을 추스르기 위해 우회하는가.

“이 숨막히는 대처, 역시 웨이드라고 말하는 건가……! 하지만 말이지……!”

애쉬는 훌륭한 대처를 선보였다.

오히려 중진의 기병대를 두 갈래로 나눠 양쪽으로 우회를 시킨 것이다.

"리시테아! 그쪽은 네게 맡기겠다!"

"알겠어요!"

둘은 빠르게 병력을 우회시켜 측면에서 알스의 본진에 침투했다. 선진의 기병대는 알스의 전술에 의해 전멸하고 말았지만 그들이 시간을 끌어 준 사이 애쉬와 리시테아, 두 명이 양옆에서 침투한 것이다.

침투한 기병의 숫자는 도합 300기.

'이 정도면 충분해!'

웨이드를 지키는 부하들이 얼마가 됐건 이 숫자의 기병이라면 적을 뭉개 버릴 수 있다.

그렇게 애쉬와 리시테아는 알스가 있는 본진으로 돌진한다.

그러나 없었다.

"뭣……!?"

텅 비어 있는 본진. 알스의 모습은 코빼기도 보이지 않았다.

"말도 안 돼! 분명 병사의 지휘는 이곳으로부터 시작이 됐는데……!"

게다가 크로싱 병사들도 목숨을 걸고 이곳을 지켰다.

"애쉬!"

리시테아는 주변을 가리키며 소리쳤다.

어느새 크로싱의 병사들이 몸을 돌려 자신들을 포위하고 있던 것이다.

"함정이었던 건가……!!"

이를 악무는 애쉬.

그 시점에 알스가 있는 장소는 그가 상상하지 못한 곳이었다.

다음 권으로 이어집니다

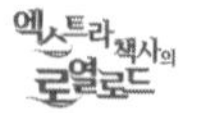

ROK
MEDIA
로크미디어